DUMONT

Helen Memel liegt auf der Inneren Abteilung von Maria Hilf. Sie wartet auf den Besuch ihrer geschiedenen Eltern, in der irren Hoffnung, die beiden könnten sich am Krankenbett der Tochter endlich versöhnen. Unterdessen nimmt sie jene Bereiche ihres Körpers unter die Lupe, die gewöhnlich als unmädchenhaft gelten, und lässt Krankenpfleger Robin die Stellen fotografieren, die sich ihrem neugierigen Blick entziehen. Nebenher pflegt sie ihre Sammlung von Avocadokernen, die ihr auch in sexueller Hinsicht wertvolle Dienste leisten. Selbst wenn Helens Besessenheit eine Notoperation nötig werden lässt – ihr ungestümer Witz und ihre Wahrhaftigkeit machen sie zu einer Sensation nicht nur auf der Station des Krankenhauses. Denn sie spricht aus, was andere nicht einmal zu denken wagen.

Charlotte Roche, 1978 geboren, war Moderatorin u.a. für VIVA, 3sat und das ZDF und wurde mit dem Grimme-Preis sowie dem Bayerischen Fernsehpreis ausgezeichnet. Sie veröffentlichte die Romane »Feuchtgebiete« (2008), »Schoßgebete« (2011) und »Mädchen für alles« (2015). Charlotte Roche lebt mit ihrem Mann und ihrer Tochter in Köln.

feuchtgebiete

CHARLOTTE ROCHE

ROMAN

DUMONT

MIX
Papier aus verantwortungsvollen Quellen
FSC® C083411

März 2017
DuMont Buchverlag, Köln

Umschlaggestaltung: Zero, München
Gesetzt aus der Quadraat
Druck und Verarbeitung: CPI books GmbH, Leck
Gedruckt auf säurefreiem und chlorfrei gebleichtem Papier
Printed in Germany
ISBN 978-3-8321-6422-5

www.dumont-buchverlag.de

für Martin

Ich halte sehr viel von der Altenpflege im Kreise der Familie. Als Scheidungskind wünsche ich mir wie fast alle Scheidungskinder meine Eltern wieder zusammen. Wenn sie pflegebedürftig werden, muss ich nur ihre neuen Partner ins Altersheim stecken, dann pflege ich meine geschiedenen Eltern zu Hause, wo ich sie in ein und dasselbe Ehebett reinlege, bis sie sterben. Das ist für mich die größte Vorstellung von Glück. Irgendwann, ich muss nur geduldig warten, liegt es in meiner Hand.

Solange ich denken kann, habe ich Hämorrhoiden. Viele, viele Jahre habe ich gedacht, ich dürfte das keinem sagen. Weil Hämorrhoiden doch nur bei Opas wachsen. Ich fand die immer sehr unmädchenhaft. Wie oft ich mit denen schon beim Proktologen war! Der hat mir aber empfohlen, die dran zu lassen, solange sie mir keine Schmerzen verursachen. Das taten sie nicht. Sie juckten nur. Dagegen bekam ich von meinem Proktologen Dr. Fiddel eine Zinksalbe.

Für das äußere Gejucke drückt man aus der Tube eine haselnussgroße Menge auf den Finger mit dem kürzesten Nagel und verreibt sie auf der Rosette. Die Tube hat auch so einen spitzen Aufsatz mit vielen Löchern drin, damit ich die anal einführen und da hinspritzen kann, um den Juckreiz sogar innen zu stillen.

Bevor ich so eine Salbe hatte, hab ich mich im Schlaf so feste mit einem Finger am und im Poloch gekratzt, dass ich am nächsten Morgen einen kronkorkengroßen dunkelbraunen Fleck in der Unterhose hatte. So stark war der Juckreiz, so tief der Finger drin. Sag ich ja: sehr unmädchenhaft.

Meine Hämorrhoiden sehen ganz besonders aus. Im Laufe der Jahre haben die sich immer mehr nach außen gestülpt. Einmal rund um die Rosette sind jetzt wolkenförmige Hautlappen, die aussehen wie die Fangarme einer Seeanemone. Dr. Fiddel nennt das Blumenkohl.

Er sagt, wenn ich das weghaben will, wäre das ein rein ästhetischer Eingriff. Er macht das nur weg, wenn es die

Leute wirklich belastet. Gute Gründe wären, wenn es meinem Liebhaber nicht gefällt oder ich wegen meinem Blumenkohl beim Sex Beklemmungen kriege. Das würde ich aber nie zugeben.

Wenn einer mich liebt oder auch nur geil auf mich ist, dann sollte doch so ein Blumenkohl keine Rolle spielen. Außerdem habe ich schon viele Jahre, von fünfzehn bis heute, mit achtzehn, trotz eines wuchernden Blumenkohls sehr erfolgreich Analverkehr. Sehr erfolgreich heißt für mich: kommen, obwohl der Schwanz nur in meinem Arsch steckt und sonst nix berührt wird. Ja, da bin ich stolz drauf.

So teste ich übrigens am besten, ob es einer ernst mit mir meint: Ich fordere ihn schon bei einem der ersten Sexe zu meiner Lieblingsstellung auf: ich in Doggystellung, also auf allen vieren, Gesicht nach unten, er von hinten kommend Zunge in die Muschi, Nase in den Arsch, da muss man sich geduldig vorarbeiten, weil das Loch ja von dem Gemüse verdeckt wird. Die Stellung heißt »Mit-Dem-Gesicht-Gestopft«. Hat sich noch keiner beschwert.

Wenn man so was an einem für Sex wichtigen Organ hat (ist der Po überhaupt ein Organ?), muss man sich in Entspanntheit üben. Das wiederum hilft beim Sichfallenlassen und Lockermachen für zum Beispiel Analverkehr.

Da bei mir der Arsch offensichtlich zum Sex dazugehört, ist er auch diesem modernen Rasurzwang unterworfen wie meine Muschi, meine Beine, meine Achselhöhlen, der Oberlippenbereich, beide großen Zehen und die Fußrücken auch. Die Oberlippe wird natürlich nicht rasiert, sondern gezupft, weil wir alle gelernt haben, dass einem sonst ein immer dickerer Schnurrbart wächst. Als Mädchen gilt es das zu verhindern. Früher war ich unrasiert sehr glücklich, aber dann habe ich mit dem Quatsch mal angefangen und kann jetzt nicht mehr aufhören.

Zurück zum Arschrasieren. Ich weiß im Gegensatz zu anderen Menschen sehr genau, wie mein Poloch aussieht. Ich gucke es täglich in unserem Badezimmer an. Mit dem Po zum Spiegel hinstellen, mit beiden Händen die Arschbacken feste auseinanderziehen, Beine gerade lassen, mit dem Kopf fast auf den Boden und durch die Beine nach hinten gucken. Genauso führe ich auch eine Arschrasur durch. Nur dass ich dabei natürlich immer eine Backe loslassen muss, um rasieren zu können. Der Nassrasierer wird auf den Blumenkohl gesetzt und dann wird mutig und feste von innen nach außen rasiert. Ruhig auch bis zur Mitte der Backe, manchmal verirrt sich auch dahin ein Haar. Weil ich mich innerlich sehr gegen das Rasieren wehre, mache ich das immer viel zu schnell und zu dolle. Genau dabei hab ich mir diese Analfissur zugefügt, wegen der ich jetzt im Krankenhaus liege. Alles das Ladyshaven schuld. Feel like Venus. Be a goddess!

Es weiß vielleicht nicht jeder, was eine Analfissur ist. Das ist ein haarfeiner Riss oder Schnitt in der Rosettenhaut. Und wenn sich diese kleine, offene Stelle auch noch entzündet, was da unten leider sehr wahrscheinlich ist, dann tut das höllisch weh. Wie bei mir jetzt. Das Poloch ist auch immer in Bewegung. Wenn man redet, lacht, hustet, geht, schläft und vor allem, wenn man auf Klo sitzt. Das weiß ich aber erst, seit es wehtut.

Die geschwollenen Hämorrhoiden drücken jetzt mit aller Kraft gegen meine Rasurverletzung, lassen die Fissur immer weiter reißen und verursachen mir die größten Schmerzen, die ich je hatte. Mit Abstand. Direkt danach auf Platz zwei kommt der Schmerz, den ich hatte, als mir mein Vater die Kofferraumklappe unseres Autos die ganze Wirbelsäule entlanggeschrabbt hat – ratatatatat – beim volle Pulle Zuschlagen. Und mein drittschlimmster Schmerz war, als ich beim Pulloverausziehen mein Brustwarzenpiercing rausgerissen hab. Weswegen meine rechte Brustwarze jetzt aussieht wie eine Schlangenzunge.

Zurück zu meinem Po. Ich habe mich unter riesigen Schmerzen von der Schule ins Krankenhaus geschleppt und jedem Doktor, der wollte, meinen Riss gezeigt. Ich habe sofort ein Bett in der Proktologischen Abteilung gekriegt, oder sagt man Innere Abteilung? Innere klingt besser als so speziell Arschabteilung zu sagen. Man will ja nicht, dass andere neidisch werden. Vielleicht verallgemeinert man das mit Innere. Frage ich später mal, wenn die Schmerzen weg sind. Jetzt darf ich mich jedenfalls nicht mehr bewegen und liege hier in Embryonalstellung rum. Mit hochgeschobenem Rock und runtergelassener Unterhose, Arsch zur Tür. Damit jeder, der reinkommt, sofort weiß, was Sache ist. Es muss sehr entzündet aussehen. Alle, die reinkommen, sagen: »Oh.«

Und reden was von Eiter und einer prall gefüllten Wundwasserblase, die aus dem Poloch raushängt. Ich stelle mir vor, dass die Blase aussieht wie die Halshaut von diesen tropischen Vögeln, wenn sie da zum Brunftangeben ganz viel Luft reinpumpen. Ein glänzendrotblau gespannter Sack. Der nächste Proktologe, der reinkommt, sagt kurz: »Guten Tag, Professor Dr. Notz mein Name.«

Und rammt mir dann was ins Arschloch. Der Schmerz bohrt sich die Wirbelsäule hoch bis zur Stirn. Ich verliere fast das Bewusstsein. Nach ein paar Schmerzsekunden habe ich ein platzendes, nasses Gefühl und schreie: »Aua, vorwarnen, bitte. Was war das, verdammt?«

Und er: »Mein Daumen. Entschuldigen Sie bitte, mit der dicken Blase davor konnte ich nichts sehen.«

Was für eine Art, sich vorzustellen!

»Und? Was sehen Sie jetzt?«

»Wir müssen sofort operieren. Heute Morgen schon was gegessen?«

»Wie denn, vor lauter Schmerzen?«

»Gut, dann Vollnarkose. Bei dem Befund besser.«

Ich freu mich auch. Ich will bei so was nicht dabei sein.

»Was machen Sie genau bei der Operation?«

Dieses Gespräch strengt mich jetzt schon an. Es ist schwer, sich auf was anderes als die Schmerzen zu konzentrieren.

»Wir schneiden Ihnen das entzündete Gewebe um den Hautriss keilförmig raus.«

»Kann ich mir nichts drunter vorstellen: keilförmig. Können Sie mir das aufmalen?«

Offensichtlich wird Herr Professor Dr. Notz nicht oft gebeten, seine operativen Vorhaben vorher kurz zu skizzieren. Er will weg, Blick zur Tür, kaum wahrnehmbares Seufzen.

Dann zieht er sich doch den silbernen Kugelschreiber von der Brusttasche. Sieht schwer aus. Scheint wertvoll zu sein. Er guckt sich um und sucht wohl Papier zum Zeichnen. Ich kann nicht mithelfen, ich hoffe, das erwartet der auch nicht. Jede Bewegung tut weh. Ich schließe die Augen. Es knistert und ich höre, wie er ein Stück Papier irgendwo abreißt. Ich muss die Augen wieder öffnen, bin zu gespannt auf diese Zeichnung. Er hält den Zettel in seiner

Handfläche und macht mit dem Kugelschreiber darin rum. Dann präsentiert er sein Werk. Ich lese: Rahmwirsing. Das gibt es nicht. Er hat ein Stück aus meiner Speisekarte gerissen. Ich drehe das Papier um. Er hat einen Kreis gemalt, ich schätze mal, dass es mein Poloch sein soll. Und in den Kreis einen spitzen, dreieckigen Spalt, als hätte jemand ein Stück Torte geklaut.

Ach so! Danke, Herr Professor Dr. Notz! Schon mal drüber nachgedacht, Maler zu werden, bei dem Talent? Diese Zeichnung nützt mir überhaupt nichts. Ich werde daraus nicht schlau, frage aber nicht weiter nach. Der will mir schon mal nicht helfen, Licht ins Dunkel zu bringen.

»Den Blumenkohl können Sie doch bestimmt in einem Rutsch mit wegmachen?«

»Wird gemacht.«

Er lässt mich in meiner Pfütze Wundblasenwasser liegen und geht. Ich bin alleine. Und kriege Angst vor der Operation. Auf mich wirkt eine Vollnarkose so unsicher, als würde nach jeder zweiten Operation der Betäubte nicht mehr aufwachen. Ich komme mir sehr mutig vor, dass ich es trotzdem mache. Als Nächstes kommt der Anästhesist.

Der Betäuber. Er setzt sich direkt neben meinen Kopf ans Bett auf einen viel zu niedrigen Stuhl. Er redet ganz sanft und hat mehr Verständnis für meine unangenehme Situation als Professor Dr. Notz. Er fragt nach meinem Alter. Wenn ich unter achtzehn wäre, müsste jetzt ein Erziehungsberechtigter hier sein. Bin ich aber nicht. Ich sage ihm, dass ich dieses Jahr volljährig geworden bin. Er guckt mir prüfend in die Augen. Ich weiß, glaubt nie jemand. Ich sehe irgendwie jünger aus. Kenne ich schon, diese Prozedur. Ich mache mein ernstes Kannst-du-mir-ruhig-glauben-

Gesicht und gucke ihm fest entschlossen zurück in die Augen. Sein Blick ändert sich. Er glaubt es. Weiter im Text.

Er erklärt mir, wie die Narkose wirkt, dass ich zählen soll und irgendwann wegkippe, ohne es zu merken. Während der gesamten Operation sitzt er an meinem Kopfende, überwacht meine Atmung und kontrolliert, wie ich die Narkose vertrage. Aha. Dann ist dieses Zu-nah-am-Kopf-Sitzen also eine Berufskrankheit. Die meisten merken es sowieso nicht, sind ja betäubt. Und bestimmt muss er sich ganz klein machen und deswegen so nah am Kopf sitzen, weil er sonst die echten Ärzte beim Operieren stört. Der Arme. Typische Haltung beim Ausüben des Berufs: Kauern.

Er hat einen Vertrag mitgebracht, den soll ich unterschreiben. Da steht drin, dass es durch die Operation zu Inkontinenz kommen kann. Ich frage ihn, was das alles mit Pipi zu tun hat. Er schmunzelt und sagt, es handele sich hierbei um eine Anal-Inkontinenz. Noch nie von gehört. Plötzlich wird mir klar, was das heißen könnte: »Sie meinen, ich kann meinen Schließmuskel nicht mehr kontrollieren und mir läuft da immer und überall Kacke raus, ich brauche eine Windel und rieche dann die ganze Zeit danach?«

Mein Betäuber sagt: »Ja, passiert aber selten. Hier unterschreiben, bitte.«

Ich unterschreibe. Was soll ich sonst machen? Wenn das hier die Operationsbedingungen sind. Kann mich ja schlecht selber zu Hause operieren.

Oh, Mann. Bitte, lieber nicht vorhandener Gott, mach, dass das nicht passiert. Ich krieg dann mit achtzehn eine Windel. Eigentlich gibt's die doch erst zum Achtzigsten. Ich hätte dann nur vierzehn Jahre meines Lebens ohne Windel geschafft. Und dadurch sieht man auch nicht besser aus.

»Lieber Betäuber, wäre es möglich, das, was die da bei der Operation wegschneiden, nachher zu sehen? Ich mag das nicht, wenn man mir was wegschneidet und das einfach im Müll landet, zusammen mit den Abgetriebenen und Blinddärmen, ohne dass ich mir ein Bild davon machen kann. Ich will das selber mal in der Hand halten und untersuchen.«

»Wenn Sie darauf bestehen, natürlich.«

»Danke.« Er steckt mir schon mal die Nadel in den Arm und klebt alles mit Gaffa fest. Das ist der Kanal für die Vollnarkose später. Er sagt, in ein paar Minuten kommt ein Pfleger und fährt mich in den Operationssaal. Auch der Betäuber lässt mich in meiner Wundblasenwasserpfütze liegen und geht raus.

Diese Sache mit der Analinkontinenz macht mir Sorgen.

Lieber nicht vorhandener Gott, wenn ich hier rauskomme, ohne anal inkontinent zu sein, höre ich auch auf mit den ganzen Sachen, die mir sowieso ein schlechtes Gewissen bereiten. Dieses eine Spiel, bei dem meine Freundin Corinna und ich total besoffen durch die Stadt laufen und allen Brillenträgern im Vorbeilaufen die Brille von der Nase grapschen, einmal durchbrechen und dann in die Ecke pfeffern.

Da muss man sehr schnell laufen, weil manche vor lauter Wut auch ohne Brille sehr schnell werden können.

Das Spiel ist eigentlich totaler Quatsch, weil wir danach immer nüchtern sind vor lauter Aufregung und Adrenalin-Ausschüttung. Große Geldverschwendung. Danach fangen wir wieder von vorne an, uns zu betrinken.

Das würde ich sogar gerne aufgeben, dieses Spiel, weil ich nachts öfters von dem Gesichtsausdruck träume, den die Entbrillten in dem Moment haben. Als würde ich ihnen ein Körperteil abreißen.

Also, das würde ich schon mal drangeben, und was anderes überleg ich mir noch.

Vielleicht das mit den Nutten, wenn es unbedingt sein muss. Das wäre aber echt ein großes Opfer. Mir wäre es lieber, das mit den Brillen aufhören würde reichen.

Ich habe jetzt schon beschlossen, die beste Patientin zu werden, die dieses Krankenhaus je gesehen hat. Ich werde sehr nett zu den überarbeiteten Schwestern und Ärzten sein. Und ich werde meinen Dreck immer selber wegmachen. Zum Beispiel dieses Wundblasenwasser. Auf der Fensterbank steht ein großer aufgerissener Karton mit Gummihandschuhen. Wohl für Untersuchungen. Hatte der Notz einen an, als er meine Arschblase entjungfert hat? Mist, nicht drauf geachtet. Neben dem Gummihandschuhlager steht eine große durchsichtige Plastikkiste. Eine Tupperdose für Riesen. Vielleicht ist da was drin, was ich zur Selbstreinigung benutzen kann. Mein Bett steht am Fenster. Ganz vorsichtig und langsam strecke ich mich ein wenig, ohne meinen entzündeten Po zu bewegen, und schon komm ich dran. Ich ziehe die Kiste zu mir aufs Bett. Au. Beim Hochheben und Rüberwuppen habe ich meine Bauchmuskeln angespannt, und das stößt ein Messer in die Entzündung. Pause. Augen zu. Tief atmen. Erst mal nicht bewegen. Warten, bis sich der Schmerz verzieht. Augen auf. So.

Jetzt kann ich den Deckel aufmachen. Wie aufregend. Alles bis oben hin voll mit Riesenbinden, Erwachsenenwindeln, Einmalunterhosen, Mulltüchern und Unterlagen, die auf der einen Seite aus Plastik und auf der anderen aus Watte sind.

Das hätte ich mal lieber unter mir gehabt, als der Notz reinkam. Dann wäre das Bett jetzt nicht nass. Sehr unangenehm. Von diesen Unterlagen brauche ich zwei. Eine kommt mit der Watteseite nach unten auf die Pfütze. Damit die aufgesogen wird. Dann läge ich aber auf Plastik. Mag ich nicht. Also noch eine Unterlage mit dem Plastik auf das Plastik und mit der Watte nach oben. Gut gemacht, Helen, trotz Höllenschmerzen bist du dir selber die beste Krankenschwester.

Also, wer sich so gut selbst versorgen kann, wird bestimmt bald wieder gesund. Hier im Krankenhaus muss ich etwas hygienischer sein als in meinem normalen Leben draußen.

Hygiene wird bei mir kleingeschrieben.

Mir ist irgendwann klar geworden, dass Mädchen und Jungs unterschiedlich beigebracht kriegen, ihren Intimbereich sauber zu halten. Meine Mutter hat auf meine Muschihygiene immer großen Wert gelegt, auf die Penishygiene meines Bruders aber gar nicht. Der darf sogar pinkeln ohne abwischen und den Rest in die Unterhose laufen lassen.

Aus Muschiwaschen wird bei uns zu Hause eine riesenernste Wissenschaft gemacht. Es ist angeblich sehr schwierig, eine Muschi wirklich sauberzuhalten. Das ist natürlich totaler Unfug. Bisschen Wasser, bisschen Seife, schrubbelschrubbel. Fertig.

Bloß nicht zu viel waschen. Einmal wegen der wichtigen Muschiflora. Dann aber auch wegen dem für Sex sehr wichtigen Muschigeschmack und -geruch. Das soll ja nicht weg. Ich mache schon lange Experimente mit nicht gewaschener Muschi. Mein Ziel ist, dass es leicht und betörend aus der Hose riecht, auch durch dicke Jeans oder Skihosen. Das wird von Männern dann nicht bewusst wahrgenommen, aber doch unterschwellig, weil wir ja alle Tiere sind, die sich paaren wollen. Am liebsten mit Menschen, die nach Muschi riechen.

So fängt man leicht einen Flirt an und muss die ganze Zeit grinsen, weil man ja weiß, was die Luft mit diesem leckeren süßen Geruch erfüllt. Das ist doch eigentlich der Effekt, den Parfüm erzielen soll. Uns wird immer erzählt, dass man durch Parfüm erotisch auf andere wirkt. Aber warum benutzen wir nicht unser viel wirksameres eigenes Parfüm? In Wirklichkeit werden wir doch alle von Muschi-, Schwanz- und Schweißgerüchen geil. Die meisten sind nur entfremdet und denken, alles Natürliche stinkt und alles Künstliche duftet. Wenn eine einparfümierte Frau an mir vorbeigeht, wird mir kotzübel. Egal, wie dezent es aufgetragen ist. Was hat sie zu verbergen? Frauen sprühen auch, nachdem sie gekackt haben, in öffentlichen Toiletten mit ihrem Parfüm rum. Sie denken, dann riecht alles wieder angenehm. Ich rieche aber immer die Kacke durch. Mir ist jeder alte Kacke- und Pissegeruch lieber als diese ganzen gekauften Ekelparfüms.

Was noch schlimmer ist als Frauen, die im Klo mit Parfüm rumsprühen, ist eine neue Erfindung, die sich immer mehr ausbreitet.

Wenn man auf eine öffentliche Toilette geht, egal ob Restaurant oder Bahnhof, zieht man auf dem Weg zum Klo die Kabinentür hinter sich zu und wird von oben nassgespritzt. Beim ersten Mal habe ich mich echt erschreckt. Ich dachte, jemand hätte aus der Kabine nebenan Wasser rübergeschmissen. Aber beim Hochgucken habe ich festgestellt, dass da oben an der Tür eine Art Seifenspender angebracht ist, der ganz offiziell und mit voller Absicht Raumspray der übelsten Sorte auf den unschuldigen Toilettenbesucher runtergießt, sobald man die Tür zuzieht. In die Haare, auf die Kleidung, ins Gesicht. Also, wenn das nicht die ultimative Vergewaltigung durch Hygienefanatiker ist, dann weiß ich auch nicht.

Ich benutze mein Smegma wie andere ihre Parfümflakons. Mit dem Finger kurz in die Muschi getunkt und etwas Schleim hinters Ohrläppchen getupft und verrieben. Wirkt schon beim Begrüßungsküsschen Wunder. Eine andere Muschiregel meiner Mutter war, dass Muschis viel leichter krank werden als Penisse. Also viel anfälliger sind für Pilze und Schimmel und so. Weswegen sich Mädchen auf fremden oder öffentlichen Toiletten niemals hinsetzen sollten. Mir wurde beigebracht, in einer stehenden Hockhaltung freischwebend zu pinkeln, ohne das ganze Igittigitt-Pipi-Mobiliar überhaupt zu berühren. Ich habe schon bei vielen Dingen, die mir beigebracht wurden, festgestellt, dass die gar nicht stimmen.

Also habe ich mich zu einem lebenden Muschihygieneselbstexperiment gemacht. Mir macht es Riesenspaß, mich nicht nur immer und überall bräsig voll auf die dreckige Klobrille zu setzen. Ich wische sie auch vor dem Hinsetzen mit meiner Muschi in einer kunstvoll geschwungenen Hüftbewegung einmal komplett im Kreis sauber. Wenn ich mit der Muschi auf der Klobrille ansetze, gibt es ein schönes schmatzendes Geräusch und alle fremden Schamhaare, Tropfen, Flecken und Pfützen jeder Farbe und Konsistenz werden von meiner Muschi aufgesogen. Das mache ich jetzt schon seit vier Jahren auf jeder Toilette. Am liebsten an Raststätten, wo es für Männer und Frauen nur eine Toilette gibt. Und ich habe noch nie einen einzigen Pilz gehabt. Das kann mein Frauenarzt Dr. Brökert bestätigen.

Ich hatte aber auch schon mal den Verdacht, dass ich muschikrank bin. Immer, wenn ich auf Klo saß und die Untenrummuskeln losgelassen hab, damit die Pinkel kommt, merkte ich nachher beim Runtergucken, was ich sehr gerne mache, dass da im Wasser ein großer, weißer, weicher, hübscher Schleimklumpen liegt. Der wie Champagner Bläschen und Schlieren nach oben steigen lässt.

Ich muss dazu sagen, dass ich den ganzen Tag über sehr feucht bin, ich könnte mehrmals am Tag die Unterhose wechseln. Mach ich aber nicht, ich sammel ja gern. Also, weiter mit dem Schleimklumpen. Sollte ich am Ende die ganze Zeit krank gewesen sein, und mein Glitschischleim ist nur die Folge von einem Muschipilzbefall wegen meinen Toilettenexperimenten?

Herr Dr. Brökert konnte mich beruhigen. Es handelt sich um eine gesunde, sehr aktive Schleimhautbeschleimung. So hat der das nicht ausgedrückt. Aber gemeint.

Ich pflege einen sehr engen Kontakt zu meinen Körperausscheidungen. Diese Sache mit dem Muschischleim zum Beispiel hat mich schon früher immer sehr stolz gemacht beim Petting mit den Jungs. Die kamen nur mit dem Finger kurz an die Schamlippen, schon Wasserrutsche nach innen.

Ein Freund hat beim Petting immer gesungen: »By The Rivers Of Babylon«. Jetzt könnte ich daraus ein Geschäft machen und trockenen Frauen, die Probleme bei der Schleimbildung haben, kleine Tiegel abfüllen. Es ist doch viel besser, echten Frauenschleim zu nehmen, als irgend so ein künstliches Gleitmittel. Riecht dann auch nach Muschi! Vielleicht machen das aber nur Frauen, die einen kennen, vielleicht ekeln sich fremde Frauen vor fremdem Schleim? Könnte man aber mal ausprobieren. Mit einer trockenen Freundin vielleicht.

Ich esse und rieche mein Smegma sehr gerne. Beschäftige mich, seit ich denken kann, mit meinen Muschifalten. Was man da so alles finden kann. Ich habe lange Haare, also auf dem Kopf, und manchmal verirrt sich ein rausgefallenes Haar irgendwie in meine Muschilamellen. Es ist aufregend, ganz langsam an dem Haar zu ziehen und nachzufühlen, wo es sich überall hingezwirbelt hat. Ich ärgere mich sehr, wenn dieses Gefühl dann vorbei ist, und wünsche mir noch längere Haare, damit ich länger was davon habe.

Das ist ein sehr seltenes Glück. Genau wie eine andere Sache, die mich aufgeilt. Wenn ich alleine in der Badewanne bin und furzen muss, versuche ich die Luftblasen zwischen den Schamlippen entlangzuleiten. Das gelingt nur selten, noch seltener als das mit dem Haar, aber wenn, dann fühlen sich die Luftblasen wie harte Kugeln an, die sich ihren Weg zwischen meinen matschigen, warmen Schamlippen bohren. Wenn das mal gelingt, sagen wir: einmal im Monat, dann kribbelt mein ganzer Unterleib und meine Muschi juckt so sehr, dass ich sie mit meinen langen Nägeln kratzen muss, bis ich komme. Mein Muschijucken kann nur durch starkes Auskratzen gestillt werden. Ich kratze zwischen den inneren Schamlippen, von mir Hahnenkämme genannt, und den äußeren Schamlippen, von mir Vanillekipferln genannt, feste hin und her, und irgendwann klappe ich die Hahnenkämme nach rechts und links weg, um genau in der Mitte das Jucken wegzukratzen. Ich spreize die Beine weit auseinander, bis die Hüftgelenke knacken, damit warmes Wasser in mein Loch strömen kann. Wenn ich kurz vorm Kommen bin, kneife ich mir fest in die Klitoris, von mir Perlenrüssel genannt. Das steigert meine Geilheit ins Unermessliche. Ja, so wird's gemacht.

Zurück zum Smegma. Ich habe im Lexikon nachgeschlagen, was Smegma eigentlich genau ist. Meine beste Freundin Corinna hat mal zu mir gesagt, nur Männer haben Smegma.

Und was ist das dann immer zwischen meinen Lippen und in meiner Unterhose?

Habe ich gedacht, nicht gesagt. Trau ich mich nicht. Da im Lexikon war eine lange Erklärung, was Smegma ist. Heißt bei Frauen übrigens auch so, ha. Aber ein Satz ist bei mir bis heute hängengeblieben: »Mit bloßem Auge sichtbare Ansammlungen von Smegma können sich nur bei mangelnder Intimhygiene bilden.«

Wie bitte? Das ist doch eine Riesenunverschämtheit. Am Ende jedes Tages kann ich mit bloßem Auge Ansammlungen von Smegma erkennen, egal, wie gründlich ich mir morgens die Muschifalten mit Seifenwasser ausgespült habe.

Was meinen die denn? Dass man sich mehrmals am Tag waschen soll? Ist doch gut, wenn ich eine flutschige Muschi habe, ist nämlich bei gewissen Sachen sehr hilfreich. Der Begriff »Mangelnde Intimhygiene« ist dehnbar. Wie eine Muschi. So.

Ich nehme eine von den Erwachsenenwindeln aus der durchsichtigen Plastikkiste. Oh, Mann, sind die groß. Sie haben ein dickes, großes Watteviereck in der Mitte und vier große Flügel aus dünnem Plastik zum Zubinden in der Taille. Die passen bestimmt auch ganz alten, dicken Männern, so groß sind die. So was will ich nicht so bald brauchen müssen. Bitte. Es klopft an der Tür.

Ein lächelnder Pfleger mit Kakadufrisur kommt rein. »Guten Tag, Frau Memel. Mein Name ist Robin. Ich sehe schon, Sie machen sich mit Ihrem Arbeitsmaterial für die nächsten Tage vertraut. Sie werden am Anus operiert, eine sehr unhygienische Stelle, eigentlich die unhygienischste Stelle überhaupt am Körper. Mit den Sachen aus der Kiste können Sie Ihre Wunde nach der OP komplett selber versorgen. Und wir empfehlen Ihnen, sich mindestens einmal am

Tag breitbeinig in die Dusche zu stellen und die Wunde mit dem Duschkopf abzuduschen. Am besten so, dass einige Wasserstrahlen auch reingehen. Mit ein bisschen Übung klappt das ganz gut. Die Wunde mit Wasser zu reinigen ist wesentlich weniger schmerzhaft für Sie, als sie mit Tüchern sauberzuwischen. Nach dem Abduschen einfach vorsichtig mit einem Handtuch abtupfen. Und hier habe ich eine Beruhigungstablette, die können Sie jetzt schon nehmen, macht den Übergang in die Vollnarkose weicher, geht gleich los, die lustige Fahrt.«

Diese Informationen sind für mich kein Problem. Mit Duschköpfen verstehe ich mich sehr gut. Und ich weiß genau, wie ich ein paar Wasserstrahlen in mich reinbefördert kriege. Während Robin mich in meinem Rollbett durch Flure schiebt und ich die Neonröhren über mich hinwegsausen sehe, lege ich heimlich die Hand unter der Bettdecke auf meinen Venushügel, um mich vor der Operation zu beruhigen. Ich lenke mich von der Angst ab, indem ich daran denke, wie ich mich schon als ganz junges Mädchen mit dem Duschkopf aufgegeilt habe.

Erst mal habe ich die Strahlen nur von außen gegen meine Muschi geschossen, später die Vanillekipferln hochgehalten, damit ich die Hahnenkämme und den Perlenrüssel mit dem Wasserstrahl treffe. Je fester, desto besser. Das soll richtig zwiebeln. Dabei hat mal der eine oder andere harte Strahl voll in die Muschi reingetroffen. Da hab ich schon gemerkt, dass das genau mein Ding ist. Vollaufen lassen und – genauso geil – alles wieder rauslaufen lassen.

Dafür setze ich mich immer im Schneidersitz in die Dusche, bisschen zurückgelehnt, Po etwas hoch. Dann fummele ich die ganzen Schamlippen zu den Seiten, wo sie hingehören, und schiebe mir ganz langsam und vorsichtig den dicken Duschkopf rein. Dafür brauche ich kein Pjur, weil meine Muschi bei der bloßen Vorstellung, dass ich mich gleich volllaufen lasse, Unmengen von hilfreichem Schleim produziert. Pjur ist das beste Gleitmittel, weil es nicht einzieht und geruchsneutral ist. Ich hasse parfümierte Gleitcremes. Wenn also der Duschkopf endlich drin ist, was wirklich lange dauert, weil ich mich sehr stark auseinanderdehnen muss, drehe ich ihn so, dass die Seite mit den Wasserdüsen nach oben zeigt, also Richtung Gebärmutterhals, -mund, -auge oder wie das da oben heißt, wo ein Mann mit langem Schwanz bei bestimmten Stellungen leicht gegenklopft. Jetzt wird das Wasser stark aufgedreht, ich verschränke die Hände hinterm Kopf – hab ja beide Hände frei, weil die Muschi den Duschkopf selber hält – mache die Augen zu und summe »Amazing Grace«.

Nach gefühlten vier Litern drehe ich das Wasser ab und ziehe ganz vorsichtig den Duschkopf wieder raus, damit so wenig Wasser wie möglich rausläuft. Das brauche ich nachher noch zum Abspritzen. Mit dem Duschkopf klopfe ich so lange meine vom Aufspreizen geschwollenen Vanillekipferln, bis ich komme.

Das geht bei mir meistens sehr schnell – wenn ich nicht gestört werde. Durch das Gefühl, komplett gestopft zu sein, wie jetzt von dem Wasser, schaffe ich das in wenigen Sekunden. Wenn ich gekommen bin, walke ich mit einer Hand feste meinen Unterbauch durch und stecke gleichzeitig alle Finger der anderen Hand tief in die Muschi rein und spreize sie alle auseinander, damit das Wasser nur so rausschießt, genauso wie es reingeschossen ist. Meistens komme ich vom rauslaufenden Wasser gleich noch mal.

Das ist für mich eine schöne, erfolgreiche Selbstbefriedigung. Nach so einer großen Wassersause muss ich noch stundenlang viele Schichten Klopapier in meinem Unterhosenschritt türmen, weil bei jeder Bewegung immer wieder stoßweise Wasser rausschießt und in Klamotten so aussähe wie Pipi. Das will ich nicht.

Eine andere Sanitäranlage, die sich hervorragend für so was eignet, ist das Bidet. Das Bidet wurde mir immer von meiner Mutter nahegelegt, um sich nach dem Sex mal schnell untenrum wieder frisch zu machen. Warum sollte ich?

Wenn ich mit jemandem ficke, trage ich doch mit Stolz sein Sperma in allen Körperritzen, an den Schenkeln, am Bauch oder wo der mich sonst noch vollgespritzt hat. Warum immer dieses bescheuerte Waschen danach? Wenn man Schwänze, Sperma oder Smegma ekelhaft findet, kann man's mit dem Sex auch direkt bleiben lassen. Ich mag es gerne, wenn Sperma auf der Haut trocknet, Krusten bildet und abplatzt.

Wenn ich mit meiner Hand einen Schwanz wichse, achte ich immer darauf, dass etwas Sperma an meinen Händen bleibt. Das kratze ich mit meinen langen Fingernägeln auf und lasse es darunter hart werden, um es später am Tag als Andenken an meinen guten Fickpartner mit den Zähnen unter den Nägeln rauszuknabbern, im Mund damit rumzuspielen, drauf rumzukauen und es nach langem Schmecken und Schmelzenlassen runterzuschlucken. Das ist eine Erfindung, auf die ich sehr stolz bin: Mein Sexandenkenkaubonbon.

Das Gleiche gilt natürlich auch für Sperma, das in der Muschi gelandet ist. Eben nicht mit dem Bidet zerstören!

Sondern mit Stolz tragen. In die Schule zum Beispiel. Und Stunden nach dem Sex läuft es als kleine Überraschung warm aus der Muschi raus. Ich bin zwar im Klassenraum, mit den Gedanken aber ganz da, wo das Sperma hergekommen ist. Ich sitze selig lächelnd in meiner warmen Spermapfütze, während der Lehrer vorne über Gottesbeweise spricht. So lässt sich Schule aushalten. Über diese Flüssigkeitsverbindung zwischen meinen Beinen freue ich mich immer sehr und schreibe sofort eine SMS an den Verursacher: Dein warmes Sperma läuft mir grad raus! Danke!

Gedanken zurück zum Bidet. Ich wollte mir noch ausmalen, wie ich mich mit dem Bidet volllaufen lasse. Es bleibt aber keine Zeit mehr dafür. Wir sind jetzt im Voroperationszimmer angekommen. Kann ich mir ja später weiter Gedanken drüber machen. Mein Betäuber ist schon da und wartet auf uns. Er schließt eine Flasche an meinen Armkanal an, hängt sie falsch rum an eine Stange mit Rollen und sagt, ich soll zählen.

Robin, der nette Pfleger, geht weg und wünscht viel Erfolg. Eins, zwei …

Ich wache im Aufwachraum auf. Man benimmt sich immer ein bisschen bescheuert nach einer Vollnarkose. Das will man, glaub ich, den Verwandten ersparen, deswegen wurde der Aufwachraum erfunden.

Ich werde von meinem eigenen Gebrabbel wach. Was hab ich gesagt? Weiß nicht. Ich zittere am ganzen Körper. Ganz langsam fängt mein Hirn an zu mahlen. Was mache ich hier? Ist mir was passiert? Ich will lächeln, um meine Hilflosigkeit zu überspielen, obwohl keiner sonst im Raum ist. Ich reiße mir mit dem Lächeln die Mundwinkel ein, weil meine Lippen so trocken sind. Mein Arschloch! Deswegen bin ich hier! Das war auch eingerissen. Meine Hand wandert runter zum Po. Ich ertaste einen großen Mullaufkleber, der über beide Arschbacken gespannt ist, und unter dem Aufkleber einen dicken Knubbel. O je. Hoffentlich gehört der Knubbel nicht zu meinem Körper. Hoffentlich geht der mit ab, wenn das Pflaster abgerissen wird. Ich habe dieses alberne schlabberlatzähnliche Kleid an. Da stehen die drauf in Krankenhäusern.

Da sind Ärmel dran und vorne rum sieht man aus wie ein Rauscheengel. Aber hinten ist absolut kein Stoff außer der kleinen Schleife im Nacken. Warum gibt's dieses Kleidungsstück überhaupt? Ja, gut. Wenn man liegt, können die einem das anziehen, ohne einen anheben zu müssen. Aber ich lag während der Operation doch wohl eher auf dem Bauch, damit die besser an den Arsch kommen. Heißt das, ich war die ganze Operation über nackt? Das finde ich schlimm. Die reden doch darüber, wie man aussieht. Da bin ich mir total sicher! Und man speichert das in der Narkose im Unterbewusstsein ab und wird irgendwann verrückt, und keiner weiß, warum.

Dieses luftige Gefühl hintenrum kenne ich aus meinem wiederkehrenden Kindheitsalptraum. Grundschule. Ich stehe an der Haltestelle und warte auf den Schulbus. So wie ich wirklich oft vergessen hab, die Schlafanzughose auszuziehen, bevor ich die Jeans anziehe, habe ich an dem Tag vergessen, unter meinem Rock eine Unterhose anzuziehen. Als Kind merkt man so was zu Hause nicht, in der Öffentlichkeit will man aber lieber sterben, als entdeckt zu werden, mit nacktem Arsch unterm Rock. Und das genau in der Zeit, als alle Jungs mit uns gespielt haben: Deckel hoch, Wasser kocht.

Robin kommt rein. Spricht ganz vorsichtig und sagt, alles sei gut gelaufen. Er fährt mich mit meinem Riesenbett in Aufzüge, durch Flure und haut immer volle Pulle auf die Spielshowbuzzer, damit die Türen aufgehen. Ach, Robin. Durch die Nachwirkung der Betäubung habe ich ein cruisendes Gefühl. Ich nutze die Zeit, um alles über mein Arschloch zu erfahren. Komisches Gefühl, dass Robin mehr darüber weiß als ich. Der hat so ein Klemmbrett, da steht alles drauf über mich und meinen Po. Ich bin ganz plauderig und mir fallen viele Po-Operationswitze ein. Er sagt, ich bin so locker und lustig, weil die Narkose noch wirkt. Er parkt mein Bett in meinem Zimmer und sagt, er könnte sich noch Ewigkeiten mit mir unterhalten, leider habe er aber noch andere Patienten, um die er sich kümmern muss. Schade.

»Wenn Sie Schmerzmittel brauchen, einfach klingeln.«

»Wo ist mein Rock und die Unterhose, die ich vor der Operation anhatte?«

Er geht zum Fußende von meinem Bett und schlägt die Decke auf. Da liegt ganz ordentlich gefaltet der Rock, und darauf die Unterhose.

Das ist die Situation, die Mama so fürchtet. Die Unterhose ist so gefaltet, dass der Schritt obenauf liegt. Natürlich auf rechts, nicht auf links. Und trotzdem kann ich den getrockneten Muschisaftfleck leicht durchschimmern sehen. Mama findet, das Wichtigste für eine Frau, die ins Krankenhaus kommt, ist, saubere Unterwäsche anzuhaben. Ihr Hauptargument für übertrieben saubere Wäsche: Wenn man angefahren wird und ins Krankenhaus kommt, ziehen die einen aus. Auch die Unterwäsche. Oh mein Gott. Und wenn die dann sehen, dass die Muschi da ihre normale Schleimspur hinterlassen hat, dann ... Was dann?

Mama stellt sich, glaube ich, vor, dass alle im Krankenhaus dann rumerzählen, was Frau Memel für eine dreckige Schlampe ist. Außen hui, untenrum pfui.

Der letzte Gedanke, den Mama vor ihrem Tod am Unfallort hätte, wäre: Seit wie viel Stunden trage ich diese Unterhose schon? Gibt es schon Spuren?

Das Erste, was Ärzte und Sanitäter bei einem blutüberströmten Unfallopfer tun, noch vor der Reanimation: mal kurz einen Blick in die blutdurchtränkte Unterhose werfen, damit sie wissen, mit was für einer Frau sie es zu tun haben.

Robin zeigt mir an der Wand hinter mir ein Kabel mit einem Klingelknopf dran, legt es neben mein Gesicht auf das Kissen und geht raus. Brauch ich bestimmt nicht.

Ich gucke mich in meinem Zimmer um. Alle Wände sind

hellgrün gestrichen, so hell, dass man es kaum wahrnehmen kann. Soll wohl beruhigen. Oder Hoffnung machen.

Links von meinem Bett ist ein kleiner Schrank für Kleidung in die Wand gebaut. Ich hab noch nichts zum Reintun hier, bringt mir aber bestimmt bald jemand. Hinter dem Schrank geht's um die Ecke, wahrscheinlich ins Badezimmer, na, sagen wir Duschzimmer.

Neben meinem Bett steht links direkt ein Metallnachttisch mit Schublade drin und Rollen drunter. Extra hoch, damit man von den hohen Betten aus gut rankommt.

Rechts von mir ist die lange Fensterfront, behängt mit weißen, durchsichtigen Gardinen mit Bleiband unten reingenäht, um die schön stramm nach unten zu ziehen. Die müssen immer ordentlich aussehen. Wie Beton. Sie sollen sich bei offenem Fenster auf keinen Fall im Wind bewegen. Vor dem Fenster steht die Kiste mit meinen Windeln, daneben ein Karton mit hundert Gummihandschuhen. Steht drauf. Sind wahrscheinlich etwas weniger drin mittlerweile.

Gegenüber an der Wand hängt ein gerahmtes Poster, man sieht die kleinen Metallkrallen, die das Glas festhalten. Auf dem Foto ist eine Baumallee, darüber steht in großen gelben Buchstaben: *Gehe mit Jesus.* Spazieren oder was?

Über der Tür hängt ein kleines Kreuz. Jemand hat einen Zweig dahintergesteckt. Warum machen die das? Ist auch immer die gleiche Pflanze mit diesen kleinen aufgewölbten Blättchen, dunkelgrün, unecht glänzend. Der Zweig sieht immer aus wie Plastik, ist aber immer echt. Ich glaube, er kommt von einer Hecke.

Wieso stecken die ein Stück Hecke hinter ihr Kreuz? Das Poster und das Kreuz sollen weg. Ich werde Mama zwingen, die Sachen abzuhängen. Ich freue mich jetzt schon auf die Diskussion. Mama ist gläubige Katholikin. Halt. Ich hab was vergessen. Da oben hängt ein Fernseher. Ich hatte noch gar nicht nach oben geguckt. Der ist in einen Metallrahmen gespannt und stark nach vorne gekippt. Als würde er jede Sekunde auf mich drauf fallen. Ich frage Robin später, ob er mal dran rütteln kann. Nur um sicherzugehen, dass er nicht runterfällt. Wenn ich einen Fernseher habe, muss ich doch auch eine Fernbedienung haben, oder muss ihn immer jemand für mich an- und ausmachen? Vielleicht in der Schublade? Ich ziehe sie auf und merke meinen Arsch. Vorsicht, Helen. Jetzt keinen Quatsch machen.

Die Fernbedienung liegt in einem der Plastikfächer in der Schublade. Alles klar. Außer, daß die Betäubung weggeht. Muss ich jetzt schon nach Schmerzmitteln klingeln?

Vielleicht wird es nicht so schlimm. Genau, ich warte erst ein bisschen, um mal zu gucken, wie sich das anfühlt. Ich versuche über andere Sachen nachzudenken. Zum Beispiel über das letzte Einhorn. Klappt aber nicht. Ich drücke schon die Zähne fest gegeneinander, die Gedanken sind nur noch bei meinem verwundeten Arsch, ich verkrampfe überall. Vor allem an den Schultern. So schnell verschwindet die gute Laune. Robin hatte recht. Ich will aber nicht als weinerlich gelten, grad noch bei Robin so eine große Klappe gehabt, ein bisschen halt ich noch aus. Ich schließe die Augen. Eine Hand liegt vorsichtig auf meinem Mullaufkleberarsch, die andere Hand am Klingelknopf. Ich liege rum, und die Schmerzen pulsieren. Die Betäubung wird immer schwächer. In Schüben brennt es an der Wunde. Meine Muskeln verkrampfen immer mehr. Die Pausen zwischen den Schüben werden kürzer.

Ich klingele und warte. Eine Ewigkeit. Ich kriege Panik. Der Schmerz wird schlimmer, das Reißen, das Messerbohren am Schließmuskel. Die haben den bestimmt extrem gedehnt, den Schließmuskel. Ja, klar. Wie sollen die sonst da reinkommen? Oben rum? Oh, Gott! Die gehen mit erwachsenen Männerhänden in meinen Enddarm und fuhrwerken da mit Messern und Spreizmetallen und Nähgarn herum. Der Schmerz ist nicht direkt in der Wunde, sondern kreisrund um die Wunde rum. Ein ausgeleierter Schließmuskel.

Da ist er endlich.

»Robin?«

»Ja?«

»Dehnen die bei der Operation das Poloch so auseinander, dass die da mit mehreren Händen reinkommen?«

»Ja, leider ja. Das verursacht dir gleich, wenn die Betäubung nachlässt, die meisten Schmerzen.«

Hm. Gleich. Ich brauche jetzt schon Schmerzmittel. Von der Vorstellung, dass es noch dauert, bis das wirkt, wird mir schlecht vor Angst. Ich hab mal wieder zu lange Schmerz ausgehalten, und jetzt muss ich ganz lange warten, bis diese Scheiße am Arsch aufhört. Ich will lernen, Schmerz früher zuzugeben, und ein Patient werden, der lieber zu früh klingelt und nach Schmerzmitteln fragt, als jetzt diese Minuten überstehen zu müssen, bis es anschlägt. Hier gibt's nämlich keinen Orden für Schmerzsoldaten, Helen. Mein Arschloch ist wundgedehnt.

Es fühlt sich an, als wäre das Loch so groß wie der ganze Arsch. Das geht doch nie wieder normal zusammen. Ich glaube, die haben mir extra wehgetan bei der Operation.

Vor ein paar Jahren war ich schon mal in diesem Krankenhaus. Mit der besten Lügenschauspielleistung meines

Lebens. Ich stand fünf in Französisch. Und am nächsten Tag sollte eine Französischarbeit sein. Ich hatte nicht gelernt und war auch länger nicht im Unterricht gewesen. Bei der letzten Klausur hatte ich schon krankgemacht. Da hatte ich Mama Kopfschmerzen vorgespielt, damit ich eine Entschuldigung geschrieben bekomme. Aber diesmal sollte was Überzeugenderes her. Ich wollte nur Zeit zum Lernen gewinnen.

Entschuldigtes Fehlen heißt, man kann später nachschreiben. Also fange ich morgens an, Mama zu erzählen, dass es mich links unten im Bauch zwickt. Und immer schlimmer wird. Mama ist direkt beunruhigt, weil sie weiß, dass es links unten zwickt, wenn man Blinddarmentzündung hat. Obwohl der Blinddarm rechts ist. Ich weiß das auch. Und fange an, mich zu krümmen vor Schmerz. Sie fährt mich sofort zu meinem Kinderarzt. Da gehe ich immer noch hin. Ist näher. Der legt mich auf die Pritsche und drückt mir unten am Bauch rum. Er drückt links, ich schreie und stöhne. Er drückt rechts, ich mach keinen Ton.

»Ganz eindeutig. Eine fortgeschrittene Blinddarmentzündung. Sie müssen Ihre Tochter sofort ins Krankenhaus bringen, keine Zeit, vorher zu Hause vorbeizufahren, um Schlafsachen einzupacken, können Sie später nachliefern. Das Kind muss ins Krankenhaus. Wenn der platzt, ist der ganze Körper vergiftet und das ganze Blut muss gereinigt werden.« Welches Kind, hab ich gedacht.

Ab ins Krankenhaus. Dieses hier. Dort angekommen, ziehe ich die gleiche Show ab. Links, rechts, richtige Reaktion. Wie ein Drückspiel. Notoperation. Die schneiden mich auf und sehen einen überhaupt nicht geschwollenen oder entzündeten Blinddarm. Nehmen ihn aber trotzdem raus.

Braucht man ja nicht. Und wenn die einen wieder zunähen und den drin lassen würden, käme man vielleicht bald mit einer echten Entzündung wieder. Doppelter Nerv. Das haben die mir aber nicht gesagt nach der Operation. Sondern meiner Mutter.

Als die mich später mal wieder beim Lügen von irgendwas erwischt hat, sagte sie:

»Dir kann man nichts glauben, du hast mich und alle Ärzte angelogen, nur um eine Französischarbeit nicht schreiben zu müssen! Sie haben dir den nicht entzündeten Blinddarm rausgenommen.«

»Woher weißt du das?«

»Mütter wissen alles. Haben die Ärzte mir auf dem Flur gesagt. So was haben die noch nie erlebt. Jetzt weiß ich, wie du lügen kannst!«

Jetzt weiß ich wenigstens, dass er raus ist. Bevor Mama und ich darüber gesprochen haben, hab ich immer gedacht, die Ärzte müssen ja gesehen haben, dass er nicht entzündet ist, und ihn drin gelassen haben. Darum hatte ich lange Zeit Angst vor einer echten Blinddarmentzündung. Und was erzählt man dann, wenn man angeblich schon mal eine hatte? So war das also. Gut zu wissen. Viele Stunden Sorge im Leben umsonst. Wenn man den Blinddarm gerade rausbekommen hat, tut es ganz lange höllisch weh, zu lachen, zu gehen, zu stehen und fast alles andere auch, weil man das Gefühl hat, die Naht reißt auf. Ich hab mich so gebückt und gestaucht gehalten wie jetzt auch wegen meinem Arsch. Kann es sein, dass die Ärzte sich meinen Namen gemerkt haben? War das damals vielleicht eine kleine Sensation, dass ein Mädchen Operationsschmerzen auf sich nimmt, nur um ihre Lehrerin zu verarschen? Haben die mir deswegen bei dieser Operation jetzt besonders wehgetan – och, abgerutscht –, um mir die Verarschung damals heimzuzahlen? Habe ich Verfolgungswahn wegen den Schmerzen? Wegen den Mitteln? Was ist hier eigentlich los? Es tut so weh. Robin. Bring Tabletten.

Da kommt er! Er gibt mir zwei Tabletten und erzählt irgendwas dazu. Ich kann nicht zuhören, bin zu verkrampft von den Schmerzschüben. Ich schlucke sie beide auf einmal. Die sollen schnell wirken, jetzt. Um mich zu beruhigen, lege ich wieder eine Hand auf meinen Venushügel. Hab ich früher als Kind schon immer gemacht. Nur wusste ich da noch nicht, dass das Venushügel heißt.

Für mich ist das die wichtigste Stelle am ganzen Körper. So schön warm. Auch perfekt auf Handhöhe gelegen. Mein Zentrum. Ich schiebe die Hand in die Unterhose und streichele da ein bisschen rum. So kann ich am besten einschlafen.

Ich rolle mich wie ein Eichhörnchen um meinen Venushügel herum ein, und kurz bevor ich einschlafe, denke ich noch, ich habe eine Kackwurst aus meinem Arsch raushängen. Fühlt sich wirklich genauso an, mit diesem Mullstopfen da hinten. Ich träume, dass ich über ein Riesenfeld spaziere. Ein Pastinakenfeld. Ganz weit entfernt sehe ich einen Mann. Einen Nordic-Walker. Ein nördlicher Geher. Diese Typen mit den Stöcken. Ich denke: Guck mal, Helen, ein Mann mit vier Beinen.

Er kommt näher, und ich sehe, dass er seinen großen Schwanz aus seiner aerodynamischen Sportstretchleggins raushängen hat. Und denke: Ach nee, ein Mann mit fünf Beinen.

Er geht an mir vorbei, und ich gucke ihm hinterher. Zu

meiner großen Freude entdecke ich, dass er hinten die Hose runtergezogen hat und eine lange Kackwurst aus seinem Arsch raushängt, noch länger als sein Schwanz. Ich denke: Sechs Beine, wow. Ich wache auf und habe Durst und Schmerz. Meine Venushügelhand wandert einmal hintenrum, um die Wunde zu ertasten. Ich will sehen, was die da gemacht haben. Wie soll ich mir das angucken können? In meine Muschi gucken schaff ich grad noch, wenn ich mich stark verrenke. Aber Arsch schaff ich nicht. Spiegel? Nee, Fotoapparat! Mama soll mir den mitbringen.

Wollte sie nicht eigentlich da sein, wenn ich aufwache? Mailbox.

»Ich bin's. Wenn du kommst, bringst du bitte unseren Fotoapparat mit? Und könntest du die Kerne aus meinem Zimmer abschütten und vorsichtig in Papier einwickeln, damit die Wurzeln nicht abbrechen? Und die leeren Gläser bitte auch mitbringen. Aber nicht offen reintragen. Hier ist alles außer Schnittblumen verboten, ok? Danke. Bis gleich. Ah, und kannst du noch so dreißig Zahnstocher mitbringen, bitte? Danke.«

Ich züchte Avocadobäume. Das ist neben Ficken mein einziges Hobby. Als Kind habe ich als liebstes Obst oder Gemüse, oder was das ist, Avocados gegessen. Halb aufgeschnitten und in das Loch ein ordentlicher Klecks Majonnaise. Darüber gehört viel scharfes Rosenpaprikapulver. Mit dem großen Kern aus der Frucht habe ich nach dem Essen gespielt. Meine Mutter hat damals immer gesagt, Kinder brauchen kein Spielzeug, eine schimmelige Tomate oder ein Avocadokern tun es auch.

Am Anfang ist der Kern vom Avocadoöl noch ganz glitschig und schleimig. Ich reibe ihn meinen Handrücken und die Arme hoch. Verteile den Schleim überall. Dann muss der Kern trocknen.

Auf der Heizung dauert das nur ein paar Tage. Wenn die Flüssigkeit weggetrocknet ist, fahre ich mit dem weichen, dunkelbraunen Kern über meine Lippen. Die müssen auch trocken sein, dann fühlt es sich so weich an, dass ich das minutenlang mache, mit Augen zu. So wie ich früher in der Sporthalle mit meinen trockenen Lippen am speckigen, weichen Lederbezug vom Bock entlanggefahren bin, bis mich jemand gestört hat. »Helen, was machst du da? Hör auf.«

Oder bis die anderen Kinder mich dafür ausgelacht haben. Dann bewahrt man so was eben für die wenigen Momente auf, in denen man ungestört in der Halle sein darf. Es ist ungefähr so weich wie meine Vanillekipferln, wenn sie grad frisch rasiert sind.

Die dunkelbraune Schale vom Kern muss ab. Dafür stoße ich meinen Daumennagel zwischen Schale und Kern, und die Hülle platzt nach und nach ab. Aber Vorsicht, dass man sich keine Stücke von der Schale unter den Nagel rammt.

Das tut sehr weh und geht auch mit Nadel und Pinzette nur schwer wieder raus. Mit spitzen Gegenständen unter dem Nagel rumzufuhrwerken tut noch mehr weh als das Reinrammen der Schale. Und es gibt hässliche Blutflecken unter dem Nagel. Die Blutflecken bleiben leider auch nicht rot, sondern werden braun. Man braucht ganz viel Geduld, bis das wieder rausgewachsen ist. Der Nagel sieht aus wie die Eisschicht auf einem zugefrorenen See, in der ein schön geformter Ast gefangen ist. Wenn die Schale vom Kern ganz ab ist, kommt seine eigentliche schöne Farbe zum Vorschein. Entweder hellgelb oder manchmal sogar zartrosa.

Dann haue ich einmal feste mit dem Hammer drauf. Nur so fest, dass der Kern nicht zerspringt. Danach lege ich ihn für mehrere Stunden in die Tiefkühltruhe, um ihm Winter vorzuspielen. Wenn lange genug Winter war, stecke ich drei Zahnstocher in ihn rein. Er kommt in ein Glas mit Wasser, und die Zahnstocher halten ihn auf perfekter Höhe aus dem Wasser raus.

So ein Avocadokern sieht aus wie ein Ei. Er hat ein dickes und ein spitzes Ende. Das dickere Ende muss oben aus dem Wasser rausgucken. Ein Drittel oben an der Luft, zwei Drittel müssen unter Wasser sein. So bleibt der Kern mehrere Monate.

Er bildet da im Wasser eine schimmelige Schleimschicht, die auf mich sehr einladend wirkt. Manchmal nehme ich ihn in der Zeit aus seinem Wasserglas und führe ihn mir ein. Ich nenne ihn meinen Biodildo. Natürlich verwende ich als Kernwirt nur Bioavocados. Sonst kriege ich ja nachher noch vergiftete Bäume.

Vor dem Einführen aber unbedingt die Zahnstocher entfernen. Dank meiner gut trainierten Scheidenmuskeln kann ich ihn nachher wieder rausschießen lassen. Dann ab zurück ins Wasser gezahnstochert. Und warten.

Nach ein paar Monaten kann man am dicken Ende einen Ritz erkennen. Der wird immer breiter, ein tiefer Spalt mitten durch den Kern. Es sieht so aus, als würde er bald auseinanderbrechen, und plötzlich sieht man unten eine dicke weiße Wurzel rauswachsen. Sie kringelt sich nach und nach ins Glas, weil sie sonst keinen Platz zum Wachsen hätte. Wenn die Wurzel schon ziemlich lang ist, kann man mit einem Auge ganz nah oben an den Spalt rangehen, dann erkennt man einen mini-kleinen grünen Spross, der nach oben rauswächst. Jetzt ist es Zeit, den Kern in einen Topf mit Aussaaterde zu pflanzen. Und ganz bald schon wächst ein richtiger Stamm mit vielen großen, grünen Blättern.

Näher komme ich an eine Geburt nicht ran. Ich habe mich monatelang um diesen Kern gekümmert. Hatte ihn in mir und hab ihn wieder rausgepresst. Und ich kümmere mich perfekt um alle meine so entstandenen Avocadobäume.

Ich will wirklich, seit ich denken kann, ein Kind haben. Es gibt aber bei uns in der Familie ein immer wiederkehrendes Muster. Meine Urgroßmutter, meine Oma, Mama und ich. Alle Erstgeborene. Alle Mädchen. Alle nervenschwach, gestört und unglücklich. Den Kreislauf habe ich durchbrochen. Dieses Jahr bin ich achtzehn geworden und habe schon lange drauf gespart. Einen Tag nach meinem Geburtstag, sobald ich ohne Erlaubnis der Eltern durfte, habe ich mich sterilisieren lassen. Seitdem klingt der von Mama so oft wiederholte Satz nicht mehr bedrohlich: »Wetten, wenn du dein erstes Kind kriegst, wird es auch ein Mädchen?« Ich kann nämlich nur noch Avocadobäume kriegen. Bei jedem neuen Baum muss man fünfundzwanzig Jahre warten, bis er selbst wieder Früchte trägt. Ungefähr so lange muss man als Mutter auch warten, bis man Großmutter wird. Heutzutage.

Während ich hier gelegen und glücklich über meine Avocadofamilie nachgedacht habe, sind die Schmerzen weggegangen. Man merkt es genau, wenn sie kommen; wenn sie gehen, merkt man das nicht, fällt gar nicht auf. Aber jetzt stelle ich fest, dass sie ganz weg sind. Ich liebe Schmerzmittel und male mir aus, wie es wäre, wenn ich in einer anderen Zeit geboren wäre, als es noch nicht so gute Schmerzmittel gab. Mein Kopf ist frei von Schmerzen und hat Platz für alles andere. Ich atme ein paar Mal tief durch und schlafe erschöpft ein. Als ich die Augen aufmache, sehe ich Mama über mich gebeugt.

»Was machst du denn?«

»Ich decke dich zu. Du liegst hier völlig entblößt.«

»Lass das so, die Decke ist zu schwer für meine Arschwunde, Mama. Das tut weh. Ist doch egal, wie das aussieht. Denkst du, das haben die hier nicht schon tausendmal gesehen?«

»Dann bleib so, in Gottes Namen.«

Gutes Stichwort.

»Kannst du bitte das Kreuz über der Tür abhängen? Das stört mich.«

»Nein, das kann ich nicht. Helen, hör auf mit dem Quatsch.«

»Gut, wenn du mir nicht hilfst, muss ich wohl aufstehen und das selber machen.«

Ich hänge ein Bein aus dem Bett, täusche ein Aufstehen an und stöhne vor Schmerzen.

»Schon gut, schon gut, ich mach's. Bitte bleib liegen.«

Geht doch.

Sie muss den einzigen Stuhl im Raum zur Hilfe nehmen, um an das Kreuz über der Tür zu kommen. Während sie da draufklettert, stellt sie mir in übertrieben freundlichem, lockerem Ton Fragen. Sie tut mir leid. Jetzt ist es aber zu spät.

»Seit wann hast du diese Dinger da bei dir?«

Was meint sie? Ach, so. Die Hämorrhoiden.

»Schon immer.«

»Aber nicht, als ich dich früher gebadet hab.«

»Dann hab ich die wohl grade bekommen, als ich zu alt war, um von dir gebadet zu werden.«

Sie klettert vom Stuhl runter und hält das Kreuz in der Hand. Sie guckt mich fragend an.

»Tu es doch hier in die Schublade.« Ich zeige auf meinen Metallnachtschrank.

»Mama, weißt du, Hämorrhoiden sind erblich. Fragt sich nur, von wem ich die habe.«

Sie schiebt die Schublade ziemlich fest wieder zu.

»Von deinem Vater. Wie war die Operation?«

Wir haben mal im Pädagogikunterricht gelernt, dass Eltern von Scheidungskindern oft versuchen, das Kind auf ihre jeweilige Seite zu ziehen. Der eine Elternteil redet dann vor den Kindern schlecht über den anderen Elternteil.

Was jeder der schlecht redenden Elternteile aber nicht

bedenkt, ist, dass er dabei auch immer die eine Hälfte des eigenen Kindes beleidigt. Falls man sagen kann, dass ein Kind halb Mutter, halb Vater ist.

Kinder, deren Vater immer von der Mutter schlecht gemacht wurde, rächen sich irgendwann an der Mutter. Alles kommt wie ein Bumerang zurück.

All die Jahre hat dann die Mutter versucht, das Kind auf ihre Seite zu ziehen, hat aber damit genau das Gegenteil erreicht. Sie hat das Kind immer weiter zum Vater gedrückt.

Unsere Pädagogiklehrerin hat recht.

»Weiß ich nicht, ich war nicht dabei, war Vollnarkose. Alles gut gelaufen, sagen sie. Tut weh. Hast du meine Kerne mitgebracht?«

»Ja, da stehen sie.«

Sie deutet auf die Fensterbank. Direkt neben der Windelbox steht eine Kiste mit meinen geliebten Kernen. Sehr gut. Da komm ich auch alleine dran.

»Hast du den Fotoapparat mit?«

Sie holt ihn aus der Handtasche und legt ihn auf meinen Metallnachtschrank.

»Wofür brauchst du den hier im Krankenhaus?«

»Ich finde, man soll nicht nur die glücklichen Momente wie Geburtstage dokumentieren, Mama, sondern auch die traurigen wie Operationen, Krankheit und Tod.«

»Mit solchen Fotos im Album machst du bestimmt deinen Kindern und Kindeskindern eine große Freude.«

Ich grinse. Ach, wenn du wüsstest, Mama.

Ich möchte, dass sie schnell geht. Damit ich mich um meinen Arsch kümmern kann. Die einzigen Momente, in denen ich länger Zeit mit ihr verbringen will, sind die, in denen ich begründete Hoffnung habe, dass ich sie mit Papa zusammenbringen kann. Der kommt heute nicht. Aber morgen bestimmt. Das Krankenhaus mit der Tochter drin ist der perfekte Ort für eine Familienzusammenführung. Morgen. Heute: Arschfotos.

Sie verabschiedet sich und sagt noch, dass sie mir Schlafsachen in den Schrank geräumt hat. Danke. Wie soll ich denn da drankommen? Egal, liege sowieso lieber untenrum nackt, wegen dem ganzen Verbandszeug. Luft ist gut für die Wunde.

Sobald Mama weg ist, klingele ich nach Robin.

Warten, warten. Gibt ja noch andere Patienten, Helen, auch wenn du dir das nur schwer vorstellen kannst. Da kommt er.

»Wie kann ich Ihnen helfen, Frau Memel?«

»Ich möchte was fragen. Und bitte nicht sofort Nein sagen, ok?«

»Schießen Sie los.«

»Könnten Sie mir helfen ... Können wir erst mal das Siezen weglassen? Wenn ich so was frage, passt Siezen nicht.«

»Klar. Gerne.«

»Du bist Robin, und ich bin Helen. So. Kannst du mir bitte helfen, meinen Arsch und die Wunde zu fotografieren? Ich will unbedingt wissen, wie ich da jetzt aussehe.«

»Oh, ich muss mal kurz überlegen, ob ich das darf.«

»Bitte, ich werde sonst wahnsinnig. Anders kriege ich nicht raus, was die da gemacht haben. Weißt du doch, der Notz kann das nicht erklären. Und ist ja schließlich mein Arsch. Bitte. Mit Rumtasten komm ich da nicht weiter. Ich muss das sehen.«

»Verstehe. Interessant. Andere Patienten wollen nie wissen, wie's geworden ist. Okay. Was soll ich machen?«

Ich stelle den Fotoapparat im Menü auf Speisenfotografie ein. Erst mal ohne Blitz. Ist immer schöner. Ich entferne den Mullaufkleber und den Pfropfen. Das dauert länger als gedacht, ganz schön viel Mull haben die da hinten reingestopft. Ich lege mich vorsichtig auf die andere Seite, Gesicht zum Fenster, und halte mit beiden Händen die Arschbacken auseinander.

»Robin, jetzt bitte so nah wie möglich die Wunde fotografieren. Nicht wackeln, ist ohne Blitz.«

Ich höre, wie es einmal klickt, dann zeigt er mir das Bild zur Kontrolle. Man kann kaum was erkennen. Robin hat keine ruhige Hand. Aber bestimmt andere Talente. Also doch mit Blitz. Und das Ganze noch mal.

»Mach ein paar Bilder aus verschiedenen Perspektiven. Ganz nah und weiter weg.«

Klick, klick, klick, klick. Der hört gar nicht mehr auf.

»Ist gut, danke, Robin.«

Er gibt mir vorsichtig den Fotoapparat zurück und sagt:

»Jetzt arbeite ich schon so lange in der proktologischen Abteilung und habe noch nie die Wunde, die hier alle haben, sehen dürfen. Ich danke dir.«

»Ich dir. Darf ich jetzt in Ruhe mein Poloch angucken? Und würdest du das noch mal für mich machen, falls nötig?«

»Klar.«

»Du bist ganz schön locker, Robin.«

»Du erst, Helen.«

Er geht lächelnd raus. Ich stopfe mir den Mullpfropfen wieder rein.

Ich bin jetzt alleine mit diesem Apparat, in dem sich die Bilder meiner Wunde verstecken. Ich habe keine Ahnung, was mich erwartet. Mein Puls wird schneller, vor Aufregung kriege ich einen Schweißausbruch.

Ich drehe das Rädchen neben dem Display auf »Abspielen« und halte mir die Kamera nah vor die Augen. Es erscheint ein Foto von einem blutigen Loch, der Blitz hat tief hineingeleuchtet. Das steht ja offen. Nichts deutet auf einen geschlossenen Schließmuskel hin.

Ich kann keine ringförmig geraffte, rosabraune Rosettenhaut erkennen. Eigentlich kann ich überhaupt nichts Vertrautes erkennen. Das also meinte der Notz mit »Keil rausschneiden«. Sehr schlecht erklärt. Ich bin von meinem eigenen Arschloch entsetzt, oder von dem, was davon übrig ist. Mehr Loch als Arsch.

Also: Arschmodel kann ich damit nicht mehr werden. Nur noch Privatgebrauch. Oder halte ich das Foto falsch rum? Nein, kann ja nicht. Robin wird den Apparat beim Fotografieren ja wohl auch so rum gehalten haben.

Oje. Man kann da voll reingucken. Mir geht es viel schlechter als vor dem Anschauen. Schlagartig kommen auch die Schmerzen wieder. Jetzt, wo ich weiß, wie ich da aussehe, glaube ich nicht mehr daran, dass sie jemals weggehen. An der ganzen Schnittstelle ist gar keine Haut, sondern einfach rotes, nacktes Fleisch.

Ich muss mir da erst mal Haut wachsen lassen. Wie lange

dauert das? Wochen? Monate? Was muss man essen, um schnell neue Arschhaut zu bilden? Makrelen?

Wollen die hier eigentlich, dass ich an dem offenen Fleisch Kacke vorbeidrücke? Niemals. Wie viele Tage und Wochen kann ich einhalten? Und falls ich es schaffe, lange einzuhalten, wird die Kacke ja immer dicker und härter und tut dann noch mehr weh, wenn sie da vorbei muss. Das frag ich mal. Die müssen mir hier unbedingt ein Mittel geben, das Verstopfung verursacht, damit das erst mal heilen kann. Ich klingele mit meiner SOS-Bimmel.

Warten. In der Zeit guck ich mir alle anderen Bilder an, die Robin gemacht hat. Keins dabei, das die Wunde harmloser erscheinen lässt. Aber was ist das neben der Wunde? Lauter knallrote Pocken drumrum. Was ist das denn jetzt schon wieder? Ich fühle mit den Fingerspitzen dahin, einmal über beide Arschbacken. Ich kann die Pocken fühlen. Ist mir vorhin beim Abtasten gar nicht aufgefallen. Mein Tastsinn ist im Vergleich zum Gucksinn aber auch sehr verkrüppelt. Muss den Tastsinn mal mehr trainieren, so geht das nicht weiter. Wo kommen diese schlimmen Pocken jetzt her? Allergie? Gegen Pooperationen? Ich gucke noch mal auf den Fotos nach. Jetzt weiß ich. Das ist Rasurbrand. Die rasieren einen doch vor der Operation. Aber offensichtlich nicht gerade zärtlich. Schrappschrapp, mit der Klinge drüber. Hauptsache, so schnell wie möglich die Haare weg. Bestimmt ohne Wasser und Schaum. Einfach trocken mit der Klinge die Haare rausgerissen.

Die sind ja hier noch schroffer beim Rasieren als ich bei mir selber. Früher habe ich mich gar nicht rasiert. Ich dachte, man kann die Zeit, die man damit im Badezimmer verplempert, besser nutzen. Hab ich auch immer gemacht.

Bis ich Kanell getroffen habe. Der kommt aus Afrika, genauer gesagt aus Äthiopien. Er wollte eines Samstags an dem Gemüse- und Obststand einkaufen, an dem ich arbeite, um noch was zum Taschengeld dazuzuverdienen. Ich baue den Stand um vier Uhr morgens auf und verkaufe bis nachmittags. Mein Chef, der Bauer, dem der Stand gehört, ist Rassist. Was sehr lustig ist. Weil er meint, sehr exotische Gemüse- und Obstsorten verkaufen zu müssen. Marktlücke. Aber wer, außer Leuten aus Afrika, Indien, Südamerika und China, kann denn Pomelos, Topinambur und Okras für seine Gerichte überhaupt verarbeiten?

So ärgert sich mein Chef den ganzen Tag lang über Ausländer, die ihn belästigen, weil sie bei ihm kaufen wollen, und regt sich über deren schlechte deutsche Aussprache auf. Obwohl er sie ja mit seinen Waren angelockt hat. Kanell hatte die Nachfrage des Bauern nicht verstanden: »Das wär's?«

Und musste nachfragen, was der Bauer damit meint. Der Bauer hat ihn beim Erklären so von oben herab behandelt, dass ich mich nachher vom Stand weggeschlichen habe, um mich zu entschuldigen.

Ich bin durch die Gänge des Marktes gerannt und habe ihn gesucht. Irgendwann stand ich hinter ihm. Ich tippte ihm auf die Schulter, er drehte sich um, und ich sagte, ganz außer Atem:

»Hallo. Entschuldigen Sie bitte. Ich wollte Ihnen nur sagen, dass ich mich grad sehr geschämt habe für meinen Chef.«

»Das habe ich Ihnen angesehen.«

»Gut.«

Wir lachten uns an.

Dann wurde ich nervös, und mir fiel nichts Besseres ein als zu sagen:

»Ich geh dann zurück zum Stand.«

»Bist du rasiert?«

»Was?«

»Ob du rasiert bist?«

»Nein, warum fragst du das?«

»Weil ich dich gerne mal rasieren würde, bei mir zu Hause.«

»Wann?«

»Direkt nach deiner Arbeit. Wenn der Markt zumacht.«

Er schreibt mir seine Adresse auf, faltet das Blatt ganz klein und legt es mir wie ein kleines Geschenk in meine dreckige Handfläche. Das hier gehört definitiv zu meinen spontaneren Verabredungen. Ich stecke den Zettel in die Brusttasche meiner grünen Marktschürze und gehe stolz zum Rassisten zurück.

Ich denke die nächsten Stunden lieber nicht zu genau darüber nach, was mich da in der Wohnung erwartet. Sonst werde ich zu aufgeregt, und dann gehe ich nachher gar nicht hin. Das wäre dann doch sehr schade.

Nach getaner Arbeit stecke ich mein Schwarzgeld ein und gehe zu der angegebenen Adresse. Ich klingele bei Kanell. Wohl der Nachname. Oder er hat einen so komplizierten Vor- und Nachnamen, dass er sich wie manche Fußballspieler einen für dumme Europäer aussprechbaren Künstlernamen gesucht hat. Er summt die Tür auf und sagt im Treppenhaus laut: »Zweite Etage.«

Ich gehe einen Schritt rein, und die Tür fällt direkt hinter mir zu. Sie berührt fast meinen Hinterkopf und drückt mir einen starken, kalten Luftzug in die Haare. Der mechanische Zuzieh-Arm ist zu stark eingestellt. Da gibt es irgendwo oben eine Schraube, die man lockern muss, dann geht die Tür etwas eleganter zu. Hat mein Vater mir beigebracht. Wenn ich hier öfters hindarf, bring ich mal einen Kreuzschraubenzieher mit und regel das.

Ich hebe meinen Rock hoch und rutsche mit der Hand in die Unterhose, ich schiebe meinen Mittelfinger tief in die Muschi rein, lasse ihn kurz da in der Wärme und ziehe ihn wieder raus. Ich mache den Mund auf und stecke den Mittelfinger ganz weit rein. Ich schließe die Lippen um den Finger und ziehe ihn langsam wieder raus. Dabei sauge und lutsche ich, so feste ich kann, um so viel Schleimgeschmack wie möglich auf die Zunge zu bekommen.

Es kann ja nicht sein, dass ich beim Sex die Beine für einen Typen breit mache, um mich zum Beispiel ordentlich lecken zu lassen, und selber keine Ahnung habe, wie ich da unten aussehe, rieche und schmecke.

In unserem Badezimmer sind all diese nützlichen Spiegel, mit deren Hilfe ich mir selber ganz gut von unten in die Muschi reingucken kann. Eine Frau sieht ihre Muschi so von oben am Bauch vorbei betrachtet nämlich ganz anders als ein Mann, wenn er im Bett mit dem Kopf zwischen ihren Beinen hängt.

Die Frau sieht nur ein kleines Büschel Haare da abstehen und eventuell zwei Hubbel, die die äußeren Schamlippen andeuten.

Der Mann sieht ein weit aufgerissenes, geiles Maul mit Fleischzotteln überall dran. Ich will bei mir alles so sehen wie ein Mann; der sieht halt mehr von der Frau als sie selber, weil die unten so komisch versteckt um die Ecke rum gebaut ist. Genauso will ich als Erste wissen, wie mein

Schleim aussieht, riecht und schmeckt. Und nicht da liegen und hoffen, dass alles gut ankommt.

Ich greife mir immer in die Muschi, wenn ich auf Klo sitze, kurz vorm Pinkeln mach ich den Test. Mit dem Finger drin rumprorkeln, so viel Schleim wie möglich rausbuddeln, dran schnuppern. Riecht meistens gut, wenn ich nicht grad viel Knoblauch gegessen habe oder Indisch.

Die Konsistenz ist sehr unterschiedlich, mal wie Hüttenkäse, mal wie Olivenöl, je nachdem, wie lange ich mich nicht gewaschen habe. Und das hängt davon ab, mit wem ich Sex haben will. Viele stehen auf Hüttenkäse. Würde man erst gar nicht denken. Ist aber so. Ich frage immer vorher.

Dann alles vom Finger ablutschen und wie ein Gourmet im Mund hin und her schmecken. Schmeckt meistens sehr gut. Außer manchmal, da hat der Schleim so einen säuerlichen Nachgeschmack, bin noch nicht dahintergekommen, wo das dann herkommt. Werde ich aber noch rauskriegen.

Der Test muss bei jedem Toilettengang gemacht werden, weil ich schon mal in die Verlegenheit oder den Genuss von spontanem Sex komme. Auch da will ich auf dem Laufenden sein, was meine Muschischleimproduktion angeht. Helen überlässt nix dem Zufall. Erst wenn ich genau Bescheid weiß über meinen geliebten, wertvollen Schleim, darf den ein Mann mit seiner Zunge aufschlecken.

Ich habe fertig geschmeckt und bin begeistert. So kann man sich blicken und schmecken lassen. Etwas trüffelig und alt der Smegmageschmack, das macht die Männer geil. Meistens.

Ich laufe hoch. Nicht langsam gehen und so tun, als würde man so was öfter machen. Keine Spielchen. Durch schnelles Hochlaufen zeige ich ihm, wie eilig ich es habe und wie neugierig ich bin. An der Tür nimmt er meine Hände in seine und küsst mich auf die Stirn. Er führt mich ins Wohnzimmer. Es ist sehr warm. Die Heizung bollert vor sich hin. Hier soll sich wohl jemand längere Zeit nackt aufhalten können. Es ist sehr dunkel. Rolladen runter. Nur eine kleine Tischleuchte mit 25 Watt ist an. In deren Schein steht auf dem Boden eine Schüssel dampfendes Wasser. Daneben ein kleines gefaltetes Handtuch, ein Herrennassrasierer und eine Sprühdose Rasierschaum. Die komplette Couch ist mit mehreren großen Handtüchern abgedeckt.

Er zieht mich schnell aus. Nur mit dem Rock hat er Probleme. Komplizierter Verschluss. Hochschieben reicht ihm wohl nicht. Soll offenbar ganz weg, der Stoff. Ich helfe ihm. Er legt mich schräg auf die Couch. Mit dem Kopf in die hinterste Ecke, mit dem Po direkt an den Abgrund. Ich stütze mich mit den Füßen an der Kante ab, so liege ich da wie beim Frauenarzt, in Brökertstellung.

Er zieht sich komplett vor mir aus. Das hatte ich nicht erwartet. Dachte, ich zieh mich aus und er bleibt bekleidet. Umso besser. Er hat schon harte Nippel und eine halbe Erektion. Er hat einen sehr dünnen Schwanz mit spitzer Eichel und einem leichten Linksdrall. Von mir aus betrachtet.

Und einen Brotlaib hat er auf die Brust tätowiert. Die Form deutet eher auf einen Kastenbutterplatz als auf ein Grau- oder Vollkornbrot hin. Langsam wird meine Atmung ruhiger. Ich gewöhne mich schnell an ungewöhnliche Situationen. Ich verschränke die Arme hinter meinem Kopf und beobachte ihn. Er wirkt sehr geschäftig und glücklich. Ich habe hier, glaub ich, nichts zu tun außer Rumliegen. Mal gucken.

Er geht aus dem Zimmer und kommt mit einer eingeschalteten Grubenlampe auf dem Kopf wieder. Ich muss lachen und sage ihm, dass er aussieht wie ein Zyklop. Haben wir grad in der Schule durchgenommen. Er lacht auch.

Er legt ein Kissen auf den Boden und kniet sich drauf, sagt, er will keine Hornhaut an den Knien kriegen. Dann tunkt er beide Hände in das heiße Wasser und reibt meine Beine damit ein. Aha. Also erst mal ganz unten, zum Warmwerden.

Dann sprüht er Rasierschaum drauf und verstreicht ihn. Er tunkt den Rasierer ins heiße Wasser und zieht eine lange Bahn das ganze Bein entlang. Da, wo er langrasiert hat, ist der ganze Schaum weg. So geht er Bahn für Bahn vor. Wie beim Rasenmähen. Nach jedem Rasierzug schüttelt er den Rasierer unter Wasser sauber. Auf der Wasseroberfläche schwimmen Haare und Schaum. Ziemlich schnell sind beide Beine nackt. Er sagt, ich soll die Arme genau so lassen. Jetzt sind wohl erst die Achselhöhlen dran. Mist. Freu mich schon aufs Muschirasieren. Falls er das überhaupt vorhat.

Er befeuchtet beide Höhlen mit Wasser und spritzt mir dann dieses Sprühsahne-Zeug hinein. Unter den Armen hat er es etwas schwerer, weil die Haare dort so lang sind. Er muss mehrmals über die gleiche Stelle, um alle Haare zu entfernen. Meine Achselhöhlen gehen auch sehr tief rein, deshalb muss er die Haut dort in verschiedene Richtungen strammziehen, um über eine glatte Fläche rasieren zu können. Mit seiner Grubenlampe wirft er einen Lichtkreis auf meine Haut. Wenn er näher ran geht, um genau hinzugucken, wird der Kreis klein und sehr hell. Geht er weiter weg mit seinen Augen, strahlt er mit schummrigem Licht eine große Fläche an. Der Lichtkreis trifft genau den Punkt, den er gerade anschaut. Die Helligkeit des Kreises zeigt, wie genau er gerade guckt. Ich sehe den Lichtkreis ziemlich oft auf meinen Titten. Mehr auf der rechten, mit dem Schlangenzungennippel. Und auf meiner Muschi. Geblendet hat er mich noch nicht. Gesicht scheint nicht von Interesse zu sein. Als alles glatt ist, schaufelt er Wasser aus der Schüssel auf meine Achselhöhlen, um den Schaum wegzuwischen, und trocknet mich ab. Beziehungsweise tupft mich eher trocken. Wir lächeln uns an.

»Jetzt aber«, sage ich und tätschele meine behaarte Muschi.

»Hm.«

Er macht beide Hände nass und befeuchtet mir unten eine große Fläche. Vom Bauchnabel aus runter, dann rechts und links ein Stück von den Oberschenkeln und weiter zwischen den Schamlippen durch bis zum Poloch und noch weiter bis zum Anfang der Arschritze. Er guckt sich genau den Blumenkohl an. Ein Rasurhindernisparcours. Dann spritzt er mir Rasierschaum auf die feuchten Stellen. Auf den Schamlippen vibriert das schön. Krrrchcht. Er massiert den Schaum ein bisschen in die Haut ein und greift nach seinem Rasierer. An den Oberschenkeln fängt er an. Die Schamhaare, die da Richtung Bein wachsen, werden wegrasiert. Er setzt den Rasierer unterm Bauchnabel an und hält inne. Dann lehnt er sich weit zurück, um einen besseren Überblick über den Bereich zu bekommen, legt sich eine Denkfalte zwischen die Augen und sagt ernst:

»Dass die da so hoch wachsen, find ich gut. Ich lasse oben alles stehen. Nehme etwas mehr an den Seiten weg, dann haben wir einen langen dunklen Streifen bis zur Spalte, ab da unten entlang bis nach hinten kommt alles weg.« Wenn er spricht, guckt er mir nicht in die Augen, sondern redet eher mit meiner Muschi.

Die antwortet: »Einverstanden.«

An den Seiten mäht er noch je einen Streifen Rasen weg. Bis zu der Stelle, wo der Vanillekipferlnvorhang aufgeht, lässt er die Frisur spitz zulaufen. Jetzt muss er an die Schamlippen ran. Endlich. Endlich. Er geht mit dem Kopf zwischen meine Beine. So kann er am besten mit seiner Lampe die Muschi anleuchten. Die leuchtet bestimmt wie eine behaarte Laterne. Innen glutrot. Vorsichtig rasiert er meine Vanillekipferln. Dann muss er sie zur Seite wegspreizen, weil er auch die Innenseiten bearbeiten will. Immer wieder geht er durch alle Ritzen. Bis nirgendwo mehr Schaum zu sehen ist. Ich will, dass er mich fickt. Macht er bestimmt auch, nach dem Rasieren. Bisschen noch gedulden, Helen. Er sagt, ich soll jetzt die Beine breit lassen, aber die Knie näher an mich ran ziehen, damit er an den Arsch drankommt. Er fragt, ob mir dieses Gewülst am Po weh tut.

»Nein, nein, das sind nur nach außen gestülpte Hämorrhoiden. Da kannst du, glaub ich, vorsichtig drüberrasieren.«

Hinten sind viel weniger Haare. Er fährt ein paar Mal mit dem Rasierer die Poritze hoch und runter und einmal im Kreis um den Damm rum. Fertig. Wieder werde ich mit mittlerweile nicht mehr heißem Wasser aus der Schüssel beträufelt und abgetupft. Meine Muschi hat beim Rasieren der Ritzen viel Schleim produziert. Jetzt mischt sich der Schleim mit dem Wasser und wird von Kanell abgetupft. Es trieft aber sofort neuer nach.

»Willst du mich jetzt ficken?«

»Nein, dazu bist du mir zu jung.«

Ganz ruhig bleiben, Helen. Sonst geht das schöne Gefühl da unten weg.

»Schade. Darf ich mich dann bitte selber ficken, hier? Oder muss ich erst nach Hause, um da zu kommen?«

»Mach das gerne hier. Du bist herzlich eingeladen.«

»Gib mir den Rasierer.«

Ich halte ihn an der Rasierfläche fest und schiebe mir den Griff in meine nasse Muschi. Der Griff ist gar nicht so kalt wie erwartet. Kanells Hände haben ihn die ganze Zeit aufgewärmt.

Mit rhythmischen Bewegungen lasse ich den Griff immer rein- und rausgleiten. Er fühlt sich an wie der Finger von einem Vierzehnjährigen. Hänsels Stock. Ich reibe den Griff zwischen den Schamlippen feste hin und her. Immer fester. Es ist die gleiche Bewegung wie beim Brotschneiden. Aber hartes Brot. Vor, zurück. Vor, zurück. Sägen. Sägen. Immer tiefer.

Kanell beobachtet mich.

»Kannst du mir die Lampe auf den Kopf setzen? Ich will mich auch mal anleuchten.«

Er zieht mir das Gummiband auf den Kopf und setzt die Lampe genau in die Mitte meiner Stirn. Ich gucke auf meine Muschi und strahle sie dabei voll an. Kanell geht weg. Heidewitzka, hat mich das Rasieren aufgegeilt. Ich lege den Rasierer auf meinen Bauch und streichele mit beiden Händen meine glattrasierten, nackten Schamlippen. Mein lieber nicht vorhandener Gott, sind die weich. Weich wie Bockleder, weich wie Kerne. So weich, dass ich sie mit meinen Fingern kaum mehr fühle. Ich reibe sie immer fester. Und komme.

Und jetzt? Ich bin verschwitzt und außer Atem. Hier ist

es sehr warm. Wo ist Kanell? Ich ziehe mich an. Mir wird noch wärmer. Er kommt rein. Ich frage:

»Willst du das noch mal machen?«

»Gerne.«

»Wann?«

»Jeden Samstag nach deiner Arbeit.«

»Gut. Dann hab ich immer eine Woche Zeit, die Haare so dolle wie möglich wachsen zu lassen für dich. Ich geb mir Mühe. Bis dann.«

Das war das erste Mal, dass ich mich rasiert habe. Oder dass ich rasiert worden bin. Also: meine erste Rasur. Seitdem sehen wir uns fast jede Woche. Manchmal macht er die Tür nicht auf. Oder ist nicht da. Dann müsste ich zwei Wochen ohne Rasur und mit Stoppeln rumlaufen. Das finde ich hässlich. Entweder ganz rasiert oder ganz behaart. Das fängt auch immer doller an zu jucken. Also muss ich ran, wenn er nichts macht. Dabei mach ich das lange nicht so gut wie er. Nicht so langsam und nicht so liebevoll.

Mich selber zu rasieren ist doof, weil ich auf dem Gebiet verwöhnt bin. Ich bin es gewohnt, rasiert zu werden. Ich finde, wenn Männer rasierte Frauen wollen, sollen sie auch das Rasieren übernehmen. Und nicht den Frauen die ganze Arbeit aufhalsen. Frauen wäre es doch ohne Männer ganz egal, wie sie behaart sind. Wenn beide sich gegenseitig so rasieren, wie sie es am hübschesten finden, dann ist es das beste Vorspiel, das ich mir vorstellen kann. Und jeder hat beim anderen genau die Frisur, die ihn am geilsten macht. Besser als sich alles voneinander zu wünschen und sich gegenseitig zu erklären. Gibt nur Ärger.

Bei mir geht das schroff zur Sache. Ich rasiere mich schnell, zackizacki, überall drüber, und reiß mir alles mit der Klinge auf. Danach blute ich meistens, und die ganzen offenen Rasierstoppeln entzünden sich. Wenn Kanell das sieht, schimpft er mich, weil ich so mit mir umgehe. Er kann das nicht leiden. Ich bin aber noch lange nicht so schroff zu mir selber wie die Person, die mich vor der Operation am Arsch rasiert hat.

Eine Krankenschwester kommt rein. Leider nicht Robin. Egal. Die kann ich auch fragen.

»Was ist, wenn ich Stuhlgang muss?«

So nennen die das doch immer. Je nachdem, mit wem ich spreche, kann ich mich auch gewählt ausdrücken.

Sie erklärt mir, dass es von Ärzteseite sogar erwünscht ist, so früh wie möglich zu kacken. Damit gar nicht erst eine Kackhemmung auftritt. Sie sagt, die Wunde soll mit täglichem Stuhlgang heilen, damit alles richtig zusammenwächst und auch fähig ist, sich zu dehnen. Die haben se nicht mehr alle. Sie sagt, gleich käme noch der Professor Notz, um mir das alles genau zu erklären. Sie geht raus. Und während ich auf den Notz warte, denke ich über die verschiedenen Mittel nach, mit denen man eine Verstopfung herbeiführen kann. Mir fallen viele Möglichkeiten ein. Da kommt Professor Dr. Notz rein. Ich begrüße ihn und gucke ihm dabei fest in die Augen. Das mache ich immer so, um den anderen einzuschüchtern. Da fällt mir auf, was für volle, lange Wimpern er hat. Das gibt's doch gar nicht. Wieso ist mir das bisher nicht aufgefallen? Vielleicht war ich von meinen Schmerzen so abgelenkt. Je länger ich ihn angucke, desto länger und voller werden seine Wimpern. Er erzählt mir, glaube ich, wichtige Dinge über meinen Stuhlgang, meine Ernährung und meine Heilung. Ich höre kein bisschen zu und zähle seine Wimpern. Und mache zwischendurch Geräusche, die vorgaukeln sollen, dass ich genau zuhöre. Hmm, hmm.

Solche Wimpern nenne ich Augenschnurrbart. Das kann ich gar nicht leiden, wenn Männer schöne Wimpern haben. Bei Frauen regt es mich ja schon auf. Wimpern sind eins meiner großen Lebensthemen. Da achte ich bei jedem drauf. Wie lang, wie dicht, welche Farbe, gefärbt, getuscht, gebogen oder mit Schlafdreck verklebt? Viele haben die Spitzen auch hell und den Ansatz dunkel, sodass es nur so wirkt, als wären sie sehr kurz. Würde man solche Wimpern tuschen, sähen sie doppelt so lang aus. Ich selbst hatte viele Jahre meiner Kindheit keine Wimpern. Als ich kleiner war, hab ich sehr viele Komplimente bekommen wegen meiner langen dichten Wimpern, das weiß ich noch ganz genau.

Einmal hat eine Frau Mama gefragt, ob es nicht schlimm sei, wenn die eigene Tochter mit sechs schon vollere Wimpern hat als die Mutter, obwohl sie ihre offensichtlich biegt und tuscht. Mama hat immer zu mir gesagt, es gibt ein altes Zigeunersprichwort: Wenn man zu viele Komplimente für eine Sache bekommt, geht die irgendwann kaputt. Das war auch jedes Mal ihre Erklärung, wenn ich sie fragte, warum ich keine Wimpern mehr habe. Ich kann mich aber an ein Bild erinnern. Mitten in der Nacht werde ich wach, Mama sitzt auf der Bettkante, wo sie sonst Geschichten vorliest, hält mit einer Hand meinen Kopf fest, und ich spüre kaltes Metall an meinen Augenlidern entlangfahren. Schnipp. An beiden Augen. Und Mamas Stimme, die sagt: »Alles nur ein Traum, mein Kind.«

Mit den Fingerspitzen hab ich die Wimpernstoppeln immer betastet. Wenn Mamas Geschichte von den Zigeunern stimmen würde, dann wären die doch wohl ganz ausgefallen. Ich kann das Mama aber auch nicht anhängen, weil ich oft Realität, Lüge und Traum durcheinanderwerfe. Vor allem heute kann ich vieles nicht mehr auseinanderhalten, wegen den ganzen Jahren, in denen ich Drogen genommen habe. Die wildeste Feier meines Lebens fand statt, als meine Freundin Corinna feststellte, dass mein damaliger Dealerfreund Michael seine Drogendose hat liegen lassen. Es gab eigentlich nichts zu feiern. Das sagen wir nur so, wenn man Drogen nimmt. Feiern.

Michael hat all seine Pappen und Pillen und Packs mit Speed und Koks in einer Art Scherzartikel aufbewahrt. Sah aus wie eine ganz normale Coladose, aber man konnte den Deckel abdrehen.

Michael hatte den Ehrgeiz, dass immer genau so viele Drogen in seine Dose gestopft waren, dass sie gerade so viel wog wie eine Dose mit echter Cola drin.

Corinna sagt: »Guck mal, Helen. Michaels Dose. Der wäre doch nicht sauer, oder?«

Sie grinst mich an und kräuselt die Nase dabei. Das bedeutet, sie freut sich wirklich.

Wir haben dann die Schule geschwänzt, am Kiosk Rotwein gekauft und Michael auf den Anrufbeantworter gesprochen:

»Falls du Cola suchst, wir haben einen ganzen Kasten in Corinnas Zimmer gefunden. Bist nicht sauer, wenn wir ohne dich anfangen zu trinken, oder?«

Wir waren ganz groß darin, am Telefon in schlechten Verschlüsselungen zu sprechen. Wenn man Drogen nimmt, wird man paranoid und verwechselt sich selbst mit Scarface und denkt, man wird die ganze Zeit abgehört und steht immer kurz vor einer groß angelegten Razzia, Festnahme und Gerichtsverhandlung, wo der Richter dann fragt: »Ach, ja, Helen Memel, was soll denn ›Waschmittel‹, ›Pizza‹ und ›Gemälde‹ eigentlich heißen? Sie haben in der Zeit gar nicht gewaschen, Pizza gegessen und auch nicht gemalt. Wir haben Sie nämlich nicht nur abgehört, sondern auch beobachtet.«

Dann begann unser Rennen gegen die Zeit. Unser Ziel war es, so viele Drogen wie möglich zu schlucken, bevor die ersten zu wirken anfingen und bevor Michael eintraf. Alles, was wir nicht runterschlucken konnten, würden wir zurückgeben müssen. Um neun Uhr morgens haben wir angefangen, immer zwei Pillen auf einmal, mit viel Rotwein runtergespült. Wir fanden es unangemessen, schon morgens Speed und Koks durch die Nase zu ziehen, und haben aus Klopapier Bömbchen gebaut.

Also jeder ein halbes Pack, das heißt ein halbes Gramm, auf ein Stück Klopapier geschüttet und kunstvoll zusammengezwirbelt und mit viel Rotwein runter damit. Vielleicht war doch weniger als ein Gramm in jedem Pack, Michael war ein guter Geschäftsmann und hat alle mit den Mengen immer etwas betuppt. Damit er mehr verdient. Ich hab mal nachgewogen, was angeblich ein Gramm sein sollte. Von wegen. Aber kann man ja schlecht der Polizei melden. So ist das wohl auf dem Schwarzmarkt. Nix da Verbraucherschutz.

Jedenfalls sind diese Bömbchen sehr schwer zu schlucken. Muss man geübt haben. Wenn man beim Schlucken hinten im Rachenraum zu lange rumfackelt, geht das Bömbchen auf, und das ganze bittere Zeug hängt hinten an der Zunge und am Gaumen dran. Das gilt es zu verhindern.

Wahrscheinlich fing alles langsam an zu wirken. Ich kann mich nur noch an Highlights erinnern. Corinna und ich lachten die ganze Zeit und erzählten irgendwas von

Drogenschlaraffenland. Irgendwann kam Michael vorbei, um seine Dose zu holen, und hat rumgeschimpft. Wir haben gekichert. Er hat gesagt, wenn wir an der Menge, die wir da intus haben, nicht verrecken, müssten wir das alles bezahlen. Wir haben ihn nur ausgelacht.

Später mussten wir kotzen. Erst Corinna, dann von dem Geräusch und dem Geruch ich. In einen großen weißen Putzeimer. Die Kotze sah aus wie Blut, wegen dem Rotwein. Wir brauchten aber lange, um dahinterzukommen. Und dann schwammen da überall nicht verdaute Pillen drin rum. Das kam uns wie eine schlimme Verschwendung vor.

Ich: »Halbe, halbe?« Corinna: »Ja, du zuerst!« Und so hab ich zum ersten Mal in meinem Leben literweise Kotze von einem anderen Menschen getrunken. Gemischt mit meiner. In großen Schlucken. Immer abwechselnd. Bis der Eimer leer war.

An solchen Tagen sterben, glaub ich, viele Gehirnzellen ab. Und bei mir sind diese und ähnliche Partys ganz eindeutig aufs Gedächtnis gegangen. Es gibt noch eine Erinnerung, von der ich mir nicht sicher bin, ob sie eine Erinnerung ist. Ich komme eines Tages aus der Grundschule und rufe im Haus rum. Keiner antwortet. Also denke ich, keiner ist da.

Ich gehe in die Küche, und da liegen Mama und mein kleiner Bruder auf dem Boden. Hand in Hand. Sie schlafen. Mein Bruder hat seinen Kopf auf sein Pu-der-Bär-Kissen gebettet, Mama ihren Kopf auf ein kleingefaltetes, hellgrünes Abtrocknetuch.

Der Herd ist offen. Es riecht nach Gas. Was macht man da? Ich hab mal in einem Film gesehen, wie jemand beim Gehen Funken geschlagen hat und das ganze Haus in die

Luft geflogen ist. Also, schön langsam und vorsichtig zum Herd schleichen, es schlafen ja auch Leute, und das Gas abdrehen. Als Nächstes Fenster auf und Feuerwehr rufen. Die Nummer für den Krankenwagen fiel mir nicht ein. Die beiden werden abgeholt, sie schlafen immer noch, ich darf mitfahren. Zwei Krankenwagen. Eine Familienkolonne. Blaulicht. Martinshorn. Im Krankenhaus werden ihnen die Mägen ausgepumpt, und Papa kommt von der Arbeit dahin.

Die ganze Familie hat nie darüber gesprochen. Mit mir jedenfalls nicht. Deswegen bin ich mir nicht ganz sicher, ob ich das geträumt habe oder erfunden und mir selber so lange eingeredet, bis es wahr wurde. Könnte sein.

Ich wurde von Mama zu einer sehr guten Lügnerin ausgebildet. Sodass ich mir alle meine Lügen sogar selber glaube. Das ist manchmal sehr unterhaltsam. Manchmal aber auch sehr verwirrend, wie in diesem Fall. Ich könnte Mama ja auch einfach mal fragen:

»Mama, hast du mir mal aus Neid die Wimpern abgeschnitten? Und noch eine Frage: Hast du mal versucht, meinen Bruder und dich umzubringen? Und: Warum wolltest du mich nicht mitnehmen?«

Ich finde nie den geeigneten Moment.

Irgendwann sind meine Wimpern nachgewachsen, und ich habe sie immer gefärbt, gebogen und getuscht, um das Beste aus ihnen zu machen und um meine Mutter zu ärgern, falls die Erinnerung wirklich eine Erinnerung ist. Oben und unten sollen meine echten Wimpern aussehen wie dicke, angeklebte Plastikwimpern aus den Sechzigern. Ich mische billige und teure Tuschen, um die ultimativen Fliegenbeine herzustellen. Am besten, man blötscht mit dem Ende der Bürste, wo am meisten dranhängt, einfach in den Wimpern rum. Ziel ist es, dass jeder auf einen Kilometer Entfernung denkt: »Oh, da kommen aber fette Klimperwimpern auf zwei Beinen.«

Wimperntuschen werden immer damit beworben, dass sie nicht kleben und die Bürste die Wimpernhaare sauber voneinander trennt, damit keine Klumpen entstehen. Das ist für mich das Argument, die Tusche nicht zu kaufen. Als von Verwandtschaft und Nachbarschaft festgestellt wurde, dass ich meine Wimpern niemals abschminke und jeden Tag neu drübertusche, fing die Panikmache an.

»Wenn man die Wimpern nie abschminkt, kommt kein Licht und keine Luft an die ran. Dann fallen sie aus!« Ich dachte: »Schlimmer als damals kann's ja nicht kommen.« Und habe mir tolle Tricks ausgedacht, wie ich es schaffe, dass niemals Wasser an meine getuschten Wimpern kommt. Nachdem ich so viel Mühe und Geld in meine Wimpern gesteckt habe, darf ich die nicht einfach beim Duschen zerstören. Wenn monatealte Tusche von warmem Wasser langsam aufgeweicht wird und ins Auge läuft, brennt das außerdem sehr. Das gilt es zu verhindern. Deswegen dusche ich in Etappen. Erst die Haare über Kopf waschen und in ein Handtuch wickeln, das die Tropfen an der Stirn auffangen soll, damit sie nicht ins Auge laufen. Dann den restlichen Körper vom Hals abwärts duschen. Eine Zeit lang habe ich dabei den Hals vergessen und in den drei Falten schwarze Schmandablagerungen bekommen.

Wenn man dann über den Hals reibt, bilden sich kleine, dunkle, klebrige Würstchen, die so ähnlich riechen wie Eiter. Also entweder man duscht ab dem Gesicht abwärts oder man schrubbelt sich regelmäßig die Würstchen aus den Halsfalten. Hauptsache, das Gesicht kommt niemals mit Wasser in Berührung. Seit Jahren bin ich nicht getaucht, weder in der Badewanne noch beim Schulschwimmen. Ich muss wie eine Oma über das Treppchen ins Wasser steigen, und ich darf nur Brustschwimmen, da ja bei allen anderen Schwimmstilen das Gesicht ganz oder teilweise unter Wasser kommt. Wenn jemand mich im Spaß döppen will, werde ich zur Furie und schreie und bettele und erkläre, dass davon meine Wimpern kaputtgehen. Hat bis jetzt gut geklappt.

Seit Jahren habe ich kein Wasser von unten gesehen. Das heißt natürlich auch, dass ich mir niemals das Gesicht wasche. Was meiner Meinung nach auch vollkommen überschätzt ist. Beim Abschminken mit Abschminkzeug und Wattepads wäscht man sein Gesicht ja sozusagen. Aber immer schön weit weg von den Wimpern bleiben. Das mache ich schon seit vielen Jahren so. Nur die eine oder andere Wimper ist mal beim Biegen in der Zange hängen geblieben. Und wieder nachgewachsen. Damit habe ich bewiesen, dass einem nicht sofort alle Wimpern rausfallen, wenn man sich nicht jeden Abend abschminkt.

Mein Exfreund Mattes hat mich mal beim Wimpernbiegen beobachtet und gefragt, ob nicht eine Reihe Wimpern genauso lang ist wie eine innere Schamlippe.

»Ja. Ungefähr.«

»Und du hast zwei von diesen Zangen?«

»Ja.«

Eine goldene und eine silberne.

Er hat mich ins Bett gelegt. Die Beine auseinandergehalten. Die Kipferln weggedrückt und meine Hahnenkämme rechts und links mit der Wimpernzange leicht eingeklemmt. So konnte er die inneren Schamlippen ganz weit vom Loch weghalten und tief reingucken. So ähnlich wie bei den Augen vom Anführer bei Clockwork Orange in der Beethoven-Szene. Er sagte mir, ich sollte sie halten und so weit auseinanderziehen, wie es mich aufgeilt. Mattes wollte mich sofort da rein ficken und dann auf die gespannten Lippen spritzen, er müsste aber erst ein Foto machen, damit ich sehe, wie hübsch meine Muschi so weit ausgebreitet aussieht. Wir klatschten vor Freude in die Hände. Also er. Meine Hände waren ja beschäftigt.

Wenn man diese faltigen Hautläppchen stramm spannt, wird die ganze Fläche tatsächlich so groß wie eine Postkarte. Der Mattes ist irgendwann von mir weggegangen, seine gute Idee ist geblieben.

Ich mag dieses Gefühl, meine Schamlippen mit der Wimpernzange so langzuziehen, dass sie von mir aus betrachtet so aussehen wie Fledermausflügel. Vielleicht sind die deswegen so groß und lugen immer so hervor? Nee. Ich glaub, die waren immer schon so lang und groß und graurosa ausgefranst. Das alles denke ich mir, während ich Professor Dr. Notz nicht zuhöre. Jetzt will er sich verabschieden.

Aber hier kommt Helen mit ihren Arschfotos um die Ecke.

Der soll mir jetzt mal sagen, wo da oben und unten ist. Ich kann nirgendwo ein Arschloch erkennen. Egal, wie ich es drehe und wende.

Er guckt hin und schnell wieder weg. Er ekelt sich vor seinem eigenen Operationsergebnis. Er wollte mir schon vorher nicht richtig erklären, was er da vorhat.

»Sagen Sie mir wenigstens, wie rum ich das halten muss, um zu wissen, wie ich da aussehe.«

»Das kann ich Ihnen auch nicht sagen. Meiner Meinung

nach ist das Foto zu nah aufgenommen. Ich kann selber nicht sagen, wie rum es gehört.«

Er klingt wütend. Spinnt der? Er hat mir das hier doch angetan? Ich habe ihm doch nicht am Arsch rumgepfuscht. Ich bin das Opfer und er der Täter, finde ich.

Er guckt immer nur ganz kurz auf das Foto und dann sofort wieder weg. Hoffentlich schafft er es im Operationssaal länger, auf diese Wunden zu gucken. Was für ein Jammerlappen. Oder betritt er eine andere Welt, wenn er in den Operationssaal kommt? Kann er da alles gut angucken und will nur nachher nicht damit konfrontiert werden?

Wie einer, der immer in den Puff geht und die wildesten, intimsten Sausachen mit immer der gleichen Nutte veranstaltet, aber wenn er sie auf der Straße trifft, guckt er schnell weg und grüßt auf keinen Fall.

Nett gegrüßt hat der Notz mein Arschloch nicht.

Er will es ja nicht mal mehr sehen.

Ich sehe Panik in seinen Augen: Hilfe, mein kleines OP-Arschloch kann sprechen, stellt Fragen, hat sich selbst fotografiert.

Das hier hat keinen Sinn. Der weiß nicht, wie man mit den Menschen spricht, die an seinem Operationsobjekt Arsch noch dranhängen.

»Vielen Dank, Herr Notz.« Das soll heißen, er soll rausgehen. Ich hab extra alle akademischen Titel weggelassen. Das hat gesessen. Er geht raus.

Nach der Operation und der Erklärung von Professor Dr. Notz soll also jetzt lustig gekackt werden. Bei einem Satz in seiner langen Rede hab ich kurz aufgepasst: Ich werde erst aus dem Krankenhaus entlassen, wenn ich einen erfolgreichen unblutigen Stuhlgang hatte. Das sei der Indikator dafür, dass die Operation erfolgreich verlaufen ist und alles bei mir gut verheilt.

Von da an kommen alle paar Minuten Menschen rein, die sich mir noch nicht vorgestellt haben und fragen, ob ich schon Stuhlgang hatte. Nahein, noch nicht! Die Angst vor dem Schmerz scheint unüberwindbar. Wenn ich an der Wunde eine dicke Kackwurst vorbeidrücke, oh Gott, was passiert dann? Es würde mich zerreißen.

Hier gibt es seit der Operation nur noch Müsli und Vollkornbrot. Die sagen, mein Müsli soll vorm Verzehr nicht lange in der Milch rumschwimmen. Es soll in ziemlich trockenem Zustand in Magen und Darm gelangen. Damit es sich da mit Flüssigkeit vollsaugt und aufquillt und so von innen gegen die Darmwände drückt und signalisiert, dass es raus will.

Der Kackimpuls soll so ins Unermessliche gesteigert werden. Oben schmeißen die Bomben rein, und unten schnürt mich die Angst komplett zu. Ich werde tagelang nicht kacken. Mache es einfach wie meine Mutter. Warten, bis sich innen alles auflöst.

Darf man beim Kackewarten auch Pizza essen? Ich frage nicht und beschließe, dass es für die Analheilung auch wichtig ist, Sachen zu essen, die man gerne mag. Ich rufe meinen Lieblingslieferservice Marinara an. Die Nummer kann ich auswendig. Die geht ganz einfach, wie diese Sexanrufnummern. Die Vorfreude ist groß, das lasse ich mir aber nicht anmerken. Versuche so pampig wie möglich zu klingen:

»Eine Pizza Funghi. Und zwei Pils. Krankenhaus Mariahilf, Zimmer 218. Der Name ist Memel. Schnell. Nicht, dass die kalt ist, wenn sie hier ankommt. Einfach unten an der Rezeption Bescheid sagen, die rufen dann oben an. Tschüss.«

Und den Hörer so schnell und feste auflegen, wie es geht.

Es gibt diese Geschichte, die schon immer im Umlauf ist und über die ich viel nachdenke: Zwei Mädchen bestellen Pizza nach Hause. Sie warten und warten, aber die Pizza kommt nicht. Ein paar Mal rufen sie den Lieferservice an und beschweren sich. Irgendwann kommt die Pizza.

Sie sieht etwas komisch aus und schmeckt ungewöhnlich. Eines der Mädchen ist zufällig Tochter eines Lebensmittelkontrolleurs, und bevor sie alles weggemümmelt haben, packen sie die Reste in eine Tüte und bringen sie zu Papa.

Noch denken alle, die Pizza ist um oder so. Bei der Analyse im Labor kommt aber raus, dass fünf verschiedene Spermasorten auf der Pizza sind. Den Ursprung male ich mir so aus: Die Typen im Lieferservice sind von den Anrufen genervt. Weil die Beschwerer Mädchen sind, haben sie Vergewaltigungsfantasien. Normal. Sie reden darüber, fassen einen Plan und packen dann alle ihren Schwanz aus, um gemeinsam auf eine Pizza zu wichsen. Die Pizzabäcker sehen dann ja die Schwänze von den anderen. Und nicht nur in normalem Zustand. Sondern voll erigiert. Und beim Wichsen und beim Kommen. Darum beneide ich Männer. Ich würde auch gerne die Muschis von meinen Freundinnen und Schulkameradinnen sehen. Auch die Schwänze von meinen Freunden und Schulkameraden. Und auch gerne mal alle beim Kommen sehen. Aber das ergibt sich so selten. Und nachzufragen trau ich mich auch nicht.

Ich sehe immer nur die Schwänze von den Männern, mit denen ich ficke, und die Muschis von den Frauen, die ich bezahle.

Ich will mehr sehen im Leben!

Deswegen mag ich gerne so Spiele wie nach der Disco besoffen im Freibad einbrechen und nackt schwimmen.

Dieser ganze Teil mit dem Hausfriedensbruch ist mir eher unangenehm. Aber man kriegt wenigstens mal ein paar Muschis und Schwänze zu sehen.

Naja. Jedenfalls bin ich immer extra unfreundlich, wenn ich Pizza bestelle. Und beschwere mich, auch wenn es gar nicht lange dauert. Ich würde gerne mal eine Pizza mit fünf verschiedenen Spermasorten essen.

Das ist ja wie Sex mit fünf fremden Männern gleichzeitig. Na gut, nicht direkt Sex. Aber doch so, als hätten mir fünf unbekannte Männer gleichzeitig in den Mund gespritzt. Das ist doch erstrebenswert fürs Lebensbuch, oder? Wenn man das von sich behaupten kann: sehr gut.

Ich kann ja gar nicht gehen. Dann kann ich auch nicht die Pizza abholen. Ich hätte doch lieber vorher fragen sollen. Mist. Jetzt fliege ich auf. Das gibt es doch nicht. Ich muss jemanden bitten, sie für mich abzuholen. Der Pförtner wird ja wohl kaum im Haus rumlaufen und Pizzen verteilen. Robin muss ran. Notbimmel. Ist das Missbrauch? Egal.

Ein anderer Pfleger kommt rein. Auf seinem Namensschild steht Peter. Da muss ich grinsen. Ich mag den Namen Peter. Hatte mal was mit einem. Den hab ich Pinkel-Peter getauft. Der konnte sehr gut lecken. Hat er stundenlang für mich gemacht. Er hatte so eine spezielle Technik.

Er klemmte die Hahnenkämme zwischen seinen Zähnen und seiner Zunge ein und rubbelte da mit der Zunge immer drüber. Hin und her. Oder er hat mit breiter Schleckzunge und viel Spucke vom Arschloch hoch bis zum Perlenrüssel und wieder runter geleckt. Sehr feste und durch alle Ritzen durch.

Beide Techniken waren sehr gut. Ich bin meistens mehrmals gekommen. Einmal so dolle, dass ich ihm ins Gesicht gepinkelt habe. Erst war er sauer, weil er dachte, ich hätte das extra gemacht. Ist ja auch ein bisschen erniedrigend, wie er da so kniet, und dann das.

Ich hab ihn trockengetupft und mich entschuldigt. Ich fand aber, er sollte stolz sein. Hat nämlich bis jetzt sonst keiner geschafft. Mich so kommen zu lassen, dass ich die Kontrolle über meine Blase verliere. Und ich war noch nicht mal besoffen oder so was.

Etwas später war er dann auch sehr stolz. An dem Tag habe ich von Pinkel-Peter für mein Lebensbuch gelernt, dass Pisse im Auge sehr brennt. Wie hätte ich das sonst je erfahren?

»Wo ist Robin?«

»Schichtwechsel. Ich bin die Nachtschicht.«

Schon so spät? So schnell geht ein Tag im Krankenhaus rum? Tatsächlich. Ist schon dunkel. Ich werd verrückt. Sehr gut. Alles nicht so schlimm hier, Helen, die Zeit verfliegt, wenn du in deinem eigenen Kopf spielst.

»Also, wie kann ich helfen?«

»Ich wollte Robin um einen Gefallen bitten, bei dir ist mir das etwas unangenehm. Wir kennen uns noch nicht.« Diesmal überspringe ich das Siezen, kommt mir in dieser schamlosen Situation fehl am Platze vor.

Irgendwie kann man sich schlecht siezen, wenn einer von beiden mit nacktem Arsch daliegt.

»Was für ein Gefallen?«

»Ich habe eine Pizza bestellt, die kommt gleich unten an, und ich kann sie nicht abholen. Ich brauche jemanden, der gehen kann und mir hilft, die hier hochzuschaffen.«

Vielleicht interessiert sich so ein Pfleger gar nicht für richtige Ernährung, und das geht jetzt einfach glatt durch.

»Sollst du nach der Operation nicht ballaststoffreich essen? Müsli? Vollkornbrot?«

Mist.

»Ja. Soll ich. Hat Pizza keine Ballaststoffe?«

Superidee. Auf dumm machen.

»Nein. Ist eher kontraproduktiv.«

Kontraproduktiv – gegen Produktion. Die haben hier alle nur Stuhlgang im Kopf. Ist doch meine Sache.

»Es ist aber auch wichtig, Dinge zu essen, die der Bauch kennt. Plötzliche Ernährungsumstellung ist auch nicht gut, um den Stuhlgang zu fördern. Bitte.«

Das Telefon klingelt.

Ich geh ran.

»Ist die Pizza da?«

Ich halte den Hörer weg und lächle Peter an, Augenbrauen hochziehen heißt Fragezeichen.

»Ich hol sie dir. Wirst schon sehen, was du davon hast«, sagt er hübsch lächelnd und geht raus.

»Pfleger Peter holt die bei Ihnen ab. Nicht jemand anderem geben. Danke.«

Ich habe Glück mit meinen Pflegern. Mir sind die viel lieber als die Schwestern.

Ich liege hier rum und warte auf Peter.

Draußen ist es dunkel. Ich spiegele mich in der Scheibe. Mein Bett ist sehr hoch, damit das Pflegepersonal beim Patientenheben keine Rückenbeschwerden bekommt. Und die Glasscheibe geht von rechts nach links über die ganze Seite und von ganz oben bis fast ganz unten, bis zur Heizung runter. Ein Riesenspiegel, wenn es draußen dunkel ist und im Zimmer hell. Ich hätte den Fotoapparat gar nicht gebraucht, oder? Ich drehe meinen Arsch zur Scheibe und meinen Kopf so weit ich kann in die gleiche Richtung. Sehe aber alles nur verschwommen. Klar. Ist ja Doppelverglasung. Das reflektiert zweifach, leicht verschoben. War doch gut, den Fotoapparat zu haben. Wenn es dunkel ist, könnte ich aber mit dem Arsch zur Tür gedreht liegen und trotzdem sehen, wer reinkommt, ohne mich umzudrehen. Das find ich gut. Kann mich jetzt gerade jeder von draußen sehen? Ach, egal. Die wissen ja, dass das ein Krankenhaus ist. Ist von außen nicht zu übersehen. Zur Not denken die, da ist ein armes irres Mädchen, das unter Tabletteneinfluss ihren Arsch Richtung Fenster streckt, und haben Mitleid. Sehr gut.

Ich werde hier im Krankenhaus ganz FKK-mäßig. Sonst bin ich gar nicht so. Also, was Muschikram angeht, schon. Immer. Aber nicht, was Arschsachen angeht.

Ich liege hier so rum, und weil mir der Arsch so wehtut und jede Bewegung, bedecke ich mich nicht mehr. Jeder kommt rein, sieht meine klaffende Fleischwunde und ein

Stück meiner Pflaume. Da gewöhnt man sich schnell dran. Nix ist mehr peinlich. Ich bin Arschpatientin. Das sieht man, und so benehme ich mich auch.

Dass ich in Muschisachen so gesund und in Arschsachen normalerweise so verkrampft bin, liegt daran, dass meine Mutter mir ein Riesenkackaproblem angezüchtet hat. Als ich ein kleines Mädchen war, hat sie mir oft gesagt, sie gehe nie groß auf Toilette. Sie müsse auch nie furzen. Sie behalte alles innen, bis es sich auflöst. Kein Wunder dann alles!

Wegen solchen Erzählungen schäme ich mich total, wenn jemand mich auf Klo hören oder riechen kann. Auf einer öffentlichen Toilette, auch wenn ich nur pinkele oder mir beim Untenrum-Muskeln-Loslassen ein Furz entwischt, werde ich um jeden Preis verhindern, dass die Frau in der Kabine neben mir das Gesicht zum Geräusch zu sehen bekommt. Genauso benehme ich mich auch bei meinem Kackageruch. Wenn reges Kommen und Gehen in den Kabinen neben mir herrscht und ich rumgestunken habe, bleibe ich so lange ruhig in meiner Kabine, bis kein Zeuge mehr da ist. Dann erst trau ich mich raus.

Wie eine Kackakriminelle. Meine Klassenkameraden lachen mich für diese übertriebene Schamhaftigkeit immer aus.

Ich ziehe mich auch nicht einfach so in meinem Zimmer um. Da hängen überall Poster von meiner Lieblingsband. Und weil sie beim Fotomachen alle in die Kamera geguckt haben, hat man nachher das Gefühl, die verfolgen einen mit ihren Blicken. Wenn ich mich also in meinem Zimmer umziehen will und die dabei einen Blick auf meine Muschi oder Titten erhaschen könnten, versteck ich mich hinter meiner Couch. Bei echten Jungs und Männern ist mir das egal.

Es klopft. Peter kommt rein. Er legt mir den Pizzakarton auf den Metallnachtschrank und stellt die beiden Flaschen einzeln und langsam und etwas zu laut daneben. Passt alles so gerade drauf.

Er guckt mir dabei die ganze Zeit in die Augen. Ich gucke zurück. Das kann ich gut. Ich glaube, er freut sich, ungefähr Gleichaltrige pflegen zu dürfen. Ist doch schön für ihn.

»Willst du ein Bier abhaben?«

»Das ist sehr nett. Aber ich habe Dienst. Wenn ich hier mit einer Fahne rumlaufe, ist die Hölle los.«

Ich hasse es, wenn jemand nein zu mir sagt. Hätte ich auch selber drauf kommen können, dass er nicht darf. Peinlich. Wir sind hier im Krankenhaus, Helen, nicht im Puff.

Sein Blick wandert weg. Guckt er raus? An mir vorbei? Ach, nein, bestimmt das Spiegelbild von meiner Pflaume. Draußen kann man doch gar nichts sehen. Sehr schön. Seine Nachtschicht fängt schon mal gut an. Mit Peter verstehe ich mich auch.

»Danke schön. Ich ess dann mal.«

Er geht raus. Ich packe meine Pizza aus und gucke sie an. Ich überlege, wie ich sie ohne Besteck essen soll, die Typen von Marinara haben noch nicht mal Tortenritze reingemacht mit ihrem Pizzaroller. Soll ich sie wie ein Tier in Stücke reißen? Plötzlich kommt Peter wieder rein. Mit Besteck. Und geht grinsend wieder raus. Und kommt noch mal rein. Was ist denn jetzt schon wieder? In der Hand hält er einen Plastikbeutel mit Papieraufkleber dran. Da ist was draufgeschrieben.

»Auf dem Beutel steht, dass ich dir den geben soll. Hat wohl was mit der Operation zu tun. Weißt du da was von?

Haben die was bei dir gefunden und wollen es jetzt zurückgeben?«

»Ich wollte den Keil sehen, nachdem sie ihn mir rausgeschnitten haben. Kann doch nicht sein, dass die mir was wegschneiden, wenn ich bewusstlos bin, und ich das gar nicht zu sehen bekomme, weil es sofort auf dem Müll landet.«

»Apropos Müll. Es ist meine Aufgabe, dafür zu sorgen, dass dieser Beutel mit Inhalt in den Spezialkrankenhausmüll gelangt.«

Aufträge nimmt Peter sehr ernst. Er spricht dann so hochgestochen. Statt »gelangt« kann man auch »kommt« sagen. Dann wirkt man auch eher wie ein Mensch und nicht wie ein Roboter, der alles nachplappert. Er gibt mir den Beutel und geht nicht raus. Ich mache ihn aber nur alleine auf. Ich halte den Beutel in meinen Händen und gucke Peter so lange an, bis er hier rausgeht. Meine Pizza wird immer kälter. Egal. Das ist jetzt wichtiger, außerdem habe ich gehört, dass echte Gourmets nie etwas ganz heiß essen, weil man sonst nicht den idealen Geschmack wahrnehmen kann. Ganz heiße Suppen schmecken nach nichts. Trifft bestimmt auch auf Pizza zu. Wenn man sehr schlecht gekocht hat, serviert man es einfach, so heiß es geht, und keiner merkt, dass es nicht schmeckt, weil alle ihre Geschmacksknospen verkokelt haben. Das gilt auch für das andere Extrem: kalt. Man trinkt ja auch ekelhafte Getränke so kalt wie möglich, damit man es überhaupt runterkriegt, wie Tequila.

Der Beutel ist durchsichtig und mit diesem Plastikschienensystem verschlossen. Mit einem kleinen Ruck geht die Tüte auf. Darin ist ein weiterer Beutel, nur eine Nummer kleiner und nicht durchsichtig, sondern weiß. Ich kann fühlen, dass da das rausoperierte Stück drin liegt. Ohne weitere Verpackung. Wenn ich das jetzt so raushole, gibt's eine Riesensauerei hier im Bett. Ich reiße den Deckel vom Pizzakarton ab. Das geht sehr einfach. Ist nämlich der Länge nach perforiert. Wahrscheinlich extra für solche Gelegenheiten. Wenn man einen geeigneten Untergrund für ein blutiges Stück Fleisch im Bett braucht. Ich lege den Pappdeckel unter den Beutel auf meinen Schoß. Brauche ich Gummihandschuhe, um das Stück rauszuholen? Nein. Ist ja aus meinem Körper. Da kann ich mir unmöglich was holen, egal wie blutig es ist. Das Gegenstück zu diesem Fleischklumpen, meine klaffende Wunde, fasse ich auch den ganzen Tag ohne Handschuh an. Also. Raus damit. Es fühlt sich an wie Leber oder sonst was vom Metzger. Ich lege alle Teile auf den Karton. Und bin enttäuscht. Viele kleine Teile. Nicht ein zusammenhängender Keil. Ich hatte wegen der Beschreibung vom Notz ein längliches, dünnes Fleischstück erwartet, das so aussieht wie das Rehrückenfilet, das Mama im Herbst und Winter macht, wenn Besuch kommt. Dunkelrot und glänzend vorm Braten, sogar etwas glitschig, wie Leber. Jetzt habe ich hier aber Gulasch. Kleine Stücke. An manchen Stücken sind gelbe Stellen, bestimmt die Entzündung, sieht aus wie der Gefrierbrand in der Werbung. Die haben natürlich nicht alles in einem Rutsch rausgeschnitten, nicht zusammenhängend, an einem Stück. Ich bin auch kein totes Reh, sondern ein lebendiges Mädchen. Vielleicht besser so, dass die das in kleinen Schritten erledigen. Und gut auf den Schließmuskel aufpassen. Und nicht da reinschneiden, nur um mir ein prächtiges Stück Analfilet präsentieren zu können. Reg dich ab, Helen. Ist doch immer alles anders, als du dir das vorstellst. Wenigstens stell ich mir was vor, male es mir bis ins kleinste Detail aus, frage nach, um es zu überprüfen, und weiß nachher mehr. Habe ich vom Papa gelernt. Dingen auf den Grund gehen, bis man fast kotzen muss. Ich bin trotzdem froh, dass ich die Stücke gesehen habe, bevor sie im Krankenhausmüllkrematorium verbrannt werden. Ich packe die Stücke nicht wieder in den Beutel. Lege den Beutel einfach oben drüber und drücke ihn etwas runter, damit er auf den Stücken klebt. Den Pizzakartondeckel mit Stücken und Beuteln lege ich auf meinen Metallnachtschrank. Die Finger sind voll mit Blut und Glitsch. Am Bett abwischen? Das gäbe eine Riesensauerei. Auch nicht am Engelskostüm. Gleiche Sauerei. Hm. Na ja. Sind ja meine Stücke aus meinem Körper. Auch wenn die entzündet waren. Ich lutsche die Finger einfach ab, einen nach dem anderen. Auf solche Ideen von mir bin ich immer sehr stolz. Besser, als hilflos da im Bett zu sitzen und zu hoffen, dass jemand mit Feuchttüchern kommt. Wieso soll ich mich vor meinem eigenen Blut und Eiter ekeln? Sonst bin ich bei Entzündungen auch nicht zimperlich. Wenn ich zum Beispiel Pickel ausdrücke und den Eiter am Finger habe, esse ich ihn mit großem Vergnügen. Auch beim Ausdrücken von Mitessern, wenn dieser durchsichtige kleine Wurm mit dem schwarzen Kopf sich da rauswindet, streife ich ihn mit der Fingerspitze ab und lecke ihn weg. Wenn das Sandmännchen da war und mir eitrige Krümel in die Augenwinkel gelegt hat, esse ich das morgens auch alles auf. Und wenn ich eine Kruste auf einer Wunde habe, knibbel ich immer die obere Schicht ab, um sie zu essen.

Ich esse alleine meine Pizza.

Ich esse nicht gern alleine. Macht mir Angst. Wenn man was in den Mund steckt, muss man doch zu jemandem sagen können, wie es schmeckt. Mein Arsch fängt wieder an zu zwicken. Was hast du gelernt, Helen? Nicht mehr als nötig leiden. Notbimmel. Peter kommt rein, und ich sage ihm, dass ich Tabletten brauche, weil die Schmerzen wieder losgehen. Er wundert sich und sagt, auf seinem Übergabeprotokoll stehe nichts von Schmerztabletten für mich für die Nacht. Mit einem großen Stück Pilzpizza im Mund sage ich: »Doch. Robin meinte, ich soll nur Bescheid sagen, dann bekomme ich was.«

Das kann nicht wahr sein. Jetzt frage ich schon früh genug und soll nun gar nichts mehr kriegen für die ganze Nacht? Hilfe. Peter geht weg, um den Professor zu Hause anzurufen. Er sagt, er darf eigenmächtig nichts entscheiden, was nicht auf seinem Klemmbrett steht. Mir wird schlecht vor Angst. Ich bin heute operiert worden und soll schon in der ersten Nacht keine Schmerzmittel bekommen? Mit dem Griff der Gabel öffne ich beide Biere. Ich bin eines der wenigen Mädchen, die ich kenne, die das können. Sehr praktisch. Wir Männer vom Bau, sympathisch und schlau. Ich trinke beide Biere hintereinander weg, so schnell ich kann. Mein Arsch wird immer schlimmer und mein Bauch ganz kalt vom Bier.

Peter, Peter, Peter, beeil dich. Bring mir Tabletten. Ich schließe meine Augen, die Schmerzen kommen immer stärker, ich verkrampfe. Kenne ich alles schon. Ich falte meine Hände auf der Brust und bin nur noch mein Arsch.

Ich höre ihn reinkommen, lasse die Augen zu und frage, ob ich was kriege.

»Was meinen Sie?« Eine Frauenstimme.

Ich mache die Augen auf und sehe eine Frau, die Krankenschwesternklamotten anhat, aber in einer ganz anderen Farbe als die anderen hier. Alle tragen hellblau und sie hellgrün. Wohl die Sachen falsch gewaschen.

»Guten Abend. Entschuldigen Sie die späte Störung. Die Runde hat heute länger gedauert. Ich bin ein grüner Engel.«

Wie bitte? Sie ist offensichtlich aus der psychiatrischen Abteilung ausgebrochen. Ich gucke sie nur an. Ich denke, sie spinnt, und lasse sie in dem Glauben. Mein Arsch tut sehr weh. Immer weher. Das wäre das Einzige, was ich ihr sagen könnte. Super Gespräch. »Ich bin ein grüner Engel.«

»Ja. Und mir tut der Arsch weh.«

Mit halbgeöffneten müden Omaaugen beobachte ich sie weiter. Ich finde, sie redet sehr langsam und hängt an jedes Wort ein kleines Echo.

»Das bedeutet, dass ich eine Freiwillige bin, die den Leuten hier im Krankenhaus das Leben ein bisschen erleichtert. Wir grünen Engel ... « Die sind mehrere! »... machen für die Patienten Besorgungen, laden die Telefonkarten auf, gehen zum Briefkasten und solche Sachen.«

Sehr gut.

»Können Sie mir Schmerzmittel geben?«

»Nein, dazu sind wir nicht befugt. Wir sind keine Krankenschwestern. Wir sehen nur so aus wie welche«, sie schnauft einmal durch die Nase, soll wohl ein Lachen sein.

»Bitte gehen Sie raus. Es tut mir leid, ich habe Schmerzen

und warte auf den Pfleger und Mittel. Sonst bin ich netter. Ich rufe Sie an, wenn ich was will.«

Beim Rausgehen fragt sie: »Wo wollen Sie anrufen?«

Weg. Ruhe.

Ich halte es nicht mehr lange aus. Ich atme tief die Luft ein. Und puste sie laut wieder raus. Meine Hand wandert zum Venushügel, und ich ziehe die Knie bis zur Brust. Obwohl diese Stellung mir wehtut, bleibe ich weiter so liegen. In den Schmerz mit dir, Helen. Die andere Hand lege ich auf den gespannten Arschkrater. Ist doch schlimm hier. Ganz schön einsam und angsteinflößend, so Schmerzen. Ich denk, in Deutschland muss kein Patient im Krankenhaus Schmerzen haben, ich denk, hier gibt es so tolle Mittel für jeden. Ich klingele meine Schmerzbimmel. Peter kommt gerannt. Entschuldigt sich, dass es so lange gedauert hat. Er konnte den Professor erst nicht erreichen. Er hat rausgefunden, dass die Tagesschicht einen Fehler gemacht hat. Ich hätte eigentlich einen elektronischen Selbstdosierer für Schmerzmittel bekommen sollen. Da schließt der Anästhesist einen dran an, dann kann man per Daumenklick selber die Dosis bestimmen, die in die Armkanüle fließt. Die haben das vergessen. Vergessen? Ich bin denen ausgeliefert. Vergessen. Und jetzt?

»Du bekommst die ganze Nacht auf Anfrage starke Tabletten. Hier ist die erste.«

In den Mund damit und mit der letzten Bierpfütze runtergespült. Peter räumt den Pizzakarton weg. Er hat bestimmt vergessen, dass er auch für den Sondermüll zuständig ist. Das Krankenhaus des Vergessens. Meine Schmerzmittel vergessen, mein Gulasch vergessen. Mal gucken, was noch alles vergessen wird. Die halb gegessene Pilzpizza liegt obendrauf und verdeckt alles. Mein Gulasch landet jetzt im normalen Hausmüll. Finde ich gut. Ich sage nichts. Er räumt auch die Bierflaschen weg, ganz leise, damit sie nicht gegeneinander klimpern. Sehr zart, dieser Peter.

Von den Schmerzen ziehen sich die Muskeln oben an den Schultern bis zu den Ohren hoch und sind stramm gespannt wie ein Gummiband. Jetzt, nach der Tablette, gehen die Muskeln langsam wieder runter, und ich kann besser atmen. Ich müsste eigentlich noch pinkeln vom Bier, aber ich kann nicht aufstehen. Egal. Ich schlafe ein.

Als ich wach werde, ist es noch dunkel. Ich habe keine Uhr. Doch, im Fotoapparat ist eine. Ich mache ihn an, mache ein Foto vom Raum, und wenn ich mir das angucke, dann steht das doch immer da, oder? 2.46 Uhr. Schade, ich hatte gehofft, dass ich mit der Tablette die ganze Nacht durchschlafe. Hat Peter mehr Tabletten hier gelassen?

Ich mache das Licht an. Es ist schrecklich hell und weiß. Mir ist schwindelig. Wahrscheinlich sind diese Schmerztabletten, die ich hier kriege, sehr stark. Habe Probleme, klar zu denken. Meine Augen haben sich an das Albtraumlicht gewöhnt. Warum habe ich das gerade gemacht mit der Uhrzeit und dem Fotoapparat? Ich habe doch ein Handy hier. Komisch bist du manchmal, Helen. Muss an den Medikamenten liegen. Hoffentlich. Ich sehe eine Tablette in dem kleinen Plastikbecher auf dem Nachtschrank liegen. Runter damit. Kann ich bestimmt auch ohne Getränk. Sie schmeckt ekelhaft chemisch. Es dauert lange, bis ich genug Spucke zusammen habe für einen Schluck. Gulp. Und weg ist sie. Ich mache das Licht aus und will wieder einschlafen. Geht aber nicht. Meine Blase ist voll. Sehr voll. Wenigstens stört mal die Blase und nicht der Arsch. Und ein Geräusch stört mich plötzlich sehr. Es rauscht, wie ich finde sehr laut. Von draußen, glaube ich. Klingt wie die große Klimaanlagenabluft des Krankenhauses. Sie haben das Rohr, während ich geschlafen habe, genau auf mein Fenster gerichtet. Ich weigere mich, auf Klo zu gehen. Du musst mit voller Blase einschlafen, Helen, oder gar nicht. Gegen das Rauschen drücke ich mir das Kissen auf den Kopf. Das obere Ohr wird vom Kissen zugedrückt, das untere Ohr von der Matratze.

Das rauscht jetzt aber im Kopf genauso laut wie die Luftanlage draußen. Ich presse meine Augen zusammen und will mich in den Schlaf prügeln. Denk an was anderes, Helen. Aber woran?

Ich rieche etwas.

Ich befürchte, es ist Gas. Ich rieche und rieche immer wieder. Es bleibt Gas. Ausströmendes Gas. Fast kann ich es hören. Schchchcht. Um ganz sicher zu sein und mich nicht zu blamieren, warte ich noch ein bisschen. Ich halte die Luft an. Zähle ein paar Sekunden und nehme noch einen tiefen Atemzug. Ganz sicher Gas. Licht wieder an. Ich stehe auf. Die Bewegung tut mir weh. Ist mir aber egal. Besser Arschschmerzen als in die Luft zu fliegen.

Ich geh raus in den Flur und rufe.

»Hallo, ist da jemand?«

Mama hat uns eigentlich verboten, »Hallo« zu rufen. Sie meint, das klinge so, als würde man abfällig mit Behinderten reden.

Ausnahmsweise mache ich es. Ist ja ein Notfall.

»Hallo?«

Ganz still ist es im dunklen Flur. Gruselig, so ein Krankenhaus nachts.

Da kommt eine Schwester aus dem Schwesternzimmer, zum Glück kein Bruder. Wo ist Peter?

»Können Sie mal kommen? In meinem Zimmer riecht es nach Gas.«

Ihr Gesicht wird ganz ernst. Sie glaubt mir. Gut.

Wir gehen in mein Zimmer und schnuppern rum. Ich rieche nichts mehr. Dieser starke Gasgeruch. Einfach so weg! Kein Gas, kein nichts. Schon wieder passiert.

»Ach, nee, doch nicht. Vertan.« Ich ziehe die Mundwinkel übertrieben nach oben.

So will ich es wie einen Scherz aussehen lassen.

Ich mache das aber sehr schlecht. Ich kann es nicht fassen, dass ich schon wieder auf mich selber reingefallen bin. Zum hundertsten Mal. Schätzungsweise.

Sie guckt mich voller Verachtung an und geht raus. Sie hat ja recht, darüber macht man keine Scherze. War auch keiner. Das schlimmste Gaserlebnis bisher, außer dem echten, war auch bei uns zu Hause. Abends beim Einschlafen war ich mir sicher, dass es nach Gas riecht. Immer stärker wurde der Geruch. Weil ich weiß, dass Gas leichter ist als Luft, obwohl das schwer vorstellbar ist, dachte ich, ich bin flach auf dem Bett liegend ganz gut aufgehoben. Ist ja fast auf dem Boden.

Ich weiß, dass es lange dauert, bis alle Räume des Hauses sich mit Gas füllen und es sich von der Decke langsam nach unten ausbreitet. Ich war mir sicher, dass Mama und mein Bruder Toni schon tot sind. Je nachdem, wo das Gas ausströmte, Keller oder Küche, waren ihre Räume eher voll.

Ich lag lange Zeit im Bett, mir fielen zwischendurch fast die Augen zu, ich dachte, vor Sauerstoffmangel – war aber Müdigkeit, und überlegte, was ich machen soll.

Ich dachte, wenn ich aus dem Bett aufstehe, schlage ich einen Funken, und dann bin ich schuld, wenn das ganze Haus in die Luft fliegt und ich sterbe. Die anderen sind ja schon tot. Denen wäre es egal, wenn das Haus explodiert.

Ich beschloss, ganz langsam aus dem Bett zu klettern und den Boden entlangzurobben, bis nach draußen.

Das Haus ist ganz still. Ich habe, wenn ich hier lebend rauskomme, nur noch meinen Vater, der zum Glück nicht mehr in diesem Todeshaus wohnt. Das ist der einzige Vorteil, der mir einfällt, an geschiedenen Eltern.

Auf dem Boden liegend recke ich meine Hand in Richtung Haustürgriff und öffne die Tür. Es dauert sehr lange, ein paar Meter Flur zurückzulegen, in Schlangenbewegung über den Teppich. Sobald ich draußen bin, hole ich ein paar tiefe Atemzüge Luft. Ich habe es überlebt.

Ich gehe weit weg von dem Haus, damit ich nicht von umherfliegenden Backsteinen getroffen werde, wenn es jede Sekunde in die Luft geht.

Ich stand da im Nachthemd von unserer einzigen Straßenlaterne beleuchtet auf dem Bürgersteig und guckte mir das Grab meiner Mutter und meines Bruders an.

Im Wohnzimmer war Licht an. Ich konnte Mama auf der Couch sitzen sehen, ein Buch in der Hand. Ich dachte zuerst, sie sei in der Haltung erstickt und erstarrt. Sehr unwahrscheinlich.

Dann blätterte sie eine Seite um. Sie lebte, und ich wusste, dass ich wieder mal auf mich reingefallen war.

Ich ging rein und legte mich zurück ins Bett. Diesmal ganz feste, um Funken zu schlagen.

Es gibt für mich keine Möglichkeit, rauszufinden, ob es Einbildung ist oder nicht, wenn ich Gas rieche. Es riecht dann einfach wirklich ganz stark nach Gas. Und das ziemlich oft.

Eigentlich ein leckerer Geruch.

Angst macht müde. Schmerztabletten bestimmt auch. Ich lege mich in mein Krankenbett und schlafe wieder ein.

Die ganze restliche Nacht durchgeschlafen. Mit nur zwei Tabletten. Sehr gut. Ich rede mir ein, dass das wenig ist. Hatte mir gestern Abend die Nacht ehrlich gesagt noch schlimmer vorgestellt. Auf meinem Nachtschrank liegt in einem schnapsglaskleinen Plastikbecher eine Tablette. Noch eine. Sehr großzügig, Peter. Schmerzmittel, vermute ich. Schluck ich. Heute versuche ich aufzustehen. Ich muss auch auf Klo. Dringend. Hier riecht es nicht gut. Diesmal kein Gas. Da kann nur mein Arsch schuld sein, wer sonst?

Ich taste dahinten hin und fasse in was Feuchtes. Blut? Ich gucke mir die Finger an, nicht rot. Ein Hauch von hellbraun. Ich rieche dran. Kacke, eindeutig. Wie kommt das dahin, Inspektor Helen?

Aus meiner Hygienekiste hole ich Mullquadrate raus und wische mich ab. Das ist braunes Wasser, das nach Kacke riecht. Gestern auf dem Foto stand mein Poloch ganz offen, ich glaube, dass da jetzt einfach alles rausläuft, weil das Loch nicht ganz eng zu ist, wie sonst. Der Verschluss ist nicht mehr dicht. Ich taufe das Zeug, das da rauskommt, Kackeschwitze und habe mich jetzt schon dran gewöhnt. Ich entwickle eine spezielle Falttechnik für die quadratischen Mulltücher, halte meine Arschbacken etwas auseinander und lege das gefaltete weiße Kunstwerk so eng wie möglich an die Wunde, damit es die ganze Kackeschwitze aufhält. Wenn ich mit dem Mull und den Fingerspitzen an die offene Wunde komme, tut es sehr weh. Ich lasse die Arschbacken vorsichtig wieder zugehen. Sie halten für mich die Binde fest in Position. So. Das Problem haben wir schon mal gelöst.

Langsam habe ich wirklich das Gefühl, hier im Zimmer riecht es nicht so gut. Ich befürchte, dass ich auf jeden Fall schon mal luftinkontinent am Arsch bin. Es kommt einfach andauernd ohne jede Vorwarnung warme Luft aus dem Darm. Einen Furz kann ich das beim besten Willen nicht nennen. Ich stehe an der Stelle ja einfach offen. Fürze haben normalerweise einen Anfang und ein Ende. Sie suchen sich geräuschvoll ihren Weg, zur Not mit viel Druck. Der ist hier nicht nötig. Es dampft einfach alles raus. Und erfüllt die Luft in meinem kleinen Zimmer mit all den Gerüchen, die eigentlich in mir bleiben sollten, bis ich bestimme, wann sie raus dürfen. Es riecht nach warmem Eiter, gemischt mit Durchfall und was Saurem, das ich nicht identifizieren kann. Vielleicht von den Medikamenten.

Wenn jetzt einer ins Zimmer kommt, weiß er so viel von mir, als hätte er mir in normalem Zustand den Kopf in den Arsch gesteckt und einmal kräftig geschnuppert.

Heute habe ich sehr gute Laune, ich glaube, weil ich so gut geschlafen habe. Das nächste Problem: zum Klo gehen. Ich lege mich bäuchlings aufs Bett und lasse langsam die Beine runterrutschen. Sehr weit runterrutschen. Diese hohen Betten. Schlimm. Die Füße berühren den Boden. Ich stütze mich auf meine Arme und bringe den ganzen Oberkörper in eine aufrechte Position. Ich stehe. Ha! Umdrehen und mich in Gänseschrittchen, weil es sonst zu sehr am Po zwickt, ganz langsam auf den langen Weg zum Klo machen. Drei Meter. Viele Minuten, um über was Schönes nachzudenken. Dieser Geruch von verdünnter Wasserschwitzkacke kommt mir bekannt vor.

Wenn klar ist, dass ich gleich Sex habe mit jemandem, der auf Analverkehr steht, frage ich: mit oder ohne Schokodip? Soll heißen: Manche mögen es, wenn die Schwanzspitze beim Poposex etwas Kacke ans Tageslicht befördert, der Geruch von selbst herausgebuddelter Kacke macht ja geil. Andere wollen die Enge des Arschs ohne den Dreck. Jeder, wie er will. Für diejenigen, die es lieber sauber haben, habe ich mir im Internet was bestellt, bei der Lederwerkstatt. Das Ding sieht aus wie ein Dildo mit Löchern in der Spitze und ist komplett aus chirurgischem Stahl. Weiß ich gar nicht so genau, klingt aber gut und sieht auch danach aus.

Erst schraube ich im Badezimmer meinen Freund, den Duschkopf, ab, wo dann das Ding mit seinem Gewinde genau draufpasst. Ich finde es sehr gut, dass bei uns alles genormt ist. Jetzt geht es an die Enddarmreinigung. Ich schmiere die Spitze des Stahldings mit Pjur ein. Dann wurschtele ich das Ding mit viel Kraft an meinem Blumenkohl vorbei und schiebe es so weit rein, wie es geht. Also früher habe ich das so gemacht, der Blumenkohl ist ja jetzt weg. Macht bestimmt vieles einfacher. Vom Reinwurschteln werde ich erst mal geil, wenn etwas so rum in meinen Arsch reingeht, ist es normalerweise ja ein Schwanz. Ist das schon klassische Konditionierung?

Das Ding ist aber härter und kälter als ein Schwanz. Jetzt drehe ich das Duschwasser volle Kanne auf, aber nicht zu heiß, will mich ja nicht von innen verbrühen. Das ist jetzt das Beste an meiner Innenwaschung. Es fühlt sich an, als würde man aufgepustet wie ein Luftballon. Wir kennen so ein sich bewegendes Völlegefühl eher von Blähungen als von Wasser im Darm. Deswegen denkt man auch, es sei

Luft und nicht Wasser. Bald kommt das Gefühl auf, dass schon literweise Leitungswasser im Darm ist und man platzen muss. Ich habe einen starken Kackdrang.

Nun stelle ich das Wasser ab und hocke mich wie zum Pinkeln in die Dusche. Das ganze Wasser aus meinem Darm drücke ich feste raus. Es fühlt sich an wie Pinkeln aus dem Arsch. Das kennt man von sehr starkem sogenanntem Sprüh- oder Wasserdurchfall. Das Sieb und der Abflussstopfen müssen rausgelegt werden, weil gleich ganz schön viel Kacke, große und kleine Brocken, mit rauskommt. Diesen Vorgang wiederhole ich dreimal, bis in dem rausgepressten Wasser kein Ministückchen mehr zu sehen ist. Kein Schwanz, egal wie dick oder lang, würde aus dem sauberen Enddarm noch was zutage fördern. So bin ich perfekt päpariert für sauberen Posex, wie eine Gummipuppe.

Wenn einer doch mit Schokodip will, geht das nur, wenn ich schon ein paar Mal guten Sex mit ihm hatte. Das ist ein großer Liebesbeweis, den ich dann erbringe. Analsex, ohne dass ich mir den Arsch vorher ausspüle. Da muss das Vertrauen groß sein, damit ich einem erlaube, seinen Schwanz mit meiner Kacke zu schmücken. Wenn ich direkt vorm Sex den Darm nicht entleere, egal ob mit Analspüler oder auf Klo, dann steht ein paar Zentimeter hinter dem Eingang die Kacke zum Austritt bereit. Intimer geht für mich nicht. Es riecht bei solchem Sex auch alles im Raum nach meinem Inneren. Also ich rieche jedenfalls mein Inneres die ganze Zeit. Er muss nur einmal ganz kurz reingestochen und mit seiner Spitze meine Kacke berührt haben. Wenn er ihn dann wieder rauszieht und wir eine andere Stellung üben, funktioniert sein Schwanz als wedelnder Duftbaum mit meinem Kackegeruch.

Jetzt gerade kann ich mir aber leider gar nicht vorstellen, dass ich das jemals wieder machen kann. Beides. Weder das geile Ausreinigen noch das Arschficken. Das wäre schlimm.

Ich habe es geschafft. Ich bin im Duschzimmer angekommen. Ich muss mir keine Unterhose runterziehen, weil ich keine anhabe. Nur mein Engelskostüm raffe ich am Bauch zusammen und binde einen einfachen Knoten hinein, damit es nicht ins Klo hängt. Ich will mich vorsichtig hinsetzen, aber beim Runtergehen merke ich, dass es nicht geht. Die Spannung reißt an der Wunde. Also bleibe ich stehen und stelle mich breitbeinig über die Schüssel. Das geht. So pinkeln doch Französinnen, oder? Links an der Wand ist eine Omastange zum Festhalten. Wahrscheinlich eher zum Hochziehen gedacht, wenn man sich einmal hingesetzt hat und nicht mehr hochkommt. Ich missbrauche sie zum Stehpinkelbalancehalten. Rechts halte ich mich an der Plastikduschkabine fest. Ich treffe fast mit der ganzen Pinkel ins Klo. Und so soll ich kacken? Undenkbar. Aber eigentlich in jeder Haltung undenkbar. Ich versuch es noch nicht mal. Natürlich wasche ich meine Hände nicht nach dem Pinkeln. Wenn ich auf der Klobrille sitzen könnte, würde ich machen, was ich zu Hause im Badezimmer auch immer mache: Solange ich auf Klo was zu tun habe, lese ich die Beschriftungen der verschiedenen Seifen und Shampoos auf dem Badewannenrand. Mama hat mir hier offensichtlich auch irgendwelche Mittelchen ans Waschbecken gestellt. Da kann ich mich aber jetzt nicht hinbewegen. Zu Hause kenne ich viele Beschriftungen schon auswendig. Meine liebste Beschriftung steht auf einem Badezusatz von Mama: »Belebend und tonisierend«. Keine Ahnung, was das heißen soll. Also belebend schon. Aber tonisierend? Ich stelle mir Mama immer tonisiert vor. Keine schöne Vorstellung. Und seitdem ich dieses Wort in meinem Wortschatz habe, nenne ich meinen Bruder Toni so: Tonisiert. Der hat noch nie drüber gelacht. Ich immer.

Schnell langsam wieder ins Bett.

Für die Wege hier brauche ich extrem lange. Hätte ich nicht gedacht, dass das Poloch so viel mit dem Gehen zu tun hat. Auf diesem Schildkrötengang kann ich mir überlegen, was ich heute alles machen will. Mein Vater und meine Mutter werden heute bestimmt kommen. Ich werde sie wieder zusammenbringen. Und ich muss meine Avocadokernsammlung aufbauen und mit Wasser versorgen. Ich muss ein gutes Versteck für die Kerne finden, sonst werden die mir hier weggenommen. Ich bin schon auf der Höhe vom Jesusbild. Ich hänge es von der Wand ab und nehme es mit zum Bett. Es passt perfekt zwischen Metallnachtschrank und Wand, wo keiner es sehen kann. Sehr schön. Ein Atheistenkrankenzimmer. Ich kraxele wie ein Krüppel auf mein Bett und bin geschafft. Was ist das? Ich sehe Tropfen auf dem Boden. Eine lange Spur. Vom Duschzimmer bis zum Bett, mit Bogen zur Wand. Das sind Pipitropfen. Ich habe mich nicht abgetupft. Mache ich nie. Aber sonst geht alles in die Unterhose oder anderen Stoff. Hier habe ich untenrum nichts an, also landet alles auf dem Boden. Lustig. Ich kann aber nicht aufstehen und alles wegwischen, den Weg schaff ich so schnell nicht noch mal, und hinhocken zum Wischen kann ich mich erst recht nicht. Also muss es so bleiben. Ich zähle die Tropfen, die ich bis zur Tür sehen kann. Zwölf. Wobei Nummer neun und zehn vom reinscheinenden Sonnenlicht erwischt werden und aussehen wie kleine ausgeschnittene Kreise aus Alufolie oder noch was Schönerem. Mein Vater ist Wissenschaftler, er hat mir erklärt, dass manche Lichtstrahlen beim Eindringen in den Tropfen gebrochen werden. Deswegen sieht es aus, als wäre das Licht darin gefangen. Und das restliche Licht wird von der Oberfläche zurückgestrahlt. Daher der Glanz obendrauf. Es klopft, und jemand geht mit weißen Gesundheitsschuhen die Pipistraße entlang. Die Socken sind unglaublich weiß. Bei uns zu Hause bleibt nie was weiß. Alles Weiße kriegt nach einmal Waschen eine andere Farbe. Ein dreckiges Rosa oder ein braunes Grau. Noch mehr Leute kommen rein. Die Tropfen werden alle zertrampelt. Die Leute haben alle meine Pipi unter ihren Gesundheitsschuhen. Das ist genau mein Humor. Ich stelle mir vor, wie sie den ganzen Tag auf den verschiedenen Stationen für mich mein Revier markieren. Was machen die eigentlich hier, außer Pipistraßen von kleinen Mädchen kaputtzumachen?

Ah. Das sind lauter Ärzte und Lehrlinge oder wie die heißen. Die machen Stippvisite. Was soll das Stipp eigentlich bedeuten? Hat das was mit Heringstipp zu tun? Die haben schon längst gegrüßt. Mich Sachen gefragt. Und ich hab mich um anderes gekümmert. Kann ich jetzt auch weiter machen. Der beste Platz für die Kernsammlung wäre wohl die Fensterbank. Wegen dem Licht. Ich müsste das nur abschirmen, damit man es nicht sehen kann, wenn man im Raum steht.

Ich höre den Satz: »Wenn sie einen erfolgreichen Stuhlgang hatte, darf sie nach Hause.«

Schon klar. Die reden wohl über mich. Die Stuhlganglady. Da ist ja auch der Notz. Vor lauter Ärzten erst gar nicht gesehen. Bitte ich jemanden, für mich Wasser in die Gläser zu schütten? Ich kann unmöglich für das Kernwasser immer hin und her gehen. Das würde bei meinem Gehtempo Tage dauern. Ich habe die Gläser für meine Kerne und ein extra Glas für mein Sprudelwasser. Das müsste einer zum Vollgießen benutzen und immer zwischen Fensterbank und Waschbecken hin und her gehen. Nein, ich hab's. Ich nehme das Sprudelwasser für die Kerne. Davon bringen die Krankenschwestern mir immer Nachschub. Da muss ich keinen bitten, das kriege ich alleine hin. Sehr gut. Für meine Kernebabys nur das beste Mineralwasser. Reich an Calcium und Magnesium und Eisen und weiß der Geier, was sonst noch. Da werden sie gut von wachsen.

Die gehen alle wieder raus, um meine Pipibotschaft zu verteilen. Endlich kann ich mit der Arbeit beginnen.

Ich schnappe mir die kleine Kiste, die Mama benutzt hat, um die Kerne zu transportieren. Erst muss ich die Gläser aus dem Zeitungspapier rollen. Vollkommen übertrieben, sie so einzupacken. So wie Mama Auto fährt. Schritttempo und vor jeder Bodenschwelle ein Vollstopp.

Um die Achsen zu schonen, sagt sie. Das war früher mal so. Moderne Autos sind so stoßunempfindlich, dass man voll über solche Hubbel drüberbrettern kann, ohne dass was passiert. Sagt mein Vater.

Die acht Gläser stelle ich in die äußerste rechte Fensterbankecke. Jeden der acht Kerne spieße ich mit drei Zahnstochern auf und hänge sie in die Gläser. Das Sprudelwasser gieße ich so hoch an, dass zwei Drittel des Kerns unter Wasser sind.

Mal gucken, wie sie den Transport und den einen Tag und die Nacht ohne Wasser überstanden haben. Das ist das erste Mal, dass ich Kerne verreisen lasse. Ich brauche was, um sie abzuschirmen vor den Blicken der Menschen, die hier ins Zimmer kommen. In der Schublade meines Metallnachtschranks war doch ein Buch? Ich ziehe die Schublade auf. Die Bibel. Natürlich. Diese Christen. Die versuchen es aber auch überall. Nicht mit mir. Als Blickabschirmer ist sie gerade gut genug. Ich stelle sie aufgeklappt vor die Kerne, aber falschrum, damit das Kreuz auf dem Kopf steht. Das ärgert die doch, oder? Das bedeutet doch was Schlimmes für die. Aber was? Egal.

Obendrauf auf mein kleines Kernehaus lege ich die Speisekarte für die Woche, so kann auch von oben keiner mein Geheimnis sehen. Ich kriege sowieso nur noch Vollkornbrot und Müsli.

Familie fertig aufgestellt. Durch die Kernsammlung fühle ich mich ein bisschen wie zu Hause. Wenn ich mich um meine Kerne kümmern kann, habe ich immer was zu tun. Wasser nachgießen oder auswechseln. Das Wachstum mit dem Fotoapparat dokumentieren. Ab und zu den Schleim vom Kern entfernen. Tote oder kranke Sprossen abknipsen, damit gesunde nachwachsen können. Solche Sachen.

Das Telefon klingelt. Wer hat das eigentlich angemeldet? Machen das diese Grünen Engel? Mit welchem Geld? Braucht man dafür überhaupt Geld? Der Sache muss ich noch auf den Grund gehen. Ich hebe ab.

»Hallo?«

»Ich bin's.« Mama.

Heute wollen Mama und Papa mich besuchen kommen. Beide werden versuchen, es so einzurichten, dass ihr Besuch nicht auf dieselbe Uhrzeit fällt.

Ich wünsche mir so sehr, dass meine Eltern zusammen in einem Zimmer sein können. Dass sie mich gemeinsam hier im Krankenhaus besuchen. Ich habe einen Plan.

Mama fragt: »Wann kommt dein Vater?«

»Du meinst deinen Exmann? Den du mal sehr geliebt hast? Um vier.«

»Dann komm ich um fünf. Schaffst du es, dass er bis dahin weg ist?«

Ich sage ja, denke nein. Sobald ich mit Mama aufgelegt habe, rufe ich Papa an und sage ihm, es würde mir gut passen, wenn er um fünf käme.

Papa kommt um fünf und hat mir ein Buch über Nacktschnecken mitgebracht.

Ich halte es für eine Anspielung auf mein Poloch und frage nach. Er dachte, die interessieren mich, weil ich ihn mal was über sie gefragt habe. Das habe ich bestimmt gemacht, weil ich mit Papa nur über Ersatzthemen reden kann.

Nicht über echte Gefühle und Probleme. Der hat das wohl nie gelernt. Deswegen rede ich mit ihm viel über Pflanzen, Tiere und Umweltverschmutzung. Auf gar keinen Fall fragt er, wie es meiner offensichtlich klaffenden Wunde geht. Mir fällt nicht viel ein, worüber ich mit Papa reden kann. Die ganze Zeit, die er da auf seinem Stuhl hinter meinem Fußende sitzt, erwarte ich, dass es gleich klopft und Mama reinkommt. Ich hasse peinliche Pausen. Versuche aber als Selbstversuch, sie auszuhalten. Dafür ist Papa das perfekte Gegenüber. Er sagt einfach nichts. Außer ich frage ihn was. Er hat nicht das Bedürfnis, scheint mir. Ich gucke ihn an und er mich. Es ist schrecklich still. Aber er guckt nicht unfreundlich oder so. Eigentlich ganz freundlich und friedlich. Mama hat ihn verlassen. Warum, weiß ich nicht. Könnte ich auch einfach mal fragen. Habe vielleicht Angst vor der Antwort. Aber es ist auf keinen Fall ein Grund, jemanden zu verlassen, nur weil er da sitzt, einen anguckt und nichts sagt. Da muss schon eine bessere Begründung her. Vielleicht ist ihre Liebe weggegangen. Wenn man sich wirklich was Gutes versprechen will: Wenn du willst, bleibe ich bei dir, auch wenn ich dich nicht mehr liebe. Das ist ein gutes Versprechen. Das heißt wirklich für immer.

In guten wie in schlechten Zeiten. Und das sind doch wohl schlechte Zeiten, wenn der eine den anderen nicht mehr liebt. Nur zu bleiben, solange die Liebe noch da ist, reicht nicht, wenn man Kinder hat.

Mama kommt zu spät. Sie ist um sechs noch nicht da. Papa verabschiedet sich. Schon wieder nicht geschafft. Sie stoßen sich ab, wie zwei Magneten, die ich zusammenbringen will.

Mein Ziel ist, dass sie sich sehen und sich viele Jahre nach ihrer Scheidung noch mal Hals über Kopf ineinander verlieben. Und wieder zusammenkommen. Sehr unwahrscheinlich. Hat es aber alles schon gegeben. Behaupte ich jetzt. Weiß ich gar nicht so genau.

Es vergeht viel Zeit zwischen Papas Verabschiedung und Mamas Ankunft. Mit Mama spreche ich noch weniger als mit Papa. Sie denkt, ich bin einfach sauer, weil sie spät dran ist. Das ewig schlechte Gewissen einer arbeitenden Mutter. Sie weiß ja nicht, was ich weiß. Dass sie grad ihre eigene Neuverheiratung verpasst hat. Das lasse ich ordentlich an ihr aus. Sie kann sich gerne einreden, dass mein schlechtes Benehmen mit meinen Schmerzen zu tun hat.

Ihr Besuch war noch viel kürzer als Papas. Selber schuld, Helen.

Morgen wollen beide wiederkommen. Dann starte ich einen neuen Versuch. Je länger ich im Krankenhaus bleibe, umso mehr Chancen habe ich, sie hier zusammenzuführen. Mein eines Zuhause ist bei meiner Mutter, da käme Papa nie hin. Mein anderes Zuhause ist bei meinem Vater, da käme Mama nie hin.

Also wäre es besser, keinen Stuhlgang herbeizuführen. Für meine eigene Heilung wäre es aber wiederum besser, doch bald Stuhlgang zu haben, wenn man den Ärzten glaubt. Ich kann ja heimlich Stuhlgang haben und es keinem sagen. Dann darf ich länger im Krankenhaus bleiben, muss mir aber gleichzeitig um mich und meinen Po keine Sorgen machen.

Genauso mache ich das. Vielleicht kann ich durch eine weitere Selbstverletzung noch eine Operation herbeiführen. Dann könnte ich noch viele Tage auf mein Ziel hinarbeiten.

Vielleicht fällt mir da was ein. Bestimmt. Habe ja hier in meinem langweiligen Atheistenzimmer genug Zeit, mir alles Mögliche auszudenken. Meine Eltern waren jeweils nur sehr kurz bei mir. Ich rede nicht genug mit Menschen. Das merke ich immer daran, dass ich ins Grübeln verfalle und anfange, immer schlechter aus dem Mund zu riechen. Wenn ich länger nicht spreche, also meinen Mund nicht aufmache, um ihn zu lüften, fangen die Speisereste zusammen mit dem warmen Speichel in der abgeschlossenen Mundhöhle zu gären an. Deswegen riecht man auch so schlecht aus dem Mund, wenn man morgens aufsteht. Der Mund ist die ganze Nacht die perfekte körperwarme Petrischale für alle Bakterien, um sich zu vermehren und die Speisereste zwischen den Zähnen zu zersetzen. Das beginnt bei mir gerade. Ich muss mit jemandem sprechen. Notbimmel. Robin kommt rein. Ich muss mir was ausdenken, warum ich geläutet habe. Ah, eine Frage.

»Wann kriege ich meinen Selbstdosierer vom Anästhesisten?«

»Der hätte eigentlich schon längst hier sein sollen.«

»Gut. Also gleich irgendwann. Sonst hätte ich jetzt nach Tabletten gefragt, die Schmerzen gehen langsam wieder los.«

Gelogen. Macht das Bimmeln aber glaubwürdiger. Er greift schon wieder nach der Klinke.

»Geht es dir gut, Robin?«

Typisch Helen. Der ist doch der Pfleger. Ich denke aber, ich muss mich um ihn kümmern und dafür sorgen, dass er eine angenehme Schicht hat.

»Ja, mir geht es gut. Ich habe viel über deine Wunde nachgedacht und über deine Lockerheit. Ich habe mit einem Kumpel darüber geredet. Keine Sorge, keiner hier aus dem Krankenhaus. Der denkt, du bist Exhibitionistin, oder wie das heißt.«

»Zeigefreudig, sag ich immer. Stimmt. Ist das schlimm?«

»Ich würde mir wünschen, dass mehr Mädchen so sind. Vielleicht mal ein Mädchen, das ich in der Disco treffe.«

Um die Unterhaltung am Laufen zu halten und vielleicht

auch ein bisschen, um Robin aufzugeilen und an mich zu binden, erzähle ich ihm meinen Ausgehstandard.

»Weißt du, was ich immer mache, wenn ich in die Disco gehe?«

Wenn ich mit einem Jungen verabredet bin und will, dass wir an dem Abend ficken, habe ich mir einen tollen Trick als Beweis ausgedacht. Als Beweis dafür, dass ich der Fickurheber des Abends bin. Und es kein Zufall ist, was später passiert. So ein Abend fängt ja unsicher an. Kennt man ja. Wollen beide das Gleiche? Schafft man es am Ende des Abends, Sex zu haben? Oder war die ganze Verabredung für die Katz? Damit total klar ist, was ich von Anfang an wollte, schneide ich mir vorher ein großes Loch in die Unterhose, damit man die Haare und die ganzen Schamlippen und so sieht. Also, die ganze Pflaume soll rausgucken. Ich trage natürlich immer einen Rock. Wenn ich dann anfange, mit dem Jungen zu lecken und zu fummeln, und nachdem meine Brüste lange genug gestreichelt worden sind, wandert irgendwann sein Finger meine Oberschenkel hoch. Er denkt, er muss sich erst mal mühsam an meiner Unterhose vorbeiwurschteln, und hat sogar Sorge, dass ich gar nicht so weit gehen will. Man spricht ja über so etwas nicht, wenn man sich noch nicht lange kennt. Der Finger berührt dann direkt und ohne Vorwarnung meine triefende Muschi.

Jungs reagieren alle gleich auf dieses Geschenk. Der Finger kriegt einen Herzinfakt und verharrt kurz. Dann muss noch etwas rumgefühlt werden, weil er nicht glauben kann, was er da am Finger hat. Jeder denkt natürlich erst, die hat keine Unterhose an. Wenn die Unterhose mit Loch drin wie bei einem Fühlspiel ertastet wurde, ist klar, dass ich das vor Stunden vorbereitet und gebastelt habe. Das zaubert ein dreckiges, breites Grinsen aufs Gesicht von meinem Zukünftigen. Also zukünftigen Fickpartner.

Ich habe selber einen leichten Schweißausbruch vom Erzählen. Warum mache ich so was eigentlich? Ich glaube, ich bin wegen seinem Kompliment am Anfang berauscht. Immer noch einen draufsetzen, Helen, was?

Robin steht da mit leicht geöffnetem Mund, und meine Geschichte zeigt Wirkung. Ich kann seine Schwanzbeule durch die weiße Pflegerhose sehen. Während ich ihm das erzählt habe, hat es auf dem Flur ununterbrochen geklingelt. Andere Patienten, die was von Robin wollen. Aber nicht das Gleiche wie ich.

»Ok, bis später dann.« Und weg ist er.

Ich habe ihn verstört. Es ist wie ein Sport. Ich muss in einem Raum immer die Lockerste der Anwesenden sein. Diesmal hab ich gewonnen. Hatte aber auch einen einfachen Gegner, und es war gar kein richtiger Wettbewerb. Eher ein Ausbruch.

Bin jetzt schon aufgeregt, was das angerichtet hat, ob er mir noch mal so wie vorher in die Augen gucken kann. Ich bring mich aber auch in komische Situationen. Kann es sein, dass jeder, der im Krankenhaus arbeitet, egal ob alt, jung, hübsch oder hässlich, sexuell anziehend wird, einfach weil sonst keiner da ist?

Ich puste mir selber in die Nase, um meinen Atem zu kontrollieren. Schon viel besser. Ich muss mir nicht die Mühe machen und aufstehen, um meine Zähne zu putzen. Einfach bimmeln und versaute Geschichten erzählen, schon kommt frische Luft in den Mundraum. Früher hat man doch einem Kind, das ein schlimmes Wort gesagt hat, den Mund mit Seife ausgewaschen. Hat man das wirklich gemacht oder nur so angedroht? Ich werde das mal ausprobieren. Ich sage ein schlimmes Wort und wasche mir dann den Mund mit Seife aus. Dann kann ich das in mein Lebensbuch eintragen. Ich habe mir auch schon mal selber K.O.-Gas ins Gesicht gesprüht, weil ich für mein Lebensbuch wissen wollte, wie sich das anfühlt. Auf jeden Fall weiß ich jetzt, dass es ganz ohne Grund K.O.-Gas heißt. Ich bin nicht in Ohnmacht gefallen. Die Augen fangen nur stark an zu tränen und hören nicht mehr so schnell auf damit. Man muss viel husten, und es läuft einem sehr viel Spucke wasserfallartig aus dem Mund raus. Regt wohl die Schleimhautbefeuchtung an, das Gas. Mir ist langweilig hier. Das merke ich daran, was ich mir so denke. Ich versuche mich mit meinen alten Geschichten selber zu unterhalten. Ich versuche mich durch Selbstunterhaltung davon abzulenken, wie einsam ich bin. Klappt nicht. Mir macht das Alleinsein Angst. Zählt bestimmt zu meinen Scheidungskindbeschwerden.

Ich würde mit jedem Idioten ins Bett gehen, damit ich nicht alleine im Bett sein oder sogar eine ganze lange Nacht alleine schlafen muss. Jeder ist besser als keiner.

Das haben meine Eltern nicht beabsichtigt, als sie sich trennten. So weit denkt man als Erwachsener bei einer Trennung nicht.

Ich lege mich richtig in mein Kissen rein und gucke die Decke über mir an. Da hängt der Fernseher. Das ist es. Ich spiele mein altes Stimmen-erraten-Spiel. Ich hole die Fernbedienung aus der Schublade und schalte den Fernseher an. Mit dem Helligkeitsknopf drücke ich so lange auf Minus, bis der Bildschirm ganz dunkel ist. Jetzt drehe ich den Ton etwas lauter und schalte zwischen den Kanälen hin und her.

Ziel ist es, anhand der Stimme die Person zu erraten, die grade spricht. Geht natürlich nur bei bekannten Leuten. Dieses Spiel habe ich irgendwann angefangen, weil ich gegen die Einsamkeit immer Fernsehen gucken wollte, mich aber mehr und mehr über das Fernsehen aufgeregt habe. Das lag vor allem an einer Sache. Wenn die im Fernsehen Sex miteinander hatten und die Frau danach aufsteht, hält sie sich mit der Decke die Brüste zu. Das ist nicht zum Aushalten für mich. Grad haben die noch ineinander gesteckt, und jetzt versteckt sie ihre Titten. Nicht vor ihm, sondern vor mir. Wie soll ich das denn glauben, was die da spielen? Wenn die mich immer daran erinnern, dass ich zugucke. Wenn der Mann aufsteht, wird er plötzlich nur noch von hinten gefilmt. Sehr ärgerlich. So hat mich das Fernsehen als Zuschauerin verloren. Die einzige Ausnahme beim Tittenzeigen im Fernsehen stellen unbekannte Schauspielerinnen dar. Wenn eine obenrum nackt zu sehen ist, kannst du sicher sein, dass sie unbekannt ist. Die Stars zeigen nie was her. So weit ist es mit der Schauspielerei schon gekommen. Ich höre jetzt nur noch Fernsehen, für mein Ratespiel. Ich war aber früher besser darin. Als Kind habe ich sehr viel geguckt, deswegen konnte ich viel besser die Stimmen erraten.

Ich starre auf den schwarzen Bildschirm und versuche mich auf die Stimme zu konzentrieren, die grad spricht. Keine Ahnung. Ich schalte den Fernseher wieder aus. Doch keine Lust zu spielen. Zu zweit ist das viel besser. Ich frage Robin mal, wenn er Zeit hat. Also nie!

Was kann man hier im Zimmer denn noch alles spielen? Mir fällt schon was ein.

Ich drücke mich ganz feste zurück ins Kissen und lege

meinen Kopf in den Nacken, damit ich nach hinten über mir sehen kann. Da habe ich bis jetzt noch nicht hingeguckt. Da kommt also das helle Licht her! An der Wand sind mehrere Neonröhren in einer langen Reihe befestigt. Damit man nicht voll geblendet wird, haben die ein Holzverdeck davor gebaut. Ich gucke mir das Muster an und sehe nur Muschis. Immer wenn ich aufgeschnittene Bretter mit Holzmaserung aneinandergelegt sehe, erkenne ich Muschis in allen Formen und Größen. Wie zu Hause an meiner Zimmertür. Türen sind doch mit diesen dünnen Holzschichten beklebt, die so spiegelbildlich angebracht werden. Es sieht genauso aus wie im Kunstunterricht, als ich kleiner war. Man kleckst mit Wasserfarbe und viel Wasser was in die Mitte des Blattes, faltet es zusammen, drückt kurz drauf, klappt es wieder auf, und fertig ist das Muschibild. Ich bemühe mich, was anderes auf dem Neonröhrenverdeck zu erkennen. Geht nicht. Alles nur Muschis! Ich klingele die Notbimmel. Was könnte ich denn wollen? Schnell was ausdenken.

Es klopft, die Tür geht auf. Eine Krankenschwester kommt rein. Obwohl, eigentlich hat sie erst die Tür geöffnet und dann geklopft. Ich bin so höflich dieser trampeligen Schwester gegenüber, dass ich die beiden Aktionen im Kopf vertauscht habe, damit sie besser dasteht vor mir. Bestimmt hat Robin sie geschickt. Den habe ich erst mal verstört. Das muss ich wieder abarbeiten. Die Schwester heißt Margarete. Steht auf dem Schildchen an ihren Brüsten. Ich habe zuerst auf die Brüste geguckt, und dann ins Gesicht. Mache ich oft so rum. Ich bin fasziniert von ihrem Gesicht. Sie ist unglaublich gepflegt. Sagt man doch so: eine gepflegte Frau.

Als wäre das allein schon ein besonderer Wert. In der Schule sagen wir zu solchen Schülerinnen Arzttochter, egal was der Vater arbeitet. Ich weiß nicht, wie die das machen, aber sie sehen immer besser gewaschen aus als die andern. Alles ist sauber und irgendwie behandelt. Jede kleinste Körperstelle wurde mit irgendwas bedacht.

Was diese Frauen aber nicht wissen: Je mehr sie sich um all diese kleinen Stellen kümmern, desto unbeweglicher werden sie. Ihre Haltung wird steif und unsexy, weil sie sich ihre ganze Arbeit nicht kaputtmachen wollen.

Gepflegte Frauen haben Haare, Nägel, Lippen, Füße, Gesicht, Haut und Hände gemacht. Gefärbt, verlängert, bemalt, gepeelt, gezupft, rasiert und gecremt.

Sie sitzen steif wie ihr eigenes Gesamtkunstwerk rum, weil sie wissen, wie viel Arbeit darin steckt, und wollen, dass es so lange wie möglich hält.

Solche Frauen traut sich doch keiner durchzuwuscheln und zu ficken.

Alles, was als sexy gilt, durcheinandere Haare, Träger, die von der Schulter runterrutschen, Schweißglanz im Gesicht, wirkt derangiert, aber anfassbar.

Margarete guckt mich fragend an. Ich soll also sagen, was los ist.

»Ich brauche bitte einen Mülleimer für meine verdreckten Mullbinden. Wenn sie auf meinem Nachttisch liegen, riecht es nicht mehr so gut hier.«

Sehr überzeugend, Helen. Gut gemacht.

Sie hat Verständnis für meinen geschauspielerten Wunsch nach mehr Hygiene im Krankenzimmer, sagt ›natürlich‹ und geht.

Von draußen höre ich Lärm. Da ist was los. Bestimmt

nichts Aufregendes. Normale Krankenhaussachen. Ich tippe auf Abendessenausgabe. Hier im Krankenhaus ist man einem festen Zeitplan unterworfen, den sich irgendein Geistesgestörter ausgedacht hat. Ab sechs Uhr morgens flippen die Krankenschwestern irre laut auf dem Flur rum. Die kommen rein, mit Kaffee, die wollen das Zimmer putzen, mich putzen. Man ist gefangen in einem Bienenstock mit lauter fleißigen Bienen, alle fliegen rum und arbeiten irgendwas. Meistens sehr laut. Das Einzige, was kranke Leute wirklich wollen, ist schlafen, und das ist genau das, was sie hier nicht zulassen. Wenn ich nach einer schlechten Nacht – und im Krankenhaus ist jede Nacht schlecht – am Tag den Schlaf aufholen will, gibt es mindestens acht Menschen, die sich gegen mich und mein Schlafbedürfnis verschworen haben. Niemand, der im Krankenhaus arbeitet, achtet darauf, ob jemand schläft, wenn er ins Zimmer kommt. Alle schreien einfach: »Morgen!« Und machen sehr laut, was sie machen müssen. Man könnte das »Morgen!« auch weglassen und leise und rücksichtsvoll seine Tätigkeit im Zimmer erledigen. Die haben hier was gegen Schlaf. Ich habe mal gehört, dass man Depressive nicht so viel schlafen lassen sollte, weil es die Depression verstärkt. Aber das hier ist doch kein Irrenhaus. Ich habe manchmal den Eindruck, sie müssen mit ihrem ständigen Aufgewecke kontrollieren, ob ihre Patienten noch leben. Sobald einer wegnickt, muss er vom sicheren Tod zurückgeholt werden. »Morgen!«

Leute kommen rein und gehen raus. Jeder will, dass ich Verständnis für ihn habe. Dann wohl für alle. So funktioniert die Welt.

Die Schwester kommt mit einem kleinen Chrommülleimer wieder, den sie auf meinen Nachtschrank stellt. Sie betätigt das schwarze Plastikpedal mit der Hand, der Deckel fliegt auf, und ich lege meine benutzte Mullbinde rein, die zwischen meinen Arschbacken gesteckt hat. Wie Margarete das Plastikpedal bedient, ist auch typisch für gepflegte Frauen. Sie passt ganz genau auf ihre Nägel auf. Berührt alles nur mit der Fingerabdruckfläche. Ein komisches Phänomen. Klar, wenn die Nägel frisch lackiert sind, passt man auf, dass sie nirgendwo drankommen, bis sie trocken sind. Diese Haltung geben manche Frauen aber auch in trockenem Zustand nicht auf. Sieht sehr unanpackend aus. Als würde man sich vor allem, was einen umgibt, ekeln.

»Vielen Dank. Ich bin, was Hygiene angeht, etwas eigen«, sage ich und lächele sie breit an.

Sie nickt wissend, weiß aber nichts. Sie denkt, ich will es hier ordentlich haben und der Geruch stört mich oder ich schäme mich für das Aussehen der Mullbinden, wenn ich sie von dahinten hervorzaubere. In Wirklichkeit bin ich etwas eigen in Sachen Hygiene, weil sie mir scheißegal ist und ich hygienische, gepflegte, keimfreie Leute wie Margarete verachte.

Was ist denn mit mir los, warum rege ich mich so über sie auf? Sie hat mir doch bis jetzt noch nichts getan.

Ich verarsche doch sie mit meinem Mülleimerwunsch und nicht sie mich. Wenn ich jemanden ohne für mich nachvollziehbaren Grund so verachte und am liebsten schlagen oder wenigstens verbal fertigmachen würde, bahnt sich normalerweise meine Periode an. Auch das noch.

Margarete sagt: »Viel Spaß mit Ihrem neuen Mülleimer.«

Ja. Vielen Dank, du Witzpille.

Ich habe doch untenrum schon genug Blut verloren. Und ich habe genug mit meiner Arschwunde hier zu tun, da muss ich nicht auch noch das Periodenblut am Fließen hindern. Wenn man von meinem leichten Gereiztsein kurz vor der Periode absieht, verstehe ich mich ganz gut mit meiner Monatsblutung. Wenn ich blute, werde ich oft besonders geil.

Eine der ersten Zoten, die ich im frühesten Kindesalter auf einer Party meiner Eltern mitbekommen und erst durch mehrmaliges Nachfragen verstanden habe, war: Ein guter Pirat sticht auch ins Rote Meer.

Früher galt es als ekelhaft für einen Mann, eine Frau zu ficken, die blutet. Die Zeiten sind ja wohl lange vorbei. Wenn ich mit einem Jungen ficke, der es gerne hat, dass ich blute, dann hinterlassen wir eine riesige Splattersauerei im Bett.

Am liebsten benutze ich dafür frische weiße Laken, falls ich die Möglichkeit habe, darauf Einfluss zu nehmen. Und ich wechsele sooft es geht die Stellung und die Position im Bett, damit ich das Blut überall verteilen kann.

Ich will dann beim Ficken viel sitzen oder hocken, damit die Erdanziehung mir das Blut besser aus der Muschi rausziehen kann. Wenn ich nur liege, würde sich das Blut eher sammeln.

Ich lasse mich auch besonders gerne lecken, wenn ich blute. Ist ja so eine Art Mutprobe für ihn. Wenn er mit dem Lecken fertig ist und mit seinem blutverschmierten Mund hochguckt, küsse ich ihn, damit wir beide aussehen wie Wölfe, die grad ein Reh gerissen haben.

Ich mag es auch, den Geschmack von Blut im Mund zu haben, wenn wir dann weiterficken. Das ist für mich sehr aufregend, und meistens bin ich traurig, wenn meine Periode nach zwei oder drei Wolfstagen wieder aufhört.

Ich habe aber auch Glück. Wie ich das so von anderen Mädchen höre, haben die manchmal tagelang Schmerzen währenddessen. Nicht gerade sexfördernd.

Ich habe nur kurz vorher, so wie jetzt, sehr überzeugend schlechte Laune und werde unschuldigen Leuten gegenüber äußerst aggressiv. Dann kommt das Blut geflossen, und nichts tut weh. Keine Krämpfe.

Früher, als die Periode für mich noch neu war, habe ich mir die schlechte Laune sogar geglaubt. Und wurde dann vom Blut überrascht. In der Schule. Für alle sichtbar als roter Fleck hinten am Poteil vom Kleid, weil es im Sitzen kam.

Wird ja viel gesessen in der Schule. Oder auf Verwandtschaftsbesuch bei der Tante. Ich habe da geschlafen, mir ging es nicht gut. Ich wusste aber nicht, warum.

Und am nächsten Morgen bin ich aufgestanden und hatte das ganze Bett voll Blut gemacht. Eine große Lache. Jetzt bin ich nicht so locker, dass ich zu meiner Tante gegangen wäre und ihr gesagt hätte, mir ist da ein kleines Missgeschick passiert. Ich fand, ich konnte da nichts für.

Ich habe geschlafen und nichts bemerkt. Wusste auch nicht, wie ich das beschreiben sollte, was mir da passiert war. Ich habe mich entschieden, gar nichts zu sagen. Bin am Morgen regulär abgereist und habe ihr die Bescherung ohne Kommentar hinterlassen.

Sie ist bestimmt ins Zimmer, um aufzuräumen, und hat

es sofort gesehen. Ich hatte das noch nicht mal mit der Decke versteckt. All die Liter Rot lagen offen da, für meine Tante zur Inspektion. Seitdem bin ich sehr verklemmt, wenn meine Tante in der Nähe ist. Sie hat mich darauf auch nie angesprochen.

Typisch Familie!

Und ich kann an nichts anderes denken, wenn ich sie sehe. Bis mir vor Scham das Blut in den Ohren rauscht.

Auch bei dem Thema Periode halte ich nichts von Hygiene. Vollkommen überschätzt. Tampons sind teuer und überflüssig. Ich baue mir, wenn ich meine Tage habe und auf Klo sitze, selber meine Tampons aus Klopapier. Da bin ich sehr stolz drauf.

Ich habe eine spezielle Wickel- und Knicktechnik entwickelt, damit sie lange da drin bleiben und das Blut aufhalten können. Meine Klopapiertampons, muss ich zugeben, stopfen eher die Muschi zu und stauen das Blut, als dass sie es wie handelsübliche Tampons aufsaugen. Ich habe aber meinen Frauenarzt Dr. Brökert gefragt, ob es schädlich für die Muschi ist, wenn das Blut sich eine Zeit lang da drin staut und auf Klo dann im Sitzen abfließt. Und er hat gesagt, es sei ein weit verbreiteter Irrglaube, dass die Blutung irgendeine reinigende Funktion übernimmt. Aus medizinischer Sicht ist mein Blutstaudamm also unbedenklich.

Ein paar Mal war ich bei meinem Frauenarzt, weil ein Tampon in mir verlorengegangen war. Ich war mir ganz sicher, dass ich einen reingestopft hatte, konnte ihn dann aber beim Versuch, ihn rauszuziehen, nicht mehr finden. Das ist natürlich ein weiterer kleiner Nachteil meiner selbstgebastelten Tampons: Das helltürkisfarbene Schnürchen zum Rausziehen fehlt. Meine Finger sind eher kurz, und wenn ich in meiner Muschi was suche, komme ich nicht sehr weit. Wenn ich in dieser Situation in Papas Haus war, musste ich ein paar Mal Papas schicke Holzgrillzange zum Suchen benutzen.

Da waren oft noch Reste von angekokeltem Fleisch und Fett dran. Ich wollte mir nicht die Blöße geben, die Zange zu putzen, bevor sie in mich reingeht. Also habe ich mich in Brökertstellung hingelegt und so gut ich konnte versucht, den Klopapierklumpen in meiner Muschi ausfindig zu machen.

Mit allen Grillresten dran. Und oft nichts gefunden. Genauso wie ich die Grillzange nicht reinige, bevor ich sie in mich reinstecke, mache ich sie auch nicht sauber, wenn sie nach meinem gynäkologischen Eingriff zurück auf Papas Grilltisch wandert. Bei einem Grillfest mit Freunden der Familie habe ich immer ein breites Grinsen im Gesicht.

Ich frage alle gerne, ob es schmeckt, und winke meinem grillenden Vater zu, der mir mit der Grillzange lächelnd zurückwinkt. Mein drittes Hobby. Bakterien verbreiten.

Wenn ich also mit der Grillzange keinen Erfolg bei der Suche hatte und Angst habe, dass mein blutiger Klopapierklumpen in mir verschimmeln und ich doch einen schrecklichen Bakterientod sterben könnte, gehe ich zu meinem Frauenarzt.

Der nennt es das Bermuda-Dreieck-Problem. Manchmal kann er mir helfen, aber viel öfter findet er auch nichts. Dabei hat der richtig lange Finger und lauter medizinische Grillzangen aus Stahl. Und findet den Klumpen trotzdem nicht.

»Sind Sie sicher, dass Sie einen Tampon angezogen haben?«

Süß. Der sagt immer ›angezogen‹ dazu. Ich sag ›reingestopft‹.

»Ja, ganz sicher«, sage ich.

Ich bin ihm ein richtiges Rätsel. Meine Muschi mir aber auch. Was weiß ich, wo der Klumpen hin verschwindet. Hoffentlich werde ich noch alt genug, um dieses Rätsel zu lösen. Dr. Brökert macht noch einen Ultraschall, um sicherzugehen, dass sich auch ganz weit drinnen nichts versteckt hat.

Oft bin ich zu faul, immer neue Tampons zu basteln. Daher schmeiße ich nicht bei jedem Toilettengang den alten, aufwendig gefalteten Tampon ins Klo. Ich fingere ihn raus, nachdem ich mich hingesetzt habe. Und lege ihn auf den Boden. Je dreckiger der Boden, desto besser.

Wenn ich damit zu all den Flecken auf dem Boden auch einen kleinen Blutfleck beitragen kann: umso besser. Und wenn ich fertig bin mit was auch immer ich da auf Klo machen wollte, hebe ich den Klumpen vom Boden auf und stopfe ihn wieder rein. Ich mag den Geruch von altem Blut, wenn er aus der Muschi strömt, ich mag aber auch Trüffel. Mir wurden vielleicht schon Horrorgeschichten erzählt darüber, was passiert, wenn man nicht immer und andauernd seinen Tampon erneuert. Dann kriege man die schlimmsten Infektionen, an denen Frauen sogar schockmäßig sterben könnten. Seitdem ich meine Periode habe, also seit sechs Jahren, verfahre ich so mit mir und meiner Muschi und meinen Bakterien, und mein Frauenarzt hat keine Sorgen mit mir.

Ich hatte mal eine Busenfreundin, Irene. Ich habe sie immer Sirene genannt. Passte besser. Und wir hatten uns vielleicht mal was Tolles ausgedacht: Wenn wir in der Schule mal gleichzeitig unsere Periode hatten – kam sehr selten vor, kann man sich ja denken –, dann haben wir Folgendes gemacht.

Jede auf ein Klo. Nur eine Trennwand dazwischen. Unter der Trennwand die übliche Zehn-Zentimeter-Lücke. Wir ziehen beide unseren Tampon raus – damals noch Mini mit helltürkiser Schnur –, und auf Kommando eins, zwei, drei wirft jede ihren Tampon unter der Trennwand durch zur anderen rüber.

Und als wir fertig waren mit Pinkeln und Abtupfen, hatte jede den Tampon der anderen reingestopft. So waren wir durch unser altes, stinkendes Blut verbunden wie Old Shatterhand mit Winnetou. Blutsschwesternschaft.

Ich fand auch, dass Sirenes Tampon sehr interessant aussah. Ich habe ihn vorm Reinschieben immer genauestens untersucht. Ganz anders als meiner. Wer weiß schon, wie die benutzten Tampons von anderen Mädchen aussehen? Na, gut. Wer will das überhaupt wissen? Außer mir. Ich weiß.

Vor kurzem habe ich bei einem meiner aufregenden Puffbesuche noch was gelernt über Blutung und Tampons. Ich bin jetzt öfters im Puff zur Erforschung des weiblichen Körpers. Kann ja nicht meine Mutter oder Freundin fragen. Ob sie bereit wären, die Muschi mal kurz für mich aufzuspreizen, um meinen geilen Wissensdurst zu stillen. Trau ich mich nicht.

Seit ich achtzehn bin, darf ich bei Vorlage meines Ausweises in den Puff. Da ich deutlich jünger aussehe, als ich bin, fragen die immer genau nach. Mit achtzehn ist mein Leben viel besser, aber auch teurer geworden. Einmal die Sterilisation. 900 Euro inklusive Narkose. Hier im Krankenhaus. Hab ich alles selber bezahlt. Plus die ganzen Puffbesuche neuerdings. Das muss ich mir auf dem Markt bei dem Rassisten alles selber verdienen.

Jungs werden ja zu ihrem achtzehnten Geburtstag immer von Älteren in den Puff eingeladen, damit sie da ihren ersten Nuttenfick haben können. Früher war das ja bestimmt der erste Fick überhaupt. Heute mit Sicherheit nicht mehr.

Ich habe brav bis zu meinem achtzehnten Geburtstag gewartet, keiner hat mich eingeladen. Also hab ich alles selbst gemacht. Nummern von Puffs in unserer Stadt rausgesucht, überall angerufen und höflich gefragt, ob da Nutten arbeiten, die es auch mit Frauen treiben. Kommt nicht oft vor.

Einer der Puffs hatte aber direkt eine größere Auswahl an Nutten, die für Frauen offen waren. Der heißt Saunaoase. Die Puffmutter hat am Telefon gesagt, ich solle aber lieber am frühen Abend kommen, die männlichen Freier seien von weiblichen Freiern oft sehr irritiert. Oder sagt man Freierinnen? Egal.

Ich hatte Verständnis und bin da jetzt öfter.

Ich wollte also zu einer Nutte, die ich mir im Empfangsraum des Puffs ausgesucht hatte. Die sah genauso aus wie ich in Schwarz. Also ich meine, die war genauso gebaut wie ich. Dünn, kleine Brüste, großer breiter Arsch, insgesamt ziemlich klein. Und sehr lange, glatte Haare. Aber ich glaube, ihre Haare waren aus Plastik. So reingeknotete kleine Zöpfchen. Ich bin zu ihr hin und wusste ja schon, dass sie es auch mit Frauen macht. Das musste also nicht mehr geklärt werden. Wenn ich mit Ankündigung da hinkomme, sind nur Frauen im Vorraum, die für mich als Freierin in Frage kommen. Alle, die es nur mit Männern treiben wollen

– vielleicht aus religiösen Gründen? –, verstecken sich im Hinterzimmer, solange ich aussuche. Ich gehe so zielstrebig wie möglich auf sie zu. In dieser Puffsituation bin ich sehr unsouverän. Kein Wunder, dass sich Männer immer erst hoffnungslos besaufen müssen, ehe sie sich dorthin trauen. Und dann kriegen sie keinen mehr hoch oder können sich nachher an den teuren Fick nicht mehr erinnern. Man fühlt sich wirklich so, als würde man etwas wahnsinnig Verbotenes, Verruchtes machen. Ich wäre auch lieber besoffen, wenn ich da bin. Habe aber Angst, mich später nicht mehr erinnern zu können, wie die Muschis ausgesehen haben. Dann wäre alles umsonst. Dafür mach ich das ja. Muschistudium. Ich gehe also immer nüchtern hin. Ich habe viel zu viel Respekt vor den Frauen da und vor der Situation. Freu mich schon auf die Zeit, wenn das mal nicht mehr so ist und ich mich dran gewöhnt habe, eine Freierin zu sein. Im Moment habe ich immer einen Kloß im Hals und Herzrasen. Erst nach vielen Minuten mit einer Frau werde ich langsam locker. Ich frage sie, wie sie heißt.

»Milena.« Ich sage ihr auch meinen Namen. Sie fragt mich vor versammelter Nuttenmannschaft, ob ich meine Tage habe. Wie kommt sie darauf? Ich glaub, ich weiß es. Sie hat es durch meine Hose gerochen. Ich hatte schon mal eine Schulfreundin aus Polen, die hatte so eine gute Nase, dass sie von ihrem Platz aus riechen konnte, wer in der Klasse gerade die Tage hatte. Dieses Mädchen damals hat mich sehr fasziniert. Sie war wie ein Hund. Ich hatte immer große Freude an ihrer Fähigkeit. Ich habe sie fast täglich gefragt, wer heute wieder blutet. Sie litt eher unter ihrem Wissen und ekelte sich vor blutenden Mädchen. Sie kamen ihr zu nah. Leider ist sie zurück nach Polen gezogen. Sie konnte natürlich viel besser die Mädchen riechen, die aus bescheuerten Jungfraugründen Binden benutzten. Weil die ja ihr Blut den ganzen Tag auf einem Tablett unter sich hertrugen. Bei den Mädchen, die ihr Blut mit entjungfernden Tampons innen aufgefangen hatten, musste sie ein bisschen stärker nachschnuppern, konnte sie aber auch immer rausriechen. Da haben wir den Salat hier im Puff.

Ich antworte ihr mit ja. Sie sagt, dass sie dann nicht mit mir ficken will wegen AIDS. Super. Manche Nutten kichern.

Milena lächelt und sagt, sie hat eine Idee. »Komm mal mit. Kennst du Sponges?«

»Ist das englisch für Schwamm?«

Ich bin in Englisch genauso schlecht wie in Französisch. Aber sie gibt mir recht. Das fängt ja gut an hier heute, denke ich.

Was hat sie vor? Ich folge ihr in ein Zimmer. Nummer vier. Ist das ihr Zimmer? Oder teilen die sich die Räume? Werde ich in der mir zur Verfügung stehenden halben Stunde gleich alles fragen. Für fünfzig Euro. Ich kann mich nicht entscheiden, was besser ist: mit Nutten zu ficken oder sie darüber auszufragen, was Männer alles schon mit ihnen gemacht haben oder sie mit Männern. Das geilt mich eigentlich genauso auf. Beides gleichzeitig, Ficken und Ausfragen, ist am besten.

Sie geht nackt, wie sie ist, mit ihren hochhackigen Schuhen zu einem Schrank und holt einen großen Pappekarton raus. Ich habe Gelegenheit, sie lange von hinten anzugucken. Ich liebe ihren Arsch. Wenn sie mich gleich leckt, werde ich die ganze Zeit meinen Finger tief in ihren Arsch bohren. Was sie da in der Hand hält, ist eine Familienpackung von irgendwas. Sie holt ein Teil da raus, das ich noch nie gesehen habe. Ein in durchsichtiges Plastik eingepacktes rundgeformtes Schaumstoffstück. Sieht aus wie ein Glückskeks, ist aber weich.

»Das sind Sponges. Wenn wir unsere Tage haben, dürfen wir eigentlich wegen der Ansteckungsgefahr nicht arbeiten. Und wenn wir normale Tampons benutzen, merken das die Freier mit ihren Schwänzen. Tampons sind so hart. Wir schieben also diese Sponges so weit oben in die Muschi rein, wie es geht, und die halten dann das Blut einige Zeit aus dem Weg. Die Sponges sind so weich, dass keine Schwanzspitze der Welt sie da oben ertasten könnte. Fühlt sich alles an wie Fotzenfleisch, auch mit den Fingern. Kannst du gleich mal testen. Leg dich hin. Ich drück dir das rein. Dann leck ich dich, obwohl du deine Tage hast.«

Milena ist ein guter Pirat. Und sagt auch noch Fotze. Würde ich mich nie trauen.

Ich habe überall im Drogeriemarkt und in der Apotheke nachgefragt: Nirgends kann man als normaler Mensch Sponges kaufen. Wahrscheinlich nur nach Vorlage eines Nuttenausweises oder so. Dabei könnte ich die auch gut gebrauchen. Ist nämlich nicht so, dass alle Jungs, mit denen ich ficke, gerne ins rote Meer stechen. Vor denen könnte ich in guter alter Nuttenmanier das Blut verstecken. Sonst verpasse ich den ein oder anderen Fick, wenn ich blutabgeneigten Jungs die Periode gestehen muss. Da hat sogar die Helen manchmal Pech.

Was übrigens wirklich mal aufhören muss, ist die ständige Überraschung, mit der diese Periode um die Ecke kommt.

Ich werde immer und überall von ihr überrascht. Bevor ich die Pille nahm genauso wie jetzt, wo ich die Pille nehme, natürlich nicht mehr zum Verhüten, sondern nur noch gegen Pickel. Nie kommt die Periode regelmäßig oder wie sie soll. Nie wie es auf der Packung steht. Jede einzelne Unterhose ist von ihr versaut. Vor allem die weißen. Wenn es da rein blutet und ich noch eine Zeit lang damit rumlaufen muss, fräst sich das Blut in Körpertemperatur da rein und geht auch in der Kochwäsche nicht mehr raus. Selbst wenn man die weiße Unterhose bei zweihundert Grad waschen würde. Keine Chance.

So hat meine ganze Unterhosensammlung genau an der zentralen Stelle einen braunen Fleck. Gewöhnt man sich dran nach ein paar Jahren. Haben das andere auch? Welches Mädchen oder welche Frau könnte ich mal fragen? Keine. Wie immer. Bei allem, was ich wirklich wissen will.

Vermutlich laufen andere, reinlichere Mädchen ihr Leben lang mit Slipeinlagen rum, um immer und jederzeit ihre Unterhose vor ihrem eigenen Ausfluss zu schützen.

So eine bin ich nicht. Dann lieber alles voll mit braunen Blutflecken.

Diese Mädchen haben bestimmt auch nicht diese schöne hellgelbe Kruste im Schritt, die im Laufe des Tages von oben immer wieder etwas angefeuchtet und so auch immer dicker wird.

Manchmal hängt sich auch ein Krustenstück wie ein Dreadlock an ein Schamhaar und wird von den verschiedenen Reibbewegungen beim Gehen im Laufe des Tages wie Pollen um ein Bienenbein gesponnen.

Die Pollen ziehe ich gerne ab und esse sie dann. Eine Delikatesse.

Ich kann tatsächlich von nichts an meinem Körper die Finger lassen. Ich finde für alles eine Verwendung. Wenn ich merke, dass langsam ein kleiner Popel in der Nase hart wird, muss ich den rausholen.

Als ich noch kleiner war, habe ich das sogar in der Klasse gemacht. Ich kann auch heute noch nichts Schlimmes daran finden, wenn jemand seine Popel isst. Das ist mit Sicherheit nicht ungesund. Auf der Autobahn sehe ich oft Leute, die, wenn sie sich unbeobachtet fühlen, schnell ein Häppchen von der Nase in den Mund befördern.

In der Klasse wird man dafür gehänselt und hört schnell damit auf. Irgendwann hab ich es nur noch zu Hause gemacht, alleine oder vor meinem Freund. Dachte, das wäre zumutbar. Gehört auch fest zu mir, dieses Hobby. Habe aber in den Augen meines Freundes gelesen, dass er damit nicht zurechtkommt.

Seitdem führe ich ein Toilettendoppelleben. Immer, wenn ich pinkele oder kacke, esse ich meine Nase leer von Popeln. Gibt ein befreiendes Gefühl in der Nase. Das ist aber nicht der Hauptgrund, warum ich es mache. Wenn ich ein trockenes Stück Popel erwische und daran ziehe und damit in der Nase was in Bewegung setze und einen längeren Popelschleimklumpen hinterherziehen kann, macht mich das geil. Ähnlich wie bei dem Haar in der Muschi. Oder dem Krustenpollen am Schamhaar. Tut weh und geilt auf. Und alles das wandert in den Mund und wird langsam mit den Schneidezähnen zerkaut, damit ich es genau schmecken kann. Ich brauch kein Taschentuch. Ich bin mein eigener Müllschlucker. Körperausscheidungsrecyclerin. Die gleiche Geilheit empfinde ich, wenn ich mir mit Wattestäbchen die Ohren putze. Gerne auch ein bisschen zu tief.

Das ist auch meine stärkste Kindheitserinnerung. Ich sitze auf dem Badewannenrand, meine Mutter reinigt mir die

Ohren mit einem in warmes Wasser getunkten Wattestäbchen. Ein schönes kitzelndes Gefühl, das sofort in Schmerz umkippt, wenn man zu weit eindringt. Ich kriege andauernd gesagt, dass ich keine Wattestäbchen benutzen soll, weil man damit den Ohrenschmalz tief reindrückt und so dem Ohr schadet. Und dass es schlecht ist, oft Wattestäbchen zu benutzen, weil das Ohr dann zu sauber ist und der Schmalz das innere Ohr schützt. Ist mir egal. Ich mache das nicht zur Reinigung, sondern zur Selbstbefriedigung. Mehrmals am Tag. Am liebsten auf Klo.

Zurück zu den sauberen Mädchen. Die schöne Kruste wird von ihnen bestimmt bei jedem Toilettengang mit der alten Slipeinlage weggeworfen, dann müssen sie mit einer neuen das Sammeln wieder von vorne anfangen.

Und diese Mädchen vergessen bestimmt nie, dass sie ihre Tage haben. Auch nicht im Krankenhaus unter Schmerzen. Ihr oberstes Gebot im Leben lautet: keine Flecken hinterlassen. Bei mir ist es das Gegenteil.

Da fängt es schon an zu laufen, das Blut. Wusste ich's doch. Ich nehme die Riesentupperdose von der Fensterbank, stelle sie auf meinen Bauch und wühle darin rum, bis ich die quadratischen Mulltücher gefunden habe. Ich schätze sie auf zehn mal zehn Zentimeter. Ich mache ein Experiment und baue mir statt wie sonst aus Klopapier einen Tampon aus Mull.

Müsste eigentlich noch besser gehen und im Gegensatz zu Klopapier auch saugen. Mal gucken. Ich nehme ein Mulltuch raus und stelle die Plastikdose wieder auf die Fensterbank. Die eine Seite vom Tuch falte ich ein bisschen um, damit ich einen Anfang habe, um das ganze Tuch aufzurollen. Jetzt sieht es aus wie ein Würstchen. Dann wird es geknickt wie ein Hufeisen oder auch ein langer Apfelstrudel, damit er in den Ofen passt, und mit dem dicken gebogenen Ende so tief wie möglich in die Muschi reingeschoben.

Wenn ich der Tamponindustrie ein Schnippchen schlagen kann, freue ich mich immer sehr.

Ich rieche an dem Finger, den ich benutzt habe, um meinen selbstgebastelten Tampon reinzustopfen. Ich kann schon einen mittelalten Muschigeruch feststellen.

Bei einem meiner zahlreichen Puffbesuche hat mir mal eine Nutte erzählt, dass es manche Männer aufgeilt, mit dreckigem Schwanz zur Nutte zu gehen und sie dann zu zwingen, den zu lutschen. Sie meinte, das ist ein Machtspiel. Das sind denen die unliebsten Freier, die stinkenden. Und zwar die absichtlich stinkenden. Gegen die aus Versehen stinkenden hatte sie nichts.

Das wollte ich auch mal ausprobieren, als Freierin. Ich habe mich länger nicht gewaschen und mich dann von einer Nutte auslecken lassen. War aber für mich kein Unterschied zum gewaschen Gelecktwerden. Dieses Machtspiel ist wohl nicht mein Ding.

Was kann ich denn jetzt mal machen, um mich von meiner langweiligen Einsamkeit abzulenken?

Ich könnte darüber nachdenken, was ich in meinem jungen Leben schon alles für nützliche Dinge gelernt habe. Damit kann ich mich selber gut unterhalten, ein paar Minuten wenigstens.

Ich hatte mal einen ganz alten Liebhaber. Ich sage gerne Liebhaber, klingt so altmodisch, besser als Ficker. Der war viele, viele Jahre älter als ich. Mit dem habe ich viel gelernt. Der wollte, dass ich alles über die männliche Sexualität erfahre, damit mich in Zukunft kein Mann verarschen kann. Jetzt weiß ich zwar vermeintlich viel über die männliche Sexualität, weiß aber nicht, ob es auf alle Männer zutrifft, was ich von ihm gelernt habe, oder nur auf ihn. Muss ich noch überprüfen. Eine seiner Hauptlehren bestand darin, dass man einem Mann beim Sex immer den Finger in den Po stecken muss. Dann kommen die besser. Kann ich bis jetzt nur zustimmen. Kommt immer sehr gut an. Die werden dann ganz wild. Aber lieber nicht mit ihnen darüber reden, vorher oder nachher. Dann kommen sie sich schwul vor und werden verklemmt. Einfach nur machen und nachher so tun, als wäre nie was hintendrin gewesen.

Dieser alte Freund hat mir auch viele Pornos gezeigt. Er meinte, nicht nur Männer, auch Frauen könnten da viel lernen. Stimmt.

Ich habe da zum ersten Mal überhaupt Muschis von schwarzen Frauen gesehen. Das ist vielleicht mal was. Weil die so dunkle Haut haben, knallen die inneren Muschifarben beim Aufspreizen viel mehr als bei weißen Frauen. Da ist der farbliche Gegensatz nicht stark genug. Hat irgendwas mit Komplimentärfarben zu tun, glaub ich. Muschirosapink neben hellrosa Hautfarbe sieht viel langweiliger aus als Muschirosapink neben dunkelbrauner Hautfarbe. Gegen Dunkelbraun wirkt nämlich das Muschirosapink wie Dunkellilablaurot. Geschwollen und pulsierend.

Sag ich ja. Komplimentärfarben. Braune Hautfarbe macht Muschirosapink ein Kompliment.

Das hat mich so beeindruckt, dass ich mir, seit ich das gesehen habe, immer die Muschi innen schminke, bevor ich eine Fickverabredung habe. Dazu benutze ich die üblichen Schminksachen, die man sonst für das Gesicht nimmt. Muschischminke habe ich im Drogeriemarkt noch nicht entdeckt. Marktlücke.

Ich werde wie beim Augenschminken von außen nach innen immer dunkler. Ich fange mit leichten Rosa- und Pinktönen an, Lipgloss und Lidschatten, und arbeite mich durch die Lappen durch, bis ich ganz innen um den Eingang zum Tunnel rum mit Dunkelrot, Lila und Blau arbeite. Ich betone auch gerne das Braunrosa der Rosette mit ein paar Tupfern rotem Lippenstift, mit dem Finger verrieben.

Macht Muschi und Rosette dramatischer, tiefer, betörender.

Seit ich weiß, dass schwarze Frauen die rotesten Muschis haben, will ich auch nur noch zu schwarzen Nutten. Sonst gibt es in meinem Umfeld, also Schule, Nachbarschaft, keine schwarzen weiblichen Wesen, mit denen ich was anfangen könnte. Da bleibt mir nur die Prostitution als Lösung. Kennen bestimmt viele Männer, das Problem.

Ich hatte mal ein schreckliches Erlebnis mit einer sehr weißen Nutte. Die hatte käsebleiche Haut, hellrot-orangene Haare, war etwas zu pummelig und zu allem Überfluss auch noch ganz rasiert. Also ich meine alles weg. Kein einziges Schamhaar, nirgendwo. Die sah im Schritt aus wie ein neugeborenes Käsebaby.

Ich hatte mich schon auf ihre Titten gefreut, die hinter der Bluse einen guten Eindruck machten. Groß und nach vorne stehend. Als sie sich auszog, auch den BH, war die Enttäuschung groß. Sie hatte große Runterhängbrüste mit Schlupfnippeln.

Schlupfnippel sind was ganz Schlimmes.

Das Einzige, was Nippel machen sollten, ist abstehen. Das tun die aber in diesem Fall nicht. Als hätte jemand die Nippel mit dem Finger in die Brust reingedrückt und sie wären vor lauter Schreck drin stecken geblieben. Wie missglückte kleine zusammengesackte Käsekuchen.

Ich dachte, jetzt bin ich schon mal hier und werde auch bezahlen, also Augen zu und durch. Ich weiß von manchen Nutten, dass Männer, wenn sie mit dem Nacktzustand der Nutte nicht einverstanden sind, einfach rausgehen, nicht bezahlen und eine neue verlangen. Das kann ich noch nicht. Bin zu sehr Anfängerin und zu höflich.

Ich müsste ihr ja ins Gesicht sagen, dass sie nicht gut aussieht. Lieber nicht. Trau ich mich nicht.

Ich drehe es mir so zurecht, dass es auch mal eine wichtige Erfahrung für mich ist, mit jemandem Sex zu haben, den ich hässlich finde, und fange sofort an, sie auf dem Bett zu lecken.

Sie legt die Arme hinter ihren Kopf und macht nichts. Ich mache die ganze Arbeit. Ich lecke sie und reibe meine Muschi wie wild an ihrem angewinkelten Knie. So komme ich sehr schnell. Ich bin die Rubbelkönigin. Sie hat sich in der ganzen Zeit kein Stück bewegt. Eine sehr faule Nutte. Wusste nicht, dass es so was gibt.

Nachdem ich gekommen bin, sucht sie im ganzen Zimmer nach Knabberzeug. Wird auch fündig. Sie trinkt den von mir teuer bezahlten Sekt und knabbert Gewürzfischlein. Sie ist erstaunt, wie schnell ich gekommen bin, und fragt, ob ich schon mal Analverkehr hatte.

Ich verstehe nicht, was die Frage soll. Bejahe aber wahrheitsgemäß.

»Wie ist das denn? Tut das nicht weh?«

Hä? Wer ist denn hier die Nutte? Ich beschließe, dass es als jüngere Freierin nicht meine Aufgabe ist, Nutten über Analverkehr aufzuklären. Und gehe. Aber zahle auch. Bin ja schließlich ganz gut gekommen, auch wenn der Käsekuchen nichts damit zu tun hatte. Reine Mechanik.

Die Nutten sind immer älter als ich, auch die jüngeren. Deswegen denke ich auch, die müssten alle mehr Erfahrung auf dem Gebiet der Sauereien haben als ich. Aber nichts da. Die schließen das einfach aus ihrem Tätigkeitsfeld aus. Sagen zum Beispiel, kein Küssen, kein Analverkehr. Und lernen nichts dazu auf dem Gebiet. Vielleicht haben die ihre Gründe.

Vielleicht gibt es auch viele Freier, die das Arschloch der Nutte nicht richtig vorbereiten, bevor sie es ficken. Das kann schon weh tun. Und wahrscheinlich lassen die sich den Schmerz nicht anmerken, dann tut es noch mehr weh.

Je nachdem, wie lang und dick ein Schwanz ist, der bei mir hinten rein soll, will ich auch eine lange Dehnübung vorher, oder wenigstens viel Alkohol oder sonstwas Betäubendes.

Geil ist es währenddessen trotzdem, merkt man oft erst am nächsten Tag, dass man es übertrieben hat mit der Einschätzung der eigenen Dehnbarkeit.

Das mit der Rothaarigen war eine schlechte Erfahrung insgesamt. Jedes Mal, wenn ich jetzt eine Hellhäutige mit roten Haaren sehe, lache ich in mich rein, denke, sie ist faul im Bett, hat kein Haar – nirgendwo, wie ein Alien –, isst gerne Fischlis und hatte noch nie was im Arsch. Und ihre Nippel stehen in die falsche Richtung.

Mein Vater hat mal besoffen auf einer Party zu einer rothaarigen Freundin von Mama gesagt: »Kupferdach, immer feucht im Keller.«

Von wegen!

Und jetzt, Helen? Was machst du jetzt? Schon einen Plan?

Ich könnte etwas aus dem Fenster gucken und versuchen, mich so lange wie möglich auf Natur zu konzentrieren. Es ist Sommer. Die Kastanien im Krankenhauspark blühen. Irgendsojemand, wohl ein Landschaftsgärtner, hat große, grüne Plastiktonnen halb durchgeschnitten und bepflanzt. Wenn ich das auf die Entfernung richtig sehe, mit Fuchsien und Tränenden Herzen. Das sind mit meine Lieblingsblumen. Klingt so romantisch. Tränende Herzen. Hat mein Vater mir beigebracht. Ich kann mir alles, was mein Vater mir beibringt, sehr gut merken. Für immer eigentlich. Alles, was meine Mutter mir beibringt, nicht. Mein Vater will mir aber auch seltener was beibringen, vielleicht geht das Lernen von ihm deswegen besser. Meine Mutter redet den ganzen Tag nur von Sachen, die ich mir merken soll. Was sie so denkt, was für mich wichtig ist. Die Hälfte davon vergesse ich sofort, und bei der anderen Hälfte tue ich absichtlich das Gegenteil. Mein Vater bringt mir nur Sachen bei, die für sein Leben wichtig sind. Alles über Pflanzen. Plötzlich sagt er: »Wusstest du schon, dass man Dahlien im Herbst aus dem Garten ausbuddelt und sie im Keller überwintern lässt? Um sie dann im Frühjahr wieder in den Garten einzupflanzen?«

Wusste ich natürlich noch nicht. Bums. Für immer gemerkt. Papa hat große Freude an seinem Wissen über die Natur. Mama macht die Natur und ihr Wissen darüber Angst. Sie scheint ständig dagegen zu kämpfen. Sie kämpft gegen Schmutz im Haushalt. Sie kämpft gegen die verschiedensten Insekten. Auch im Garten. Gegen Bakterien aller Art. Gegen Sex. Gegen Männer und auch gegen Frauen. Es gibt eigentlich nichts, womit meine Mutter kein Problem hat. Sie hat mir mal erzählt, dass der Sex mit meinem Vater ihr Schmerzen bereitet habe. Dass sein Penis zu groß für ihr Inneres gewesen sei. Diese Information gehört zu dem Wissen, das ich nicht haben will. Ich wollte mich doch eigentlich auf die Natur draußen konzentrieren. Dadurch kriege ich bessere Laune, als wenn ich über den Geschlechtsverkehr zwischen meinen Eltern nachgrübele. Ich stelle mir leider immer alles ganz genau vor. Und diese genaue Vorstellung ist mir oft sehr unangenehm.

Helen, töte diesen Gedanken in dir.

Da kommt die Langeweile wieder.

Mama sagt immer: »Wem langweilig ist, der ist selber langweilig.«

Naja. Die sagt ja auch: »Wir sind nicht auf der Erde, um glücklich zu sein.«

Deine Kinder jedenfalls nicht, Mama.

Helen, neuer Versuch. Wenn dir langweilig ist, könntest du dich noch mal mit dir selber zum aus dem Fenster Gucken verabreden. Gute Idee. Auch mal mit der Umwelt beschäftigen. Nicht immer nur mit untenrum. Jetzt zum Beispiel.

Ich reiße meinen Kopf schlagartig zur Seite und starre aus dem Fenster.

Wiese. Bäume. Kastanien. Was noch? Ich sehe einen großen Essigbaum. Das muss ich eigentlich nicht dazu sagen, dass der groß ist. Essigbäume sind immer groß. Sie machen mir Angst. Das hat mir auch mein Vater beigebracht. Vor Essigbäumen Angst zu haben. Sie kommen nicht von hier. Sind keine einheimischen Bäume. Irgendwas Asiatisches. Und sie wachsen viel schneller als unsere Bäume. Wenn sie noch klein sind – was nur sehr kurze Zeit der Fall ist – bilden sie einen langen, dünnen, gummiartigen Baumstamm, der erst mal alle Wachstumskraft in die Höhe legt.

So überholen sie schnell ihre Nachbarbäume. Sobald sie alle neben sich an Höhe übertreffen, breiten sie eine riesige Krone über allem aus. So stirbt alles, was da unten mal gewachsen ist, weil von oben kein Licht mehr kommt und weil unten im Boden das ganze Wasser weggesoffen wird von den schnell wachsenden Wurzeln des Essigbaums.

Das ist alles noch nicht so schlimm. Weil der Baum aber ganz schnell nach oben schießt, ist er im Vergleich zu unseren Bäumen richtig instabil. Beim kleinsten Windstoß brechen ihm ganze Äste ab. Das geschieht ihm recht. Aber die Äste treffen oft Menschen, die nicht wissen, dass sie grad unter einem asiatischen Baum hergehen, der nicht mit Wind umgehen kann, weil er so damit beschäftigt ist, alles zu überschatten und untenrum auszutrocknen, dass er vergisst, seine eigene Standkraft aufzubauen.

Ich mache einen großen Bogen um Essigbäume. Auf meinem Grabstein soll so was nicht stehen.

Wenn ich die Straße langgehe, sehe ich überall Essigbaumableger. Die wachsen aus jeder Ritze raus. Sehr fortpflanzungsfreudige Bäume. Ich vermute mal, die Stadt muss die dauernd entfernen, sonst gäbe es schon längst nur noch

Essigbäume hier. Manchmal sehe ich, dass Leute in ihrem Garten einen wachsen lassen, der sich da eingenistet hat. Selber schuld. Bald ist er der einzige Gartenbewohner. Ich kann aber nicht überall klingeln und denen das sagen. Zu viel Arbeit. Hat leider nicht jeder einen Vater wie ich, der einem so Nützliches beibringt.

Die Blätter sind ganz groß. In der Mitte ein langer Stiel, oben ein kleines Blättchen als Kopf, und dann geht es sehr symmetrisch nach unten mit den Teilblättern. Rechts und links, wie Rippenknochen. Ich suche mir draußen am Baum einen Stängelstrang aus und zähle die Blätter. Irgendwie muss ich mich doch hier beschäftigen. Fünfundzwanzig Blätter an einem Stängel. Adlerauge, Helen. Sag ich doch, dass die groß sind. Viel zu groß. Der Stamm ist eher glatt und grünlich, sieht aus wie nicht eingeritztes Graubrot. Fühlt sich gut an. Wenn man sich traut, unter den Baum zu gehen.

Genug mit der Umwelt beschäftigt. Jetzt bin ich wieder dran. Ich habe schon vor längerer Zeit was an meinem rechten Oberarm ertastet. Das guck ich mir jetzt an. Dafür schiebe ich die Schulter vor, packe den Speck am Oberarm und drehe ihn feste nach vorn. Da sehe ich es. Wie vermutet ein Mitesser. Ich weiß auch nicht, warum die Oberarme immer voll davon sind. Meine eigene schlechte Erklärung dafür lautet: Da wollen manchmal ein paar Härchen wachsen, und weil es dort eine große T-Shirt-Reibung gibt, bleiben die Härchen unter der Haut und entzünden sich.

Damit komme ich zu einem meiner größten Hobbys: Pickelausdrücken. Mir ist bei Robin im Ohr ein sehr großer Mitesser aufgefallen. Genauer gesagt steckt er in seinem Ohrlochvorhof. Habe ich schon öfters beobachtet, dass Leute an der Stelle besonders dicke, schwarze Dinger haben. Ich glaube, das sagt ihnen niemand, und so hat das Mitesserloch Jahre Zeit, sich mit Dreck und Talg zu füllen. Mir ist das schon ein paar Mal passiert, dass ich vergesse zu fragen und einfach nach den Pickeln von Leuten greife, um sie auszudrücken. Robin hätte ich auch fast ans Ohr gepackt. Konnte mich so gerade noch davon abhalten. Da verstehen viele keinen Spaß. Wenn man denen einfach ohne zu fragen einen Pickel ausdrückt. Die empfinden das als Grenzüberschreitung. Ich werde Robin aber fragen, ob ich den ausdrücken darf, wenn wir uns besser kennengelernt haben. Wir lernen uns bestimmt noch besser kennen. Den lass ich mir nicht entgehen. Den Mitesser meine ich, in Robins Ohr.

Der ist für mich reserviert. Den Mitesser an meinem Oberarm klemme ich mit Daumen und Zeigefinger der linken Hand ein, und mit einem Stoß kommt das Würmchen da raus.

Es wandert direkt vom Daumen in den Mund.

Das hätten wir schon mal erledigt, und jetzt kontrolliere ich noch mal die kleine Wunde.

Da ist ein Blutstropfen auf dem entstandenen Mitesserloch.

Ich wische drüber. Das geht aber nicht weg, sondern macht nur einen blutigen Streifen.

Genauso wie auf meinen Beinen nach der Rasur, wenn ich das gemacht habe und nicht Kanell. Schnell und schroff. Meistens kriege ich vom kalten Wasser auf der Haut und vom Rumstehen am Waschbecken Gänsehaut. Wenn ich da drüberrasiere, reiße ich mir jede Pocke auf. Da denke ich immer, sah mit Haaren eigentlich besser aus, jetzt ist überall, wo vorher ein Haar war, ein Blutpunkt. Irgendwann habe ich mir über die verletzten Beine eine Strumpfhose gezogen und einen interessanten Effekt erzielt. Die fast durchsichtige, hautfarbene Strumpfhose zieht jeden Blutfleck zu einem Streifen das Bein hoch. Sieht, wenn es fertig und oben angekommen ist, aus wie eine teure Spitzenstrumpfhose mit mysteriösem Muster. Trage ich öfter zum Ausgehen.

Diese Methode hat noch einen Vorteil. Ich esse ja sehr gerne meinen eigenen Wundschorf. Wenn ich nach so einem Abend die Strumpfhose ausziehe, reißt alles getrocknete Blut wieder ab, und es bilden sich viele neue kleine Krüstchen. Die kann ich dann, wenn gehärtet, abknibbeln und aufessen.

Schmeckt fast so gut wie Schlafdreck. Das, was der Sandmann einem bringt und in die Nasenecke vom Auge legt.

Wenn ich so schlecht mit meinen Wündchen an den Beinen umgehe, wächst auch schon mal die ein oder andere Hautpore zu und lässt das Haar, das da drunter wohnt, nicht mehr raus. So wächst es immer weiter, nur eben im Kreis rum unter der Haut. Wie die Avocadowurzel im Glas. Irgendwann entzündet es sich, und dann kommt Helen ins Spiel. Ich war die ganze Zeit über sehr geduldig. Obwohl das Haar immer gerufen hat: »Hol mich hier raus, ich möchte gerade wachsen wie die anderen auch, an der frischen Luft«, habe ich die Finger davon gelassen. Schwer. Lohnt sich aber für diesen Moment:

Ich steche eine Nadel in den entzündeten Hubbel und drücke erst mal den Eiter da raus. Von der Fingerspitze in den Mund damit. Dann ist das Haar dran. Ich stochere so lange in der Wunde rum, bis ich das Haar zu fassen kriege. Es sieht immer ein bisschen verkrüppelt aus, weil es ja noch nie das Tageslicht gesehen hat und unter sehr beengten Umständen aufwachsen musste. Ich packe es mit einer Pinzette und ziehe es langsam mit der entzündeten Wurzel raus. Fertig. Oft wächst direkt an der bearbeiteten Stelle ein paar Wochen später noch mal so ein Vergnügen für mich nach.

Da hüpft eine Elster über den kahlgeschorenen Krankenhausrasen. Elstern klauen in Kinderbüchern glänzende Gegenstände wie Kronkorken, Alufolie und Ringe. In echt klauen sie kleinen Singvögeln die Eier. Picken sie auf und schlürfen sie aus. Ich versuche mir immer auszumalen, wie eine Elster ein kleines Loch in ein Singvogelei hackt und ihren Schnabel als Trinkhalm benutzend das Ei aussaugt.

Oder machen die das ganz anders? Springen auf das Ei, bis es ganz kaputt ist, und schlürfen dann die Glibberpfütze vom Boden?

Ich habe echt was am Laufen mit Eiern. Früher haben die Kinder immer gesungen »Fang mich doch, du Eierloch«. Wohl einfach, weil es sich reimt. Ich habe da aber immer große Bedeutung reingelegt.

Kanell habe ich mal erzählt, was ich mir da drunter vorstelle, und wir haben es eines Nachmittags nachgespielt.

Loch gleich Muschi, natürlich.

Da rein ein Ei. Für Eierloch.

Erst mal haben wir ein rohes genommen, das ist aber in Kanells Hand am Eingang der Muschi geplatzt. Keine Schale hat mich verletzt oder so. Nur war alles voll mit Glibber, und der war sehr kalt.

Also haben wir überlegt, ob es eigentlich ein rohes Ei sein muss. Eigentlich nicht. Wir haben also eins gekocht. Hart. Acht Minuten. Sehr hart.

Und eingeführt. Somit hatte ich endlich mal das Eierloch, das ich mir bei diesem Kinderspruch immer vorgestellt habe.

Das ist seitdem unser Insider. Im wahrsten Sinne des Wortes.

Es gibt noch was anderes, was ich gerne mit Kanell machen würde.

Ich habe mir schon immer gerne an den Lymphknoten in der Leistengegend rumgespielt. Ich flutsche sie unter der Haut hin und her. Wie man es mit der Kniescheibe auch machen kann. Irgendwann letztens hatte ich den Wunsch, dass Kanell mir mal mit einem Edding die Knoten nachmalt. Um sie zu betonen. Wie man mit Schminke die Augen betont. Ist das schon eine sexuelle Fantasie? Oder nur eine Körperschmuckerfindung? Eine Fantasie ist es wohl nur, wenn ich beim Drandenken geil werde. Das ist der Fall. Und was passiert dann beim Umsetzen der Fantasie erst? Er ist gut im Umsetzen meiner Fantasien, ich unterstütze seine ja auch schon von Anfang an nach Leibeskräften.

Auf der Wiese kämpft die eine Elster jetzt mit einer anderen. Um was?

Wir Menschen stufen Elstern als böse Tiere ein, weil sie die Babys von anderen Vögeln essen. Wir essen aber selber die Babys von fast allen Tieren, die auf unserem Speiseplan stehen. Lamm, Kalb, Ferkel.

Da draußen geht Robin mit einer Krankenschwester spazieren. Die Elstern fliegen weg. Ich gucke den beiden Schlendernden entsetzt zu. Ich bin eifersüchtig. Das gibt es doch nicht. Bei mir melden sich Besitzansprüche, nur weil er einmal meine Arschwunde fotografiert hat und ich ihm einen aufgeilenden Vortrag über Unterhosenbastelei gehalten habe. Und weil die Schwester gehen kann und ich nicht. Jedenfalls nur sehr, sehr langsam. Beide rauchen. Und lachen. Was gibt es denn da zu lachen?

Ich will auch wieder gehen können. Ich gehe jetzt auch – in die Cafeteria. Hier gibt es doch eine, oder, Helen? Ja. Der grüne Engel hat doch davon gesprochen. Ich gehe jetzt langsam, wie ich bin, in die Cafeteria und hole mir einen Kaffee. Gut, Helen, was Normales machen, nicht mehr über Robin und seine Fickelster oder meine Eltern im Bett beim Aufspießen nachdenken. Ich habe ja Zeit. Sehr gute Idee. Hätte ich auch ohne die beiden Fremdgeher drauf kommen können. Kaffee regt bei mir sehr die Verdauung an. Ich möchte doch heimlich, ohne das denen hier zu sagen, Stuhlgang haben. Nur für mich. Damit ich weiß, dass ich es noch kann und nicht zusammengewachsen bin. Denen sag ich nichts. Damit ich den Ort hier gebrauchen kann, um meine Eltern zusammenzuführen. Damit wieder zusammenwächst, was zusammengehört.

Erst drehe ich mich auf den Bauch und lasse meine Beine wieder langsam runterrutschen. Aus meinem Pillenvorrat nehme ich eine Schmerztablette und schlucke sie. Das kann ich unterwegs gebrauchen. Innerlich bin ich für die lange Reise gerüstet. Aber äußerlich noch nicht. Ich trage immer noch nur dieses Engelskostüm, oben zusammengeknotet. Und untenrum gar nichts. So kann man nicht rumlaufen, auch nicht im Krankenhaus, oder, Helen? Auch nicht als Arschpatientin. Da auf dem Flur und in der Cafeteria laufen bestimmt viele Leute rum. Ich gehe im Schneckentempo zum Kleiderschrank, den jemand platzsparend in die Wand gebaut hat. Mama hat doch gesagt, sie habe da Sachen für mich reingetan. Ich öffne die Tür. Nur Schlafanzughosen und T-Shirts. Das schaffe ich nicht. Um eine Schlafanzughose anzuziehen, muss man sich runterbeugen, erst ein Bein einsteigen lassen, dann das andere. Oje. Das dehnt den Arsch zu sehr. Mama hat gar nicht an einen Bademantel oder was anderes Einfaches gedacht. Und jetzt, Helen? Ich gehe langsam wieder zum Bett zurück und ziehe das Laken ab. Damit wickele ich mich ein und knote es an der Schulter zusammen, sodass ich aussehe wie ein Römer auf dem Weg ins Dampfbad. So kann man gut im Krankenhaus rumlaufen. Die paar kleinen Kackeschwitzeflecken könnten auch was anderes sein. Die könnten zum Beispiel daher kommen, dass ich beim Werther's-Echte-Lutschen immer aufs Laken sabbere. Sehr glaubwürdig, Helen. Es wird dich zum

Glück keiner drauf ansprechen. So sind Menschen nicht. Die wollen es nicht so genau wissen. Los geht's. Zur Tür. Ich habe diesen Raum schon drei Tage nicht verlassen. Darf ich überhaupt rumlaufen? Na ja, von Laufen kann keine Rede sein. Aber darf ich überhaupt langsam wie eine sterbende Oma auf dem Flur rumgehen? Wenn mich jemand erwischt, kann er mich direkt zurückschicken. Lieber nicht vorher fragen. Tür aufmachen. Auf dem Flur ist viel Betrieb. Alle sind mit irgendwas beschäftigt. Offenbar kennen sich hier alle untereinander, sie lachen und schieben Sachen in der Gegend rum. In meinen Augen tun sie nur so, als ob sie arbeiten, falls der Chef der Etage vorbeischaut. Die wollen nicht rauchend in der Krankenschwesternküche erwischt werden. Lieber etwas schiebend auf dem Flur quatschen. Mich könnt ihr nicht verarschen. Ich schleiche ganz langsam an ihnen vorbei. Keiner grüßt mich. Ich glaube, ich gehe so langsam, dass sie mich mit ihren hektischen Augen gar nicht sehen können. Auf dem Flur ist es genauso hell wie in meinem Zimmer. Das Linoleum reflektiert das Licht vom Boden. Es sieht aus wie graues Wasser. Ich gehe übers Wasser. Liegt bestimmt am Schmerzmittel. Ich weiß noch den Weg zum Aufzug. Das merkt man sich auch über Tage. Den Fluchtweg. Ich liege die ganze Zeit mit Schmerzen im Zimmer und weiß ganz genau, wo es langgeht, ohne mir dessen bewusst zu sein. Raus und links rum. Im Flur hängen überall schlimme Christenbilder. Haben die Krankenschwestern aufgehängt, um ihren Eltern zu gefallen. Die landen ja alle früher oder später hier. Die Eltern. Proktologische Abteilung. Onkologie. Palliativ. Irgendwas davon wird's schon werden. Wenn sie sie nicht zu Hause pflegen, wie ich es für das Beste halte. Ich gehe stark gebückt und halte meinen Bauch fest, weil ich an den Arsch in dieser Haltung nicht drankomme. Er schmerzt. Ich bin an der Glastür zum Treppenhaus. Ich muss nur wie Robin feste auf den Buzzer drücken, und die riesige Glastür schwingt vollautomatisch auf. Ich stehe da und gehe nicht durch. Ich habe kein Geld dabei. Mist. Den ganzen Weg wieder zurück. Mich bemerkt auch auf dem Rückweg keiner. Wahrscheinlich darf ich rumschleichen. Ich darf ja auch meine Wunde selbst versorgen. Ist halt eine sehr unhygienische Stelle. So ziemlich die unhygienischste Stelle, die Robin sich vorstellen kann. Zimmer 218. Meins. Tür auf und rein. Wieder Ruhe. Durch meine bescheuerte Vergesslichkeit habe ich viel Energie verschwendet. Ich schaue in der Schublade von meinem Metallnachtschrank nach. Da liegen ein paar kleine Scheine. Muss Mama reingetan haben, als ich am Schlafen war. Oder hat sie es mir gesagt? Oder habe ich das geträumt? Mistgedächtnis. Jedenfalls habe ich jetzt mein Geld. Ich halte es auf meinem Weg in der Hand. Es gibt nämlich noch keine Laken mit Taschen. Mein Arsch gewöhnt sich an die Beinbewegung. Ich bin schon etwas schneller zu Fuß als bei meinem ersten Versuch. Bestimmt, weil die Tablette langsam wirkt. Ich starre den ganzen Weg auf den Boden. Mal gucken, wie weit ich komme, ohne auf meinen Kleidungsstil angesprochen zu werden. Ich haue auf den Buzzer. Die Tür schwingt auf, und diesmal gehe ich durch. Das Treppenhaus ist wie eine neue Welt. Hier mischen sich mehrere Krankheiten. Nicht nur Arschpatienten und Arschkrankenschwestern unterwegs. Eine alte Frau mit Schläuchen in der Nase läuft rum. Die Nasenschläuche enden in einem Rucksack, der an eine Gehhilfe gebunden ist.

Sie hat offensichtlich was am Kopf und nichts Proktologisches. Das ist doch mal eine Abwechslung. Sie hat schöne weißgraue Haare zu einem langen Zopf geflochten und ein paar Mal um den Kopf gewickelt. Und einen schönen Bademantel an. Schwarz mit überdimensional großen pinken Astern drauf. Und schöne Hausschuhe. Aus schwarzem Samt. Durch die Hausschuhe kann man ihren Halux erkennen. Das ist ein Überbein am großen Zeh. Der wächst dann immer schräger, über die anderen Zehen drüber. Und damit er das kann, drückt er das Zehengelenk immer weiter nach außen. Bis es ganz weit vom Fuß absteht. So ein Halux hat eine zerstörerische Kraft. Er sprengt auf Dauer jeden Schuh. Auch diese schwarzen Samthausschuhe bringt er bald zum Platzen. Die Zehen sind dann wie Zähne im Kiefer, die sich alle gegenseitig wegschieben und verdrängen und schief werden. Aber der große Zeh gewinnt diesen Kampf. Ich weiß das. Ich habe auch einen Halux. Haben alle in unserer Familie. Väterlicher- und mütterlicherseits. Sehr schlechte Gene eigentlich, insgesamt betrachtet. Weil der große Zeh da sein will, wo eigentlich die kleineren Zehen wohnen, müssen die kleineren nach und nach wegoperiert werden. Bei meinem Onkel, meiner Oma, meiner Mutter sind kaum noch Zehen dran. Bis ihre Füße aussehen wie Teufelshufe.

Ich will wieder über was Schönes nachdenken und suche noch etwas zum Abschluss meiner Omabetrachtung.

Ja, sogar ihre Besenreiser sind schön. Früher hätte ich diese aderartigen Gebilde Krampfadern genannt. Ich habe aber mal gefragt. Die heißen Besenreiser. Alles an ihr ist schön. Nur der Halux und die Schläuche nicht. Die Schläuche kommen aber bestimmt bald weg. Hoffentlich muss sie nicht damit sterben.

Ich drücke den Aufzugrufknopf und der hübschen Alten die Daumen und grüße sie ganz laut.

Falls sie schon schwerhörig ist. Alte erschrecken sich oft, wenn sie angesprochen werden. Sie haben sich schon dran gewöhnt, unsichtbar für andere zu sein. Freuen sich aber dann riesig, dass jemand sie gesehen hat.

Der Aufzug kommt von oben angefahren.

Das kann ich an dem roten Leuchtpfeil erkennen. Wenn ich mich von meiner Sterilisation noch recht erinnere, ist die Cafeteria im Kellergeschoss.

Die Aufzugtüren teilen sich mit einem lauten Quietschen in der Mitte und laden mich ein. Keiner sonst im Aufzug. Gut. Ich drücke U.

Da steht auch Cafeteria daneben. Ich nutze die Fahrt, um meine Toga mit der Hand, in der ich das Geld halte, hochzuheben und meinen selbstgebauten Tampon mit der anderen Hand rauszufummeln. Blutig und schleimklumpig, wie er ist, lege ich ihn in die Nähe der Drückknöpfe.

Der Ort der größtmöglichen Aufmerksamkeit in diesem fahrenden Kasten. Direkt darunter ist eine Stange zum Festhalten, ähnlich einer Geländerstange. Ich klappe das Hufeisen auf und balanciere das blutige, klebrige Stück genau in die Mitte der Stange. Geschafft. Toga wieder runter, als wäre nichts gewesen. Die Tür geht auf, und da stehen zwei Männer. Sehr gut. Sehen aus wie Vater und Sohn. In dieser Familie wird auch nicht viel über die wichtigen Dinge des Lebens gesprochen. Das sehe ich beiden Gesichtern an. Der Vater ist krank. Er ist graugelb im Gesicht und trägt einen Bademantel. Vielleicht rauchkrank? Der Sohn muss auf Besuch sein. Ich grüße freudestrahlend. »Guten Tag, die Herren.«

Und gehe ganz aufrecht raus. Kurze Zeit geht das. Die Männer sind eingestiegen. Der Vorhang geht zu. Ich sacke wieder in meine gebeugte Haltung und höre aus dem Aufzug noch eine empörte, altersschwache Stimme: »Was ist das denn? Ach du meine Güte.«

Die machen das bestimmt nicht selber weg. Die kommen nicht darauf, dass es sich in diesem Fall nur um harmloses Periodenblut handelt. Es sieht ja auch so aus, als wäre es aus einer Wunde rausgefallen. Man kann noch nicht mal den Mull als solchen wiedererkennen. So blutgetränkt, wie er ist. Könnte tatsächlich ein Stück Fleisch sein. Menschliches Fleisch. Heutzutage haben ja alle Angst davor, Blut anzufassen. Die werden das melden auf der Station, wo sie aussteigen. Der Vater wird in der Lichtschranke der Aufzugtür stehen bleiben, um den Aufzug und meinen Blutklumpen an der Weiterfahrt zu hindern. Und der Sohn muss auf dem Flur eine Krankenschwester suchen. Die wiederum muss einen Gummihandschuh und einen Müllbeutel suchen, um den Klumpen zu entfernen. Und eventuell noch einen Lappen zum feucht Drüberwischen über die verschmutzte Stange.

Sie wird sich bei Vater und Sohn bedanken. So viel Zivilcourage in Sachen Hygiene. Dann landet mein Werk im Spezialkrankenhausmüll.

Ich bin schon in der Cafeteria angekommen. Das Geld ist inzwischen in beiden Händen gewesen und hat etwas Blutschmiere dran. Die Finger, mit denen ich in mir war, haben auch ganz klar Blutreste unter den Nägeln. Blut wird an der Luft braun. Dann sieht es eher aus wie Kacke oder Erde. Meine Periodenhände sehen jetzt aus wie dreckige Kinderspielhände. Kau ich später raus. In der Öffentlichkeit die

Nägel mit den Zähnen reinigen sieht aus wie Nägelkauen, und das finde ich nicht gut. Nägelkauen wird von fast jedem Menschen als psychische Schwäche erkannt. Unsicherheit. Nervosität. Das gehört ins stille Kämmerlein. Fressen oder gefressen werden. Einen Kaffee bitte. Als Belohnung für den weiten Weg gönne ich mir heute Karamellgeschmack.

Ich bezahle mit meinem Blutschein. Und freue mich, dass dieser Schein früher oder später die Runde machen wird. Erst wird er hier in der Kassenschublade unter der Plastikklammer festgeklemmt. Bis er als Rückgeld passend ist. Dann wandert er in das Portemonnaie eines Kranken und wird später, wenn der entlassen ist, in die Welt hinausgetragen. Wenn ich einen Schein mit Blut dran von irgendwoher bekomme, denke ich immer zuerst an eine Nasenverletzung durch exzessives Koksziehen. Da landet oft etwas Blut an dem Teil des gerollten Scheins, der in der Nase steckt. Bisschen Popel, bisschen Blut. Vielleicht sollte ich umdenken. Gibt doch mehrere Wege, wie Blut an Scheine gelangt. Ich trage meine Tasse Kaffee und mein Münzrückgeld an einen leeren Tisch in der Cafeteria. Ich habe es geschafft. Ich sitze hier wie ein normaler Krankenhausmensch und trinke einen Kaffee. Ich habe einen langen Weg dafür zurückgelegt und unterwegs mindestens drei Menschen durch Unhygiene verwirrt. Ein guter Tag.

Ich will mir, während ich hier sitze und Kaffee trinke, überlegen, wie ich es schaffe, länger im Krankenhaus zu bleiben. Irgendwie muss ich mir eine weitere Verletzung zufügen oder die alte wieder aufreißen. Aber wie, damit es nicht aussieht wie Absicht? Damit die Eltern nichts vermuten? Und die Ärzte. Der Cafeteriaraum füllt sich langsam. Wohl gerade beliebte Kaffeetrinkzeit. Die meisten, die hier sitzen, wollen so schnell wie möglich raus. Ich will so lange wie möglich bleiben. Ich glaube, die einzigen Menschen, die sonst gerne so lange wie möglich in Krankenhäusern bleiben wollen, sind Penner. In unserer Stadt gibt es den blinden Willi. Ich weiß nicht, warum ihn alle so nennen, er ist nämlich nicht blind. Auf jeden Fall nicht, wenn ich mit ihm rede. Ich will ihm immer was geben. Mama sagt, wenn man ihnen Geld gibt, saufen sie sich nur schneller zu Tode oder kaufen Drogen. Sie hat keine Ahnung. Wenn ich ohne Mama in der Stadt war, habe ich immer mit ihm geredet und mich ganz nah an sein Gesicht rangetraut, um ihn zu beschnuppern. Kein bisschen roch der nach Alkohol. In dem Punkt hatte sie schon mal unrecht. Und das mit den Drogen hab ich ihn gefragt. Er hat nur gelacht und den Kopf geschüttelt. Das glaube ich ihm. Also habe ich Mama Geld aus dem Portemonnaie geklaut und für ihn aufbewahrt. Wenn ich ohne Mama in die Stadt gegangen bin, hab ich es ihm gegeben und gesagt, es sei von meiner Mutter. Viele Grüße. Er solle sich aber nie bei ihr bedanken, erzählte ich ihm, sie wolle nicht, dass Leute sie in der Öffentlichkeit mit Dankbarkeit überschütten. Er hielt sie für eine feine bescheidene spendable Dame, nicht für eine verlogene Christin. Ich habe zu Hause auch Schlafsäcke, Lebensmittel, Kleidung für Willi geklaut. Er dachte, alles käme von ihr. Wenn ich mit Mama an ihm vorbeiging, guckten er und ich uns kurz an und senkten dann mit einem wissenden Lächeln unseren Blick.

Willi ist bestimmt froh, wenn er mal was am Bein hat oder so und eine Nacht im Krankenhaus verbringen darf.

Ich brauche noch viele Tage im Krankenhaus, um noch viele Besuche meiner Eltern zum Zusammenführen nutzen zu können. Ich würde hier jedem seine Krankheit abkaufen. Da brauch ich aber nicht weiter drüber nachzudenken. Klappt sowieso nicht. Genauso wie das Brüstetauschen mit meiner Freundin Corinna. Die hat ganz große Brüste mit weichen, hellrosa Brustwarzen. Ich habe kleine Brüste mit harten, rotbraunen Brustwarzen. Immer wenn ich sehe, wie sich ihre Titten durch ein T-Shirt abzeichnen, will ich unbedingt tauschen. Ich stelle mir vor, wie wir beide zum Schönheitschirurgen gehen und bei beiden die Brüste abgeschnitten und der anderen wieder drangenäht werden. Ich muss mich immer zwingen, da nicht mehr drüber nachzudenken, weil ich es so sehr will, es aber einfach nicht geht. Es reißt mir das Herz raus, dass so etwas noch nicht möglich ist. Außerdem müsste ich ja auch Corinna fragen, ob sie einverstanden wäre. Ich kann das ja nicht ohne ihre Einwilligung machen. Vielleicht doch. Aber dann würde ich sie bestimmt als Freundin verlieren. Ich kann das aber sowieso gar nicht machen, weil es schlichtweg nicht möglich ist. Kapier das doch, Helen! Hör auf, dir selber weh zu tun, indem du dich immer in diese unmögliche Schleife reindenkst. Genauso ist es verschwendete Gedankenkraft, darüber nachzudenken, wem du hier im Raum für wie viel Geld welche Krankheit abkaufen würdest. Es geht nicht.

Hier kann ich nicht in Ruhe über meinen Aufenthaltsverlängerungsplan nachdenken. Ich werde zu sehr von den anderen Insassen abgelenkt.

Ich merke auch, dass der Kaffee seine für mich übliche Wirkung tut. Es fängt an, im Bauch zu gurgeln und zu rumoren. Ich reagiere auf eine Tasse Kaffee wie ein Eingeborener irgendwo im Urwald auf die erste Tasse seines Lebens. Mit extremen Vergiftungserscheinungen. Halbe Tasse

Kaffee oben rein, unten raus sofort Durchfall. Ich habe mal den Kaffeepipitest gemacht. Hat mein Vater mir beigebracht. Wenn man morgens aufsteht, muss man ja meistens pinkeln, weil die Blase die ganze Nacht über gesammelt hat. Wenn man sich morgens dann leergepinkelt hat, kann man doch davon ausgehen, dass kaum noch Pipi im Körper unterwegs ist. Trinkt man jetzt eine Tasse Kaffee zum Frühstück, ist der Körper so vergiftet, dass er viel Wasser auftreibt, um das giftige Getränk so schnell wie möglich wieder rauszuspülen. Man muss direkt nach dem Trinken der Tasse auf Klo und pinkelt mehr Flüssigkeit aus, als man in Form von Kaffee zu sich genommen hat. Das habe ich ganz genau nachgewiesen, weil ich auf Klo die Kaffeetasse als Maßeinheit benutze. Das Pipi schwappt immer drüber. Damit habe ich zur Freude meines Vaters die dehydrierende Wirkung von Kaffee bewiesen. Meine Mutter freut sich nicht, weil sie findet, es gehört kein Urin in Kaffeetassen.

Ich muss schnell in mein Zimmer. Es geht los. Mein Körper wehrt sich gegen den Kaffee. Ich kann aber unmöglich hier unten eine öffentliche Toilette benutzen, falls ich kacken muss. Ich habe große Angst davor und brauche meine Ruhe. Es kann auch sein, dass es so weh tut, dass ich schreien muss. Das gehört hier nicht hin. Und ich will es ja heimlich machen. Schnell ins Zimmer. Ich räume ausnahmsweise die Tasse nicht auf den dreckigen Geschirrwagen am Ausgang, obwohl ich eigentlich der vorbildlichste Patient sein will. In der Not darf man das ruhig. Einfach aufstehen und langsam zum Aufzug bewegen. Dabei das, was vom Schließmuskel übrig geblieben ist, feste zukneifen, damit nichts ins Laken geht.

Mir fällt auch rechtzeitig ein, dass ich meinen Do-It-

Yourself-Tampon gerade für einen Streich hergegeben habe. Da ist alles untenrum Zusammenkneifen das Beste, was ich machen kann. Auch in der vorderen Hinsicht. Das würde für großes Aufsehen sorgen. Römerin mit Blutfleck an Toga unterwegs in Cafeteria. Das gilt es zu verhindern. Ich kann dank meiner guten Muschimuskulatur Blut ziemlich lange aufhalten. Wenn ich auf Klo locker lasse, plumpst alles auf einmal raus. Am Aufzug angekommen sage ich mir, ich habe schon die Hälfte der Strecke geschafft. Im Aufzug stehe ich nur still, und auf meiner Etage muss ich ungefähr den gleichen Weg zurücklegen wie hier unten vom Stuhl bis zur Aufzugtür. Bling. Da ist er. Ich suche direkt nach meinen Hinterlassenschaften. Nichts da. Wie vermutet. Tampon weg. Nicht der Hauch von einem Blutfleck zu erkennen. Im Krankenhaus haben Blutflecken eine kurze Halbwertszeit. Ich schiebe die Spitze meines Zeigefingers in meinen Blutbehälter und tupfe wie früher beim Kartoffeldruck einen ovalen Blutfleck genau an die Stelle, von der die meine Sachen entfernt haben. Die kriegen mich nicht. Die Tür geht auf. Schneller als es meine Schmerzen vertragen, gehe ich zu meinem Zimmer. Der Druck wird immer größer. Ich mache mir große Sorgen, was da wohl rauskommt und wie. Ich stelle mich breitbeinig über die Schüssel, ziehe den Mullpfropfen raus, und die Dinge nehmen ihren Lauf. Ich muss es nicht genau beschreiben. Es dauerte lange, schmerzte sehr, blutete stark, und jetzt habe ich es geschafft. Das, worauf alle hier warten. Wovon sie aber nichts erfahren werden. Aus Klopapier baue ich mir einen neuen Pfropfen. Schnell lüften. Der verräterische Geruch muss weg. Erst mal drehe ich die Dusche voll auf. Mir hat mal jemand erzählt, dass das Wasser die Stinkegerüche mit in den Abfluss zieht. Ich lasse die Tür zum Duschraum offen stehen und gehe noch gekrümmter als sonst zum Fenster neben meinem Bett und mache es so weit auf wie nur möglich. Ich humpele wegen meiner postfäkalen Schmerzen. Ich habe es aber auch eilig. Zurück zur Duschraumtür. Und jetzt fächele ich mit der Tür so fest ich kann, um Luft Richtung Fenster zu kriegen. Ich kann nichts mehr riechen. Aber das muss vernünftig überprüft werden. Ich gehe raus auf den Flur und schließe die Tür zu meinem Zimmer. Atme ein paar Mal stark ein und aus, bis ich nur noch ganz frische unstinkende Luft in Nase und Lunge habe. Dann gehe ich wieder rein, so wie jede Krankenschwester mein Zimmer betreten würde, und schnuppere genau nach. Jeder Geruch ist verflogen. Alles ist abgespült. Keine Beweise. Mission erfüllt. Ich mache das Wasser wieder aus und versorge meine Menstruation mit einem frischen, selbstgebauten Tampon. Fertig. Ruhe. Was mache ich jetzt? Ich lege mich aufs Bett und mache die Augen zu. Erst mal abregen oder mit was anderem aufregen.

Ich denke an Robin. Ich ziehe ihn aus. Lege ihn ganz nackt auf mein Krankenhausbett und lecke ihm vom Steißbein aus langsam über jeden Wirbelhubbel bis zum Nacken. Er hat viele dunkle Muttermale. Vielleicht sollte er mal zum Hautarzt. Wäre schade, wenn er an Hautkrebs sterben müsste. Er ist doch Krankenpfleger. Da kann man nicht an was Unerkanntem sterben. Er soll lieber von einem Auto überfahren werden oder sich umbringen, weil er unglücklich verliebt ist. Zum Beispiel in mich. Ich lecke ihm alle Hubbel einzeln wieder zurück. Bis zur Poritze. Ich spreize ihm die Pobacken auseinander und lecke sein Arschloch. Erst mal immer nur im Kreis drumrum. Ich kann meine Zunge ganz spitz und steif machen und damit bohre ich mich in seinen engen geschlossenen Schließmuskel. Meine linke Hand wandert unter seinem Arsch entlang zum Schwanz. Der ist so hart wie ein mit warmer Haut bespannter länglicher Stein. Ich schiebe meine Zunge stärker in seinen Arsch und halte meine Hand fest um seine Eichel geschlossen. Ich will, dass er mir mit aller Kraft in die zusammengedrückten Finger spritzt, damit es an der anderen Seite wieder rausfließt. Das tut er dann auch genauso. Er kann nicht anders, ich lasse die Eichel nicht los. Halte sie fest gedrückt. Ich mache die Augen wieder auf. Der ist echt eine Sau, dieser Robin. Ich muss lachen. Ich freu mich sehr über meine eigene notgeile Fantasie. Da brauch ich gar kein Fernsehen, um mich zu unterhalten.

Es klopft. Bei meinem Glück ist das jetzt Robin, der mir

sofort ansieht, was ich mir gerade ausgemalt habe. Nein. Eine Krankenschwester. Sie fragt, ob ich Stuhlgang hatte.

»Nein, Sie?«

Die Schwester lächelt gequält und geht raus.

Helen, du wolltest doch eine gute Patientin sein. Ja, aber dieses ständige Nachgefrage und dieses Wort ›Stuhlgang‹ kann man nicht lange aushalten und nett bleiben, dabei. Jetzt aber. Ich verbinde zwei Dinge zu einem Gang. Gehe mal pinkeln und hole gleichzeitig auf dem Flur Sprudelwasser für meine Kerne im Versteck. Ich rutsche wie immer rückwärts meinem Bett den Buckel runter. Bis ich sicheren Boden unter beiden Füßen habe. Es fängt langsam an zu zwicken. Da hat der Betäuber mich doch vor gewarnt. Da kommt es schon. Ich gehe langsam im Entengang zum Duschraum, hebe mein Hemdchen hoch und pinkel im Stehen, wie es sich für eine richtige Arschpatientin gehört. Abziehen muss ich nicht. Geht ja eh niemand anders drauf als ich. So kann man Hygieniker auch ärgern. Vom Waschbecken nehme ich das Glas, das zum Ausspülen nach dem Zähneputzen gedacht ist, und fülle es bis über den Rand mit Wasser. Papa hat mir mal erklärt, dass Wasser bis über den Rand stehen kann, wegen der Oberflächenspannung oder so. Ich kriege es nicht mehr zusammen. Werde ihn noch mal fragen, wenn er kommt. Hab ich schon mal ein gutes Gesprächsthema vorbereitet. Muss man bei dem. Über solche Sachen unterhält er sich gerne und lange. Da gibt es keine peinlichen Gesprächspausen.

Ich trinke das Glas in einem Zug leer. Auch mal gut. Stilles Wasser, nicht immer nur Sprudel.

Ich lasse mein Hemdchen hochgebunden. Ich will aus Scham nicht, dass meine Klassenkameraden mich besuchen, aber alle hier dürfen mich den ganzen Tag lang entblößt angucken. Ach, was die schon alles gesehen haben hier, bestimmt. Vom Duschzimmer aus gehe ich nicht wieder zum Bett, sondern auf den Flur. Da stehe ich ein bisschen und gucke rum. Ich habe doch auf dem Weg in die Cafeteria gesehen, dass es hier im Flur eine kleine Sitzecke gibt, für Besuch. Wo man sich selber Tee kochen und aus einer großen Kanne Kaffee rausspritzen kann. Da stand ein großer Turm von aufeinandergestapelten Wasserkästen. Bestimmt zur Selbstbedienung gedacht, hoffentlich. Ich probier es mal. Für die Kerngläser brauch ich nämlich mehr als eine Flasche. Und die Schwestern bringen einem immer nur eine neue Flasche, wenn die letzte leergetrunken ist. Das ist mir zu aufwendig, mehrmals eine Schwester laufen zu lassen. Ich gehe zu der Sitzecke. Da sitzt eine Familie und unterhält sich ganz leise. Sollten sich die Krankenschwestern mal ein Beispiel dran nehmen. Einer der Männer in der Gruppe hat Schlafanzug und Bademantel an. Das zeichnet ihn in meinen Augen als den Arschpatienten der Runde aus. Ich habe keine Lust zu grüßen. Nehme mir drei Sprudelflaschen aus dem oberen Kasten und gehe wieder zurück. Ich kann hören, dass meine Rückansicht für große Aufregung in der Familienrunde sorgt. Freut euch. Ich gehe, so schnell ich kann, zurück in meine geschützte Höhle.

Ich quetsche mich zwischen Fensterbank und Bett durch bis in die hinterste Ecke, ohne dass mein Arsch was berührt. Dorthin, wo ich mit der Bibel mein Avocadokerngewächshaus gebaut habe. Abgeschirmt vom Blick der Ärzte und Krankenschwestern und von Robin. Obwohl, Robin dürfte das sehen. Dem zeige ich das mal. Er hat schon viel gesehen. Der könnte auch noch mal Fotos von meinem neuen Arschzustand machen, fällt mir grade ein.

Ich hebe die Bibel vorsichtig hoch und fülle alle Gläser neu auf. In der Sonne hier auf der Fensterbank verdunstet das Wasser ziemlich schnell. Brauchst nicht zu denken, dass du nichts zu tun hast, Helen. Es gibt hier Lebewesen, die auf dich angewiesen sind. Kannst dich ruhig mal ein bisschen ranhalten mit dem Gießen. Manche Kerne liegen schon auf dem Trockenen, und du denkst, dir ist langweilig, tststs. Die sehen aber alle noch gut aus. Manchmal fängt mir der ein oder andere an zu schimmeln, und ich muss mich von ihm trennen, obwohl er mich bis dahin schon so viel Mühe gekostet hat. Bei den meisten guckt noch nicht mal die Wurzel unten raus. Einer hat sich aber selbst gespalten, und ein anderer hat unten schon die Wurzel rauswachsen. Mit meinen Kernen läuft es sehr gut. Alle gesund. Ich falte die Bibel wieder auf und schirme die Kerne damit ab.

Ich möchte gerne noch etwas hier stehen bleiben. Von hier sieht das Zimmer ganz anders aus.

Bis jetzt habe ich meistens den Blick vom Bett aus gehabt. Von hier wirkt das Zimmer viel größer. Ich stehe ja auch in der allerhintersten Ecke. Mit aller Kraft schiebe ich das Bett ein paar Zentimeter in den Raum und lasse meinen Oberkörper die Ecke entlangrutschen, bis mein Arsch den Boden berührt und meine Beine so stark angewinkelt sind, dass die Knie das Brustbein berühren. Ich fühle den kalten Linoleumboden an meiner Pflaume und an den Arschbacken. Ich weiß gar nicht genau, ob es Linoleumboden ist, sagt man aber immer so, dass es den im Krankenhaus gibt. Diese Haltung spannt zu sehr am Arsch. Ich muss meine

Beine gerade machen und strecke sie unterm Bett aus. Hier kann ich mich verstecken. Wenn ich die Tür nicht sehen kann, kann auch keiner, der zur Tür reinkommt, mein Gesicht sehen. Die Beine mit Sicherheit. Aber derjenige muss erst mal überhaupt unters Bett gucken, in der Absicht, da etwas zu suchen. Die Absicht hat keiner, der reinkommt. Jeder guckt auf das Bett, und wenn es leer ist, wird man wohl davon ausgehen, dass ich unterwegs bin oder wenigstens auf Klo. Ich fühle mit der Hand zwischen meine Beine. Führe zwei Finger ein und bewege sie wie eine Pinzette, um meinen selbstgebastelten Tampon rauszuholen. Ich lege ihn in Schulterhöhe auf die Heizung. Er wackelt etwas unsicher hin und her, und ich drücke ihn oben zwischen den Lamellen fest. Er soll nicht auf mich runterfallen. Ich möchte doch keine Blutflecken an komischen Stellen am Rücken oder so haben, die sich keiner erklären kann und von denen ich selbst nicht mal was weiß, weil ich sie nicht sehe. Sobald ich den Tampon fixiert habe – hilfreicherweise klebt er ja auch etwas –, nehme ich meinen Mittelfinger mit seinem langen Nagel und setze den Nagel mit der Spitze genau auf meinen Perlenrüssel. Ich drücke ihn mit dem Nagel ein. Das gibt bestimmt eine Delle. Sieht aber keiner. Das ist die schnellste Art, feucht zu werden. Meine Muschi fängt sofort an zu triefen vor lauter Schleimproduktion. Die eine Hand ist mit meinem Perlenrüssel beschäftigt – ich drücke abwechselnd dagegen und reibe feste –, von der anderen Hand brauch ich zwei Finger, die ich in die Muschi schiebe. Die beiden Finger in der Muschi spreize ich auseinander und mache mit ihnen drehende Bewegungen in mir. Normalerweise stecke ich mir bei steigender Geilheit die Muschifinger in den Arsch. Das geht jetzt aber nicht. Der Arsch ist frisch operiert und schon mit einem Pfropfen besetzt. Den könnte ich aber versuchen zu ertasten. Die Muschifinger bewege ich in mir nach hinten. Es fühlt sich an wie eine sehr dünne Trennwand zwischen Muschi und Arsch. Da kann ich den Pfropfen fühlen. Obwohl ich in der Muschi bin. Das kenne ich schon. Aber nicht von einem Pfropfen natürlich. Sondern von Kacke. Die steht ja oft höflich vorm Ausgang in der Warteschlange, bis sie raus darf. Und wenn man in der Muschi zugange ist, kann man die Kackwurst durch die dünne Trennwand ertasten. Ob das Männer beim Sex mit mir schon mal gespürt haben?

Würden die aber nie drüber sprechen. Kommt einem wohl nicht gerade wie das geeignete Thema vor, kurz bevor man seinen Schwanz in eine Frau reinstecken will.

»Hey, wow, weißt du, was ich da grad bei dir fühle?« Sehr unwahrscheinlich.

Ich fühle durch die Muschi auch gerne den Schließmuskel arbeiten. Ich ziehe ihn zusammen, kneife also den Po zu, und kann den Muskel von innen fühlen.

Auf der Alm, da steht ne Kuh, halleluja, macht ihr Arschloch auf und zu, halleluhuja.

Jetzt habe ich Lust, meine Muschivorderwand zu ertasten. Muschihinterwand ist genug erforscht.

Wenn ich die beiden Finger einmal ganz rumdrehe, was sich sehr geil anfühlt – ich mag diese schnellen Drehbewegungen da drin –, bin ich an der Muschivorderwand angekommen, direkt hinter dem Schambein. Da fühlt sich die Muschi an wie ein Waschbrett. Bei muskulösen Männerbäuchen sagt man ja auch Waschbrettbauch. Da trifft es das aber nicht richtig. Die Muschivorderwand fühlt sich dagegen wirklich an wie ein Waschbrett in klein. Also wie eine

Käsereibe. Das ist es! Eine Käsereibe. Da ist so eine harte Hubbellandschaft, ähnlich wie beim Gaumen, nur mit dolleren Hubbeln. Wie das bei einem Löwen aussieht, wenn der gähnt und man von unten auf seinen Gaumen gucken kann, genauso fühlt sich die Muschivorderwand an. Wenn ich da feste gegendrücke, habe ich das Gefühl, dass ich mir gleich über die Hand pinkele, und komme meistens sofort. Wenn ich so komme, schießt oft auch eine Flüssigkeit da raus, wie Sperma. Gibt, glaube ich, keine großen Unterschiede zwischen Männern und Frauen. So will ich aber heute nicht kommen.

Ich muss jetzt auch mal aufhören, an mir rumzuforschen.

Beide Hände brauche ich jetzt. Ich reibe mit den Zeigefingern sehr feste über die Hahnenkämme, gleich, gleich, eine Hand wandert nach oben. Ich will mich an der Fensterbank festhalten. Wenn ich komme, halte ich mich gerne an Sachen fest.

Das Kommen geht bei mir sehr schnell. Meistens.

Plötzlich werde ich ganz nass. Es ist eisekalt. Kommen versaut. Ich habe ein Avocadoglas umgeworfen, und das ganze Wasser ist mir über Kopf und Brust gelaufen.

Ich gucke an mir runter. Mein OP-Hemdchen ist vom Wasser durchsichtig geworden. Die rotbraunen Nippel scheinen durch und stehen ab, weil ihnen kalt ist. Falls es heute im Krankenhaus einen Wet-T-Shirt-Contest gibt: Den gewinne ich.

Erst mal setze ich meinen Plan fort. Ich drücke wieder mit dem Mittelfinger feste auf meinen kleinen Perlenrüssel und mache winzig kleine Drehbewegungen mit ihm. Das macht mich schon mal etwas geiler und wärmt auch ein bisschen von unten. Die Geilheit, die sich im Becken breit macht, kommt aber nicht gegen die Kälte des Wassers an. Noch nicht mal das geht. Ich kann mich noch nicht mal in meinem eigenen Krankenzimmer unter meinem Bett verstecken und mir in aller Ruhe und Geilheit einen runterholen. Normalerweise meine einfachste Übung.

Tut mir leid, Helen.

Ich will mich grad wieder hochziehen, habe den Arsch ein paar Zentimeter aus der Pfütze raus, da klopft es an der Tür. Wie immer geht sie simultan mit dem Klopfen auch auf. Hier wartet niemand auf ein »Herein«.

Ich bin mir sicher, sie halten die rechte Hand an die Türklinke und klopfen mit der linken an. Gleichzeitig mit dem Klopfen öffnen sie die Tür.

So erwischen sie mich in meinem Bett andauernd mit der Hand auf meiner Muschi. Die Hand schnell wegzuziehen hab ich irgendwann aufgehört, sieht noch auffälliger aus, als sie einfach da liegen zu lassen.

Im Krankenhaus gibt's keine Geheimnisse. Ich gebe alle meine Geheimnisse auf. Sonst müsste ich diese Störenfriede viel zu sehr hassen.

Ich kann Füße sehen und einen Schrubberstiel mit einem breiten Wischmopp unten dran. Die Putzfrau geht durch die Station.

Die soll mich nicht sehen. In weichen Schlangenlinien bewegt sich der Schrubber den Boden entlang. Ein Tier, das auf mich zukommt. Ich halte die Luft an. Denkt man ja dann, dass man durch das Atmen entdeckt wird. Ist aber eigentlich Quatsch. Ich atme sehr leise, normalerweise. Sie fängt an der Tür an und arbeitet sich an der Schrankfront entlang Richtung Bett. Schlangenlinien. Hin und Her. Ich sehe Krümel, die sie erwischt und mitschleift. Entdecke Haare, lang und dunkel, wahrscheinlich meine, wessen sonst? Kurz bevor sie sich im nassen Mopp verfangen. Der Mopp schiebt auch Wollmäuse vor sich her. Das sind diese hübschen Staubgebilde, die sich mit Haaren oder Ästchen oder Sockenfusseln zu kleinen Nestern zusammenfriemeln. Sie wischt sich langsam vor bis zum Metallnachtschrank, sie wird ihren Mopp bestimmt auch mal kurz unters Bett schieben, ich ziehe schon mal unter Schmerzen meine Beine ein. Tatsächlich. Gut vorausgesehen. Ich sehe die Stange jetzt ans Bett gelehnt. Sie hat aufgehört zu wischen. Es rappelt metallern. Sie öffnet den Chrommülleimer auf dem Metallnachtschrank.

»Bah.«

Sie hat was gesagt. Was soll das heißen: Bah? Sie hat bestimmt die Tücher im Mülleimer gemeint. Soll sie doch nicht so genau hingucken. Kann ich doch nichts für.

Ich höre, wie die Schublade meines Metallnachtschranks aufgeht.

Das gibt es doch nicht. Was macht sie denn jetzt da drin?

Raus da! Da gibt es nichts aufzuräumen, nur was zu klauen. Geld.

Die Schublade geht wieder zu. Gleich werde ich aber mal nachschauen, was fehlt. Ein beliebtes Spiel war das damals bei uns zu Hause. Im Schrank oder auf dem Tisch hat mein Vater einen Gegenstand weggenommen, während wir weggucken mussten, und danach sollten wir raten, was fehlt.

Das kann ich gut. Na warte, du ...

Ich gucke auf den frisch gewischten noch nass glänzenden Boden. Sie hat Fußspuren auf der frisch gewischten Fläche hinterlassen. Ja. Genau. Sie hat falschrum angefangen. Das gibt es doch nicht. Sie fängt an der Tür an und latscht direkt danach alles wieder dreckig. Wenn sie rausgeht, sieht alles dreckiger aus als vorher. Vielleicht ist sie neu. Ich könnte ihr das ja mal sagen, nur so, als kleinen Tipp. Ich sehe ihre Füße vorwärts rausgehen. Dabei zieht sie wie einen schleifenden Schwanz den Mopp hinter sich her. Alle Fußabdrücke wieder weg. Umsonst aufgeregt, Helen. Interessante Technik.

Sie zieht die Tür hinter sich zu. Ich habe schon vorher angefangen, mich am Bett hochzuziehen.

So schnell ich mit dem Pfropfen im Arsch überhaupt kann, schiebe ich mich am Bett entlang bis zum Fußende, einmal ums Bett rum und ab zum Metallnachtschrank.

Ich öffne die Schublade und gucke und gucke. Und stelle fest, dass nichts fehlt. Das ist zwar eine große Erleichterung, weil es schrecklich wäre, wenn die Putzfrau im Krankenhaus die Patienten beklaut. Ich hätte das gemeldet und sie wahrscheinlich ihren Job verloren.

Aber warum hat sie dann die Schublade überhaupt geöffnet?

Vielleicht will sie nur gucken, was die Leute so haben. Vielleicht ist es ein Tick von ihr oder ein Fetisch. Kann man auch Hobby nennen.

Das findet man nie raus. Selbst wenn ich sie fragen würde, weiß ich ganz genau, sie würde nicht ehrlich antworten. So sind die Leute leider.

Ich würde meine Fetische ehrlich preisgeben. Aber mich fragt keiner. Da kommt niemand drauf.

Ich gucke noch mal ganz genau nach. Denke ganz genau nach. Aber es stimmt wirklich. Es fehlt nicht die kleinste Kleinigkeit.

Ich klettere wieder auf mein Bett drauf und klingele die Notbimmel. Eine Krankenschwester kommt überraschend schnell rein, und ich erkläre ihr, dass die Putzfrau grad da war und einen großen Wasserfleck in der Ecke übersehen hat. Ich lüge und sage, es sei mir ein Wasserglas dahin umgekippt. Sehr glaubwürdig, Helen. Manchmal bist du wirklich komisch. Wie soll denn das passiert sein? Außer du hast es volle Kanne absichtlich da in die Ecke gepfeffert. Die Schwester fragt nicht nach, wundert sich noch nicht mal, jedenfalls merke ich nichts davon. Und ruft auf dem Flur die Putzfrau zurück ins Zimmer.

Die kommt rein und macht große Augen, weil ich da plötzlich auf dem Bett throne. Ich halte meine Bettdecke vor mein nasses, durchsichtiges Hemdchen.

Die Schwester zeigt hinter das Bett und sagt in einem fiesen Befehlston und in extra gebrochenem Deutsch, was die Putzfrau tun soll.

Die Schwester verschwindet durch die Zaubertür. Die Putzfrau entsichert mein Krankenbett, ohne mich zu fragen, und schiebt mich mitsamt dem Bett weg von der Fensterbank. Das gibt zwar ein schönes Gefühl, wie auf einem fliegenden Teppich, wie man sich das eben so vorstellt, die gibt es doch nicht in echt, oder? Die Fahrfreude lasse ich mir aber nicht anmerken, man soll nämlich sauer sein, wenn man einfach mit dem Bett weggeschoben wird, als wäre man ein Gegenstand oder im Wachkoma.

Ich bin, anders als auf einem Autositz, auf meinem Krankenbett auch sehr kurven- und bremsanfällig. Als sie das Bett nach zwei gefahrenen Metern plötzlich stoppt, falle ich fast raus. Ich stoße einen spitzen Schrei aus. Das mache ich immer, wenn mir was passiert, was Gutes oder was Schlechtes. Ich schreie laut. Wenn ich ein klein wenig stolpere, lasse ich einen großen Schrei los. Immer alles rauslassen, lautet meine Devise, sonst kriegt man Krebs. Auch im Bett bin ich sehr laut mit der Stimme dabei. Ich bin ja jetzt auch im Bett. Aber anders.

Nach meinem Schrei kann ich einen Mundwinkel der Putzfrau zucken sehen, und zwar nach oben, nicht nach unten. Ha. Schadenfreude entdeckt. Das macht mich wütend. Ich nehme mir vor, wenn sie mal im Krankenhaus liegt und hilflos ausgeliefert ist, sie auch in ihrem Bett rumzufahren wie Aladin, und wenn sie schreit, zucke ich auch so mit den Mundwinkeln nach oben, dass sie es genau sieht. Das schwöre ich. Helen. Sehr beeindruckend.

Während ich mir dieses ganze Tausendundeine-Nacht-Rachezeug ausdenke, hat sie sich schon an der Pfütze zu schaffen gemacht. Sie ist sehr schnell mit ihrem Wischmopp. Sie macht immer wieder das Unendlichkeitszeichen, das wir in der Schule gelernt haben, auf der Stelle, bis das ganze Wasser aufgesogen ist. Die liegende Acht. Und noch mal und noch mal.

Mir fällt was ein. Meine Lunge oder mein Herz oder was da ist, macht einen Sprung, dass mir schlecht wird. Mein Blick wandert die Heizungslamellen hoch, und da liegt er. Mein blutiger Mullklumpen. Oh, nein. Vergessen. Bis jetzt hat sie ihn noch nicht gesehen. Die Ablagefläche der in die Wand gebauten Heizung gehört bestimmt nicht zu ihren Hauptputzstellen. Ich könnte Glück haben, und sie putzt nur an der Ecke rum, um die trocken zu kriegen, und guckt überhaupt nicht höher, als ihr Wischmopp ist. So versuche ich mich selber zu beruhigen. Ich wünsche mir sehr, dass sie den Blutklumpen nicht sieht. Komisch, was mir manchmal entsetzlich peinlich ist und was einfach geht. Wenn sie schon Bah! sagt beim Blick in meinen Mülleimer, was macht sie erst, wenn sie meinen Blutklumpen entdeckt? Bitte nicht.

Ich sage Dankeschön und bitte sie, mich wieder an die Fensterbank zu schieben, obwohl sie noch nicht aufgehört hat zu wischen. Sie soll mich wie eine Rollstuhlpatientin an meine übliche Stelle schieben und abhauen.

Sie lehnt den Mopp an die Wand am Fußende. Packt sich mit ihren starken Händen die Stange, die quer an meinem Bett entlangläuft, und ruck! schiebt sie das Bett mit mir viel zu feste an die Fensterbank, dass es dagegenknallt und ich wieder schreie.

Jaja, der ganze Ärger über alle dreckigen Patienten, hinter denen sie herputzen muss, in eine Bewegung gepackt.

Sie geht mit Mopp raus und sagt, kurz bevor sie die Tür hinter sich schließt: »Komisch, wenn das Glas ausgekippt ist, warum steht es dann voll da?«

Meine Lunge springt schon wieder.

Ich gucke zum Metallnachtschrank, und da steht mein

volles Wasserglas. Ich bin eine sehr schlechte Falsche-Tatsachen-Vorspieglerin.

Die Zeit von der Idee, in der Ecke zu masturbieren, bis jetzt kommt mir vor wie Stunden. Sehr anstrengend und überhaupt nicht entspannend geil, wie ich mir das vorgestellt hatte.

Den Blutklumpen schmeiße ich in meinen Chrommülleimer.

Nicht enttäuscht sein. Der nächste Selbstfick wird besser, Helen, versprochen.

Ich gucke mich im Zimmer um. Noch irgendwas vergessen, was man lieber nicht den Mitmenschen preisgeben will?

Nein, alles wieder im alten Zustand, wie es sich gehört.

Ich muss nur noch mein nasses OP-Hemdchen ausziehen. Erst ausziehen und dann klingeln, oder erst klingeln und dann ausziehen? Helen? Du wärst nicht Helen, wenn du erst klingeln würdest.

Ich ziehe also mein Hemdchen aus und bedecke meine Brüste mit der Decke. Das ergibt ein sehr schönes Gefühl. Die steife Decke an der Brusthaut. Ist der Bezug durch die Heißmangel gekurbelt worden? Heißt das so? Lese ich immer im Vorbeifahren auf Wäschereischildern. Das kühle Gefühl auf der Brust kenne ich von zu Hause. Mama legt großen Wert auf perfekte Bettwäsche. Für mich zum Beflecken.

Jetzt klingele ich.

Bitte. Lieber Robin als sonstwer.

Manchmal hab ich auch Glück. Robin kommt rein.

»Was ist denn, Helen?«

»Kann ich bitte ein frisches Hemdchen haben?«

Ich halte ihm das nasse Ding zusammengeknubbelt hin und achte darauf, dass die Decke dabei weit genug runterrutscht, damit er kurz beide Nippel sieht.

»Klar. Was ist denn passiert? Keine weitere Blutung oder so?«

Er sorgt sich um mich. Erstaunlich. Nach allem, was er sich von mir anhören musste. Und angucken musste. Das kenne ich gar nicht.

»Nein, nein. Keine Blutung. Würde ich dir doch sofort sagen. Ich habe versucht, unterm Bett zu masturbieren, und mir aus Versehen ein Glas Wasser über den Kopf geschüttet. Dabei ist alles nass geworden.«

Er lacht laut und schüttelt den Kopf.

»Sehr witzig, Helen. Ich sehe schon. Du willst mir nicht sagen, was passiert ist. Ich hole dir trotzdem ein neues. Bis gleich.«

In der kurzen Zeit, in der Robin irgendwo in Schränken nach Engelsgewändern sucht, wird mir schon langweilig und einsam. Was machen? Ich drücke mit der Hand das Tretpedal des Chrommülleimers auf dem Metallnachtschrank und greife mit der anderen Hand rein. Der selbstgebastelte Tampon ist nicht mehr rot von frischem Blut, sondern braun von altem Blut. Ich öffne die Tupperbox auf meiner anderen Seite und lege den Klopapierklumpen zu den frischen Hygieneartikeln. Ich hoffe, dass sich meine Bakterien da vermehren und ausbreiten und sich unsichtbar, wie Bakterien so sind, auf alle Mullbinden und Wattevierecke legen. Die Box schwitzt schon sehr in der Sonne. Ein perfektes Petrischalenklima für meine Zwecke. Später muss ich aber dran denken, den Klumpen wieder zu entfernen. Wenn ich entlassen bin, soll doch ein neuer Arschpatient mein Experiment fortführen und mir und der Welt beweisen, dass nichts weiter Schlimmes passiert, wenn man von anderen Menschen bakterienverseuchte Mullbinden benutzt, um seine eigenen Blutungen an offenen Wunden zu stillen. Das werde ich überwachen, wenn ich täglich als Grüner Engel verkleidet anklopfe und gleichzeitig die Tür öffne und den Arschpatienten dadurch beim Masturbieren erwische. So lernt man sich schnell kennen.

Robin kommt rein.

Er hält mir lächelnd das Hemdchen hin. Ich klappe meine Decke runter auf meinen Schoß. Ich tue nur so, als ob es mir nichts ausmacht, dass er mich obenrum voll nackt sieht. Ich fange ein Gespräch an, eher um mich zu lockern. Ich stülpe mir das Hemdchen über die Arme und bitte ihn, es mir hinten zuzubinden. Er macht eine kleine Schleife im Nacken und sagt, er muss weiterarbeiten. Er sagt aber auch: leider.

Er ist schon eine Zeit lang weg, da klopft es wieder. Er hat bestimmt was vergessen. Oder will mir was sagen. Bitte.

Nein. Mein Vater. Überraschungsbesuch. So kriege ich die beiden doch nie in ein Zimmer. Meine Eltern, meine ich, wenn die einfach kommen und gehen, wann sie wollen, ohne auf die Besuchskoordinatorin zu hören. Mein Vater hat was Komisches in der Hand.

»Guten Tag, Tochter. Wie geht es dir?«

»Guten Tag, Papa. Hattest du schon Stuhlgang?«

»Unverschämtheit«, sagt er und lacht. Ich glaube, er kann sich denken, warum ich ihn das frage.

Ich strecke meine Hand aus, wie ich es immer tue, wenn Papa mir was geben soll. Er legt mir das Mitbringsel in die Hand. Ein komisches Etwas in durchsichtiger Folie.

»Ein Ballon? Ein grauer Ballon? Danke, Papa. Das macht mich bestimmt schnell gesund.«

»Mach mal auf. Du bist zu schnell, Tochter.«

Es sieht aus wie ein unaufgeblasenes Nackenkissen, nur nicht in Hufeisenform, sondern rund, wie ein Schwimmring, aber für sehr dünne Menschen.

»Kommst du nicht drauf? Es ist ein Hämorrhoidenkissen. Damit kannst du sitzen, ohne dass es dir wehtut. Du platzierst die Wunde in die Mitte des Rings, dann schwebt sie frei in der Luft, und wenn sie nichts berührt, kann sie auch nicht wehtun.«

»Oh, danke, Papa.« Er hat offensichtlich lange darüber nachgedacht, dass ich Schmerzen habe und was er dagegen tun kann. Mein Papa hat Gefühle. Und auch welche für mich. Schön.

»Papa, wo kann man das kaufen?«

»Im Sanitärhandel.«

»Heißt das nicht Sanitätshandel?«

»Kann sein. Dann eben Sanitätshandel.«

Das ist schon ein langes Gespräch für unsere Verhältnisse.

Ich reiße die Folie auf. Und fange an, das Ringkissen aufzupusten. Ich glaube, lange rumliegen und sich Sex mit dem Pfleger vorstellen macht die Lunge nicht gerade kräftiger. Nach ein paar Pustern wird mir schwarz vor Augen. Ich reiche das Kissen an Papa weiter, der soll das zu Ende bringen.

Ich habe beim letzten Puster extra viel Spucke am Pustenippel hängen lassen. Den steckt Papa jetzt ohne abzuwischen in seinen Mund. Das ist doch schon die Vorstufe zum Zungenkuss. Kann man doch sagen, oder? Ich kann mir sehr gut und gerne Sex mit meinem Vater vorstellen. Früher, als ich klein war und meine Eltern noch zusammenlebten, liefen sie morgens immer nackt vom Schlafzimmer ins Bad. Da trug mein Vater immer einen dicken Stock vor sich her im Lendenbereich. Schon als ganz Kleine war ich da sehr fasziniert von. Die dachten wohl, ich merke das nicht. Hab ich aber gemerkt. Und wie.

Ich wusste damals nichts von Morgenlatten. Das habe ich erst viel später gelernt. Eine lange Zeit, auch als ich schon mit Jungs gefickt habe, dachte ich, die Erektion am Morgen ist wegen mir. Das war sehr enttäuschend, als mir erklärt wurde, dass Männer das haben, um die Pisse morgens am Rauslaufen zu hindern. Eine Riesenenttäuschung war das.

Ich beobachte meinen Vater beim Blasen und muss lächeln. Wie er sich da so ernst und konzentriert abrackert, erinnert mich an früher. Als wir im Urlaub waren, am Strand, und er mir und meinem Bruder ganz viele sehr große Gummitiere und Luftmatratzen bis zur Erschöpfung aufpusten musste. Das ist wahre Vaterliebe. Er sollte mir im Urlaub auch den Rücken eincremen, um mich gegen die Sonne zu schützen. Alle Stellen, an die ich rankam, habe ich selber eingecremt. Da war ich nie verbrannt. Der Rücken, für den mein Vater verantwortlich war, war immer verbrannt. Manchmal auch ganz schlimm. Wenn ich abends versucht habe, mir den verbrannten Rücken im Spiegel anzugucken, konnte ich sehen, dass Papa sehr nachlässig gearbeitet hatte. Da war ein großes weißes Fragezeichen auf dem Rücken, und alles andere außer diesem Fragezeichen war feuerrot. Er hatte sich offensichtlich einen Klecks auf die Hand gespritzt, einmal im Bogen über den Rücken gewischt und fertig. Habe ich auch immer gemerkt, dass es viel zu schnell ging. So viel zum Thema Vaterliebe. Vielleicht war er vom Gummitieraufblasen zu geschwächt, um mich auch noch richtig einzucremen. War vielleicht auch zu viel verlangt. Bestimmt. Mache ich immer. Zu viel verlangen.

Er sieht, wie ich lächle.

»Wasch?« Er nimmt zum Sprechen den Nippel nicht aus dem Mund.

Und vermischt sehr stark seine Spucke mit meiner. Findet er das auch so gut wie ich? Denkt er auch an solche Dinge? Wenn man nicht fragt, wird man es nie rausfinden. Und ich werde nicht fragen.

»Nichts. Nur danke für das Hämorrhoidenkissen und das Aufblasen, Papa.«

Die Tür geht auf. Jetzt wird noch nicht mal mehr geklopft.

Eine neue Krankenschwester. Wie viele gibt es von denen denn hier?

Ich weiß schon, was sie will.

»Nein, ich hatte noch keinen Stuhlgang.«

»Das wollte ich gar nicht wissen. Ich wollte nur mal die Tüte in Ihrem Mülleimer wechseln. Sie sind doch so eine fleißige Mulltuchwegwerferin.«

»Mein Arsch ist ja auch ein fleißiger Blut- und Kackeschwitzeproduzent.«

Mein Vater und die Krankenschwester, die auf ihrem Schildchen Valerie stehen hat, gucken erstaunt. Tja, da guckt ihr. Na und? Mich nerven langsam diese Verniedlichungen von den Krankenschwestern.

Die Schwester zieht sehr schnell den vollen Müllsack aus meinem kleinen Chrommülleimer, bindet einen feinen, kleinen Knoten oben rein und schlägt feste den neuen Sack auf wie einen Windbeutel, um ihn im Eimer zu versenken. Sie beobachtet meinen Vater beim Aufpusten.

Sie lässt den Deckel vom Mülleimer sehr laut zuschlagen und sagt im Rausgehen: »Falls das Kissen für die Patientin ist, da würde ich von abraten. Reißt alles wieder auf, wenn sie sich da draufsetzt. Ist nur für Leute mit nicht operierten Hämorrhoiden.«

Mein Vater steht auf und legt das Kissen in meinen Kleiderschrank. Er scheint traurig zu sein, dass er mir etwas Lebensgefährliches geschenkt hat.

Und was passiert als Nächstes? Er sagt, er müsse sich auch bald mal wieder auf den Weg machen. Die Arbeit wartet. Was arbeitet er eigentlich?

Es gibt so Sachen, wenn man die nicht früh genug fragt, dann kann man sie niemals fragen.

Weil ich jetzt schon so lange mit Jungs beschäftigt bin, war es mir all die Jahre ganz egal, was mein Vater arbeitet. Ich kann nur aus dem, was andere beim Familienessen früher angedeutet haben, erraten, dass es was mit Forschung und Wissenschaft zu tun hat.

Ich nehme mir vor, wenn ich aus dem Krankenhaus rauskomme, was hoffentlich noch lange hin ist, bei Papa in seinem geheimen Schrank nach Hinweisen zu suchen, was er arbeitet.

»Ok, Papa, viele Grüße an die Kollegen von Unbekannt.«

»Welche Kollegen?«, sagt er leise, als er durch die Tür geht.

Ganz schön viele graue und silberne Haare hat der bekommen. Der stirbt bald. Das heißt doch, ich muss mich bald von ihm verabschieden. Am besten gewöhne ich mich jetzt schon daran, dann tut es nicht so weh, wenn es so weit ist. Ich mache mir eine Notiz in mein vergessliches, durchlöchertes Gehirn: schon mal in aller Ruhe von Papa Abschied nehmen. Wenn es so weit ist, wundern sich alle, warum ich so gut damit zurechtkomme. Trauerwettstreit gewonnen durch vorgezogene Trauerarbeit.

Jedenfalls hat dieser sehr kurze Besuch meines Vaters dazu geführt, dass ich jetzt weiß, wie ich es anstelle, länger im Krankenhaus zu bleiben. Ich muss mich nur exzessiv auf das Ringkissen setzen und alles reißt wieder auf. So hat es Valerie, die Eingeschnappte, doch versprochen. Ich darf mich nur nicht erwischen lassen. Ich nehme eine Schmerztablette. Kann ich bestimmt gleich gebrauchen, ein bisschen Betäubung.

Mit meiner erprobten Methode gleite ich auf dem Bauch vom Bett runter und gehe gebeugt und unter zwickenden Schmerzen zum Schrank. Ich öffne die von meinem Vater abgeschlossene Tür. Da unten auf dem Boden liegt der Übeltäter. Normal runterhocken mit geknickten Beinen geht nicht. Schmerzt zu sehr. Ich muss mir eine andere Form des Aufhebens überlegen. Ich lasse die Beine gerade und knicke mich nur im Hüftbereich. Lasse auch den Rücken gerade. So, jetzt sehe ich aus wie ein umgedrehtes L. Ich komme ganz knapp mit der Hand an den Ring. Geschafft. Rücken wieder hochkurbeln. Und den Rückweg antreten. Am Bett angekommen lege ich den kleinen Rettungsring aufs Bett, ziemlich am Rand, damit ich mich aus dem Stand draufsetzen kann. Ich drehe mich mit dem Arsch zum Bett und lasse mich wie ein Vogel auf seinem Nest nieder. Ich wackele ein bisschen mit dem Arsch rum. Einmal hin, einmal her, rundherum, das ist nicht schwer. Durch die Bewegung auf dem Kissen spannt die Haut an der Wunde sehr. Ich stehe auf und fühle mit der Hand da hinten rum. Ich gucke mir die Hand an. Kein Blut! Zu viel versprochen, Valerie.

Was jetzt? Der Plan war gut, die Wunde wieder aufzureißen. Klappt aber nicht mit dem Kissen. Ich pfeffere es aufs Bett. Ich suche mir einfach was anderes zum Arschaufreißen. Okay, Konzentration, Helen. Du hast nicht viel Zeit. Du weißt, wie oft hier die Tür auffliegt und Zeugen reinkommen. Ich gucke mir alle verfügbaren Gegenstände im Zimmer an. Metallnachtschrank: nützt nichts. Wasserflasche auf Nachtschrank: kann man zwar einführen, sich aber, glaube ich, nicht so mit verletzen, wie ich es vorhabe. Fernseher: zu hoch. Auf dem Tisch liegen Löffel: zu harmlos. Müslischüsseln: kann man auch nichts mit anfangen. Mein Blick wandert unter das Bett. Da. Ich hab's. Die Bremse an den Betträdern. Die Räder sind groß und aus Metall, mit Gummi überzogen. Und die haben eine Art Fußbremse, ein rausstehendes Eisenpedal. Du bist auserkoren, Pedal. Ich gehe so schnell ich kann zum Bett. Stelle mich mit dem Rücken davor, rutsche ruckartig runter und lasse meinen Arsch auf dieses Pedal knallen. Jetzt sitze ich drauf. Und wackele wieder hin und her. Ich muss schreien vor Schmerzen und halte mir mit beiden Händen den Mund zu. Es wimmert hinter den Händen. Wenn das jetzt nicht klappt, dann weiß ich auch nicht weiter. Ich kann genau fühlen, wie das Pedal in die Wunde eindringt. Durch starken Gegendruck bohre ich es tiefer rein. Das muss reichen. Helen, du Tapfere. Gut gemacht. Ich weine und zittere vor Schmerzen. Das müsste aber jetzt geklappt haben. Meine Testhand wandert nach hinten, macht einen Wischer. Ich gucke drauf. Die ganze Handfläche ist voll mit frischem rotem Blut. Ich muss mich schnell hinlegen, sonst kipp ich um. Das ist ja nicht Sinn der Übung. Ich muss im Bett liegend gefunden werden, damit ich behaupten kann, dass es einfach so beim Liegen passiert ist. Ich lege mich hin.

Es tut höllisch weh. Ich halte mir immer noch den Mund zu. Die Tränen fließen mir übers Gesicht. Soll ich jetzt schon jemanden rufen, oder noch was warten, damit die Verletzung einen besseren Eindruck macht? Ich warte noch was. Das schaffe ich auch noch. Merk dir, Helen dass du gleich noch die Bremse abwischen und die Spuren beseitigen musst. Das Kissen verstecke ich unter der Bettdecke. Da kümmere ich mich auch später drum. Es fließt und fließt immer mehr Blut hinten raus. Ich packe noch mal ganz kurz mit der Hand hin, und sie ist noch voller mit Blut als beim ersten Mal. Das Gefühl im Schritt und die Beine runter ist genauso wie als Kind, wenn man sich in die Hose gemacht hat. Wenn körperwarme Flüssigkeiten an einem runterlaufen, denkt man erst mal ganz unschuldig an Pipi, weil es das meistens war. Ich liege in meiner eigenen Blutpfütze und weine. Ich mache die Augen auf und sehe auf der Ablagefläche meines Metallnachtschranks einen abgedrehten Sprudelflaschendeckel. Den nehme ich in die Hand und versuche meine Tränen damit aufzufangen. Mit dieser kleinen Herausforderung kann ich mich von meinen schrecklichen Schmerzen ablenken, und vielleicht finde ich ja später Verwendung für die Tränen. Ich weine sehr selten. Aber jetzt schießt es nur so aus mir raus. Oben Tränen, unten Blut.

Ich halte den Verschluss der Wasserflasche ganz nah an die Tränendrüsen und gucke mir nach einiger Zeit an, was ich da zusammengesammelt habe. Wenigstens der Boden ist bedeckt. Helen, jetzt hast du lange genug rumgefackelt. Ich klingele die Notbimmel. Während ich warte, dass jemand kommt, verstecke ich den Verschluss mit der Tränenflüssigkeit hinter allen Gegenständen auf meinem Metallnachtschrank. Damit es ja keiner von den Trampeln umstößt! Da steckt viel Schmerz drin, in dem kleinen Behältnis.

Ich glaube, es ist höchste Zeit, dass jemand kommt. Immerhin verliere ich grad sehr viel Blut. Egal, ob ich es selber gemacht habe oder es einfach passiert ist. Die müssen mir jetzt helfen, die Blutung zu stillen. Es ist schon so viel aus mir rausgelaufen, dass es auf den Boden tropft. Wie kann das denn sein? Das Bett müsste das doch eigentlich aufsaugen? Ich weiß. Wegen den Plastikunterlagen unter mir sammelt sich das Blut und suppt nicht in die Matratze. Es rinnsalt an mir vorbei auf den Boden. Ich liege hier im Bett und gucke mein Blut auf dem Boden an. Es wird immer mehr. Interessanter Anblick. Hier sieht es mittlerweile aus wie beim Metzger. Nur dass der in der Mitte abschüssig platziert einen Abfluss hat, damit das ganze Blut abfließen kann. Sollten die hier für die Proktologische Abteilung auch mal drüber nachdenken. Obwohl, das, was ich hier grad mit meinem Arsch veranstalte, machen wohl nicht alle Arschpatienten. Abfluss im Boden als schlechte Idee wieder verwerfen. Ich drücke die Bimmel noch mal. Dreimal hintereinander. Ich kann auf dem Flur hören, dass das gar nichts bringt. Dreimal hintereinander Drücken ergibt trotzdem nur einen einzigen Summton im Schwesternzimmer. Die wollen sich wohl nicht von den Patienten verrückt machen lassen. Obwohl man mit so einem System eine viel klügere Kommunikation zwischen Patient und Pflegepersonal herstellen könnte. Einmal klingeln: Ich möchte gerne noch was Butter für mein Vollkornbrot. Zweimal klingeln: Bitte Blumenvase mit Wasser drin bringen. Dreimal klingeln: Hilfe, es läuft sehr viel Blut aus meinem Arsch, sodass ich kaum noch genug davon im Gehirn habe, um klar zu denken, und mir nur schlechte Ideen kommen, wie man das Krankenhaus optimieren kann.

Ich sehe die Bremse, die blutverschmierte. Die muss ich noch sauberwischen, sonst fliege ich auf. Ich stehe ganz schnell auf und rutsche in meinem Blut fast aus. Ich halte mich am Bett fest und gehe langsam zum Fußende. Das Blut steigt zwischen den Zehen hoch auf den Fuß. Ich muss aufpassen, dass mir kein Blutaquaplaning passiert. Ich hocke mich vor die Bremse und wische sie mit einem Zipfel meines Hemdchens sauber. Spuren weggewischt. Naja. Die an der Bremse jedenfalls. Das Hocken tut weh, das Gehen tut weh. Ich klappe gleich zusammen. Komm, Helen, du schaffst es noch ins Bett. Leg dich hin, meine Kleine. Geschafft. Ich drücke beide Hände feste an mein Gesicht.

Ich muss eine Ewigkeit warten. Immer muss man warten. Ich könnte denen auch entgegengehen und für große Aufregung sorgen, indem ich draußen auf dem Flur meine Blutspur hinter mir herziehe. Das verkneife ich mir.

Mir wird schwindelig. Hier riecht es nach Blut. Nach viel Blut. Soll ich die Zeit überbrücken, indem ich ein bisschen durchwische? Ich will doch die beste Patientin sein, die die hier je hatten. Aber vielleicht verlange ich da zu viel von mir. Ich muss jetzt nicht aufräumen.

Klopf. Die Tür geht auf. Robin. Sehr gut. Der kann das. Was denn eigentlich, Helen? Egal. Mit mir geht es bergab.

Ich erkläre sofort: »Ich weiß auch nicht. Ich hab mich, glaub ich, komisch bewegt, und zack fing das Blut an zu laufen. Was machen wir denn jetzt?«

Robins Augen gehen weit auf, er sagt, er ruft sofort den Professor.

Er kommt auf mich zu. Hat er nicht grad gesagt, er will den Professor rufen?

Er sagt, ich sehe blass aus. Dabei tritt er in meine Blutpfütze, und als er rausrennt, macht er Blutabdrücke durch das ganze Zimmer.

Ich denke ihm noch hinterher: Pass auf, wegen Blutaquaplaning. Ich halte beide Hände gegen die Blutung, um sie etwas zu stoppen. Die Hände laufen voll. Was für eine Verschwendung. Haben nicht manche Leute zu wenig Blut? Oder war es nur so, dass manche Leute krankes Blut haben? Was weiß ich denn?

Blutarm. Das war es. Es gibt Menschen, von denen sagt man, dass sie blutarm sind. Das bist du auch gleich, Helen, wenn du so weitermachst.

Der Anästhesist kommt rein. Er fragt, ob ich was gegessen habe. Habe ich. Und zwar viel Müsli zum Frühstück. Das findet er schade. Warum?

»Weil Sie dann keine Vollnarkose bekommen können. Wegen der Gefahr, dass Sie sich im Schlaf übergeben und daran ersticken. Also kommt für Sie nur eine PDA in Frage.«

Er rennt raus und kommt mit einem Formular und Spritzen und Gedöns zurück.

Das kriegen doch eigentlich Schwangere, die es normal nicht hinbekommen mit der Geburt. Die Memmenmütter. Die eine natürliche Geburt wollen, aber bitte ohne Schmerzen. Habe ich von meiner Mutter gehört.

Ich muss irgendwas unterschreiben, von dem ich nicht weiß, was es ist, weil ich dem Arzt nicht zugehört habe. Dem Mann traue ich. Mich beunruhigt allerdings sehr, dass dieser doch sehr ruhige Mensch plötzlich rennt. Ich mache mir Sorgen um mich selbst. Er scheint es sehr eilig zu haben.

Die finden wohl, ich verliere zu schnell zu viel Blut. Jetzt, wo mir klar wird, dass die das genauso sehen wie ich, geht es mir sehr schlecht, und ich habe Angst, wegen meiner Elternverkupplungsidee zu sterben. Das hatte ich gar nicht eingeplant.

Er erklärt mir, dass ich mich gleich im Bett aufsetzen und mich vorbeugen muss und den Rücken rund machen soll wie einen Katzenbuckel, damit er meinen Rücken desinfizieren, eine dicke Kanüle zwischen den Wirbeln im unteren Bereich einführen und dann da rein die Spritze setzen kann. Das klingt nicht gut.

Ich hasse alles, was in die Nähe vom Rückenmark kommt. Ich denke, die vertun sich, und man ist für immer behindert und spürt nie wieder was beim Sex. Dann kann man den Sex auch ganz sein lassen. Alles, was er da erklärt, tut er wohl gleichzeitig auch. Ich fühle, wie er dahinten rumfummelt und wischt und macht und tut. In dieser Stellung zu sitzen, zieht sehr in den Schmerz rein. Es fühlt sich an, als würde mein Arsch immer weiter aufreißen.

Er sagt, es dauert genau fünfzehn Minuten, bis alles ab dem Einstich bis zum Zeh taub ist. Das kommt ihm und mir sehr lange vor. Gerechnet in Liter Blut pro Minute. Er geht raus und sagt, er komme gleich wieder. Gut. Ich gucke auf mein Handy, um die Minuten überprüfen zu können. Zehn nach ist es. Um fünfundzwanzig nach bin ich OP-bereit.

Robin kommt rein und erklärt mir, dass der Professor sich gerade fertig macht für meine Notoperation. Dass er deswegen nicht noch mal zu mir kommen kann. Er hat ihm beschrieben, wie viel Blut ich verloren habe. Da hat der direkt die Not-OP eingeleitet.

Notoperation. Mannometer, klingt das schlimm. Aber auch wichtig und aufregend. Als wäre ich wichtig. Guter Zeitpunkt, um meine Eltern hierher zu locken.

Ich schreibe Robin die Nummern meiner Eltern auf und bitte ihn, sie während der Operation anzurufen und hierher zu bestellen.

Der Anästhesist kommt rein und will mit mir in den Operationssaal fahren. Ich fühle an meinen Oberschenkeln und spüre dort die Berührung der Hände. Halt. Ich merke noch alles. Die können mich nicht operieren. Noch nicht. Ich gucke auf mein Handy. Viertel nach. Erst fünf Minuten vergangen.

Das ist nicht deren Ernst. Die warten nicht, bis die Betäubung wirkt. Die haben es noch eiliger, als ich dachte. Sehr beunruhigend alles hier.

Robin schiebt mich raus in den Flur. Die haben mir nicht erlaubt, das Handy mitzunehmen. Wegen der Geräte. Welche Geräte? Fliegen wir dahin, oder was? Ist mir egal.

Soweit ich mich erinnern kann, hängen in allen Fluren und im Vorbereitungsraum Uhren. Diese riesigen schwarzweißen Bahnhofsuhren. Warum hängen die Bahnhofsuhren in Krankenhäuser? Wollen die uns damit was sagen? Ich lass die nicht mit ihren Werkzeugen an meinen Arsch ran, bevor die Viertelstunde rum ist. Egal ob ich verblute oder nicht. Sehr kämpferisch, Helen, aber dumm. Du willst doch nicht sterben.

Das wäre allerdings der perfekte Grund für meine Eltern, wieder zusammenzukommen. In ihrer Trauer würden sie wieder zueinander rücken. Könnten sich nicht von ihrem jeweiligen neuen Partner trösten lassen, weil sie wissen, dass der das Stiefkind nie richtig angenommen hat. Wenn das Stiefkind aber tot ist, wird der neue Partner entlarvt. Dann ist für immer klar, wer den Machtkampf gewonnen und wer ihn verloren hat. Sehr guter Plan, Helen, aber leider kannst du dann nicht mehr erleben, wie sie wieder zusammenkommen. Wenn du tot bist, guckst du nicht von oben zu.

Du bist dir ja sicher, dass es keinen Himmel gibt. Dass wir nur hochentwickelte Tiere sind. Die nach dem Tod einfach in der Erde verschimmeln und von Würmern zerfressen werden. Da gibt es nicht die Möglichkeit, nach dem Tod auf die geliebten Elterntiere runterzugucken. Alles wird einfach aufgefressen. Die angebliche Seele, das Gedächtnis, jede Erinnerung und die Liebe werden zusammen mit dem Gehirn einfach zu Wurmscheiße verarbeitet. Auch die Augen. Und die Muschi. Da machen Würmer keinen Unterschied. Die essen Synapsen genauso gerne wie Klitorisse. Denen fehlt da der größere Überblick, was oder wen sie eigentlich gerade verspeisen. Hauptsache lecker!

Zurück zur Uhrzeit. Ich fahre an mehreren Uhren vorbei, und es vergeht nur wenig Zeit. Robin hat es sehr eilig. Er stößt diesmal auch besonders viel an Wände. Ich spüre, dass die Blutpfütze, in der ich liege, immer tiefer wird.

Die Mulde, die ich mit meinem Arsch in der Matratze gebildet habe, ist schon lange vollgelaufen. Dass ich das noch fühlen kann, ist ein sehr schlechtes Zeichen. So wie ich den Betäuber verstanden habe, sollte ich mich doch wie eine Querschnittsgelähmte fühlen, bevor sie loslegen. Wenn ich aber noch so viel Gefühl in den Beinen habe, dann ja wohl auch im Arsch.

Wir sind im Vorbereitungsraum angekommen, hier hängt auch eine Bahnhofsuhr. Wusste ich's doch. Uhrenmemory gewonnen. Es ist achtzehn Minuten nach. Ich starre auf den langen Zeiger. Robin erklärt mir, dass es sofort weitergeht, sobald der Operationssaal aufgeräumt ist. Ich gucke nicht vom langen Zeiger weg und sage ihm: »Ich nehme es nicht so genau mit der Ordnung. Von mir aus müssen die nicht aufräumen. Ich gucke mir gerne an, was da vorher so passiert ist.«

Robin und der Betäuber lachen. Typisch Helen. In den schlimmsten Situationen immer noch einen flotten Spruch auf den Lippen. Damit bloß keiner merkt, dass ich Angst vor denen und ihren Händen in meinem Arsch habe. Ich bin ja sehr stolz auf die Dehnbarkeit meines Schließmuskels beim Sex, aber mehrere Erwachsenenmännerhände sind auch für mich zu viel. Tut mir leid. Da kann ich nichts Gutes dran finden.

Ich weiß ja jetzt leider schon, wie sich so ein ausgeleierter Schließmuskel anfühlt. Und diesmal machen die das auch noch ohne Vollnarkose.

Diese kranken Schweine. Ich habe Angst. Ich schnappe mir Robins Hand. Die war grad in der Nähe, und ich halte sie sehr fest. Er scheint das gewöhnt zu sein. Es wundert ihn kein bisschen.

Wahrscheinlich macht das jede Oma vor jeder Operation. Die Menschen sind meistens sehr nervös vor Operationen. Wie vor Reisen auch. Ist ja so was wie eine Reise. Man weiß nicht, ob man zurückkommt.

Eine Schmerzreise. Ich quetsche Robins Hand so feste, dass er weiße Druckstellen bekommt, und bohre ihm meine langen Nägel in die Haut, um mich allein vom Muster her von den Omas abzugrenzen. Die große elektrische Tür zum Operationssaal öffnet sich, und eine Krankenschwester mit Mundschutz sagt mumpfig: »Es kann losgehen.«

Schlampe. Voller Panik gucke ich auf die Uhr. Der lange Zeiger macht eine laute, ruckartige Bewegung auf die Vier. Klack. Zwanzig nach! Er wackelt noch nach.

Die müssten noch fünf Minuten warten. Nein. Nicht. Ich spüre noch alles. Bitte nicht schon anfangen. Denke ich. Sage nichts. Selbst schuld, Helen. Du wolltest bluten, und das hast du jetzt davon. Ich muss mich fast übergeben. Sage ich aber auch nicht. Wenn es passiert, werden sie es ja sehen. Jetzt ist alles egal.

»Ich habe Angst, Robin.«

»Ich auch, um dich.«

Alles klar. Er liebt mich. Wusste ich's doch. So schnell geht das manchmal. Ich nehme meine andere Hand zu Hilfe und halte seine Hand fest umschlossen. Ich gucke ihm feste in die Augen und versuche ein Lächeln. Dann lasse ich los.

Sie schieben mich rein. Heben mich rüber in ein anderes Bett. Die Krankenschwestern nehmen jede eins meiner Beine und hängen sie in lange Gurte, die von der Decke runterkommen. Am Fußgelenk werden sie befestigt und dann stramm nach oben gezogen. Eine Art Flaschenzug. Meine Beine stehen gerade nach oben. Wie eine extreme Frauenarztstellung. Sodass alle gut in meinen Arsch reinkriechen können. Ich sehe lange Wimpern über einem Mundschutz. Prof. Dr. Notz. Robin ist wieder weg. Hat wohl zu schwache Nerven. Der Betäuber setzt sich neben meinen Kopf. Er erklärt mir, dass sie jetzt schon anfangen müssen, weil ich viel Blut verliere. Er sagt, ich denke nur, dass ich noch alles spüre, weil noch ein minibisschen Gefühl da ist. In Wirklichkeit, sagt er, spüre ich aber schon jetzt nur noch einen Bruchteil von dem, was da vor sich geht. Sie haben ein hellgrünes Tuch zwischen meinen Kopf und meinen Arsch gespannt. Wohl damit mein Arsch mein entsetztes Gesicht nicht sieht.

Ich frage den Betäuber ganz leise, was die eigentlich jetzt genau machen.

Er erklärt mir, als wäre ich sechs, dass sie jetzt mit Nähten arbeiten müssen, was sie sonst zu verhindern suchen. Bei meiner ersten Operation haben sie zwar viel weggeschnitten, haben es aber zum Heilen offen gelassen. Das ist für den Patienten viel angenehmer. Jetzt haben wir alle und vor allem ich Pech gehabt. Die müssen jede blutende Stelle einzeln vernähen, und ich habe nachher ein sehr unangenehmes Gefühl von Spannung. Es wird mich sehr zwicken. Lange Zeit. Und ich dachte, unangenehmer kann es nicht kommen. Ach, Helen, was du alles auf dich nimmst für das Wohl deiner Eltern. Rührend. Ha. Während der Betäuber mir meine schmerzhafte Zukunft ausgemalt hat, habe ich gar nicht mehr auf meinen Arsch geachtet. Das heißt wohl, ich bin voll betäubt, mittlerweile. Ich frage den Betäuber nach der Uhrzeit. Fünfundzwanzig nach. Auf die Minute spüre ich nichts mehr. Sehr genau, dieser Mann mit seiner Kunst. Er lächelt zufrieden. Ich auch.

Schlagartig bin ich ganz locker, als wäre nichts geschehen.

Wir können zum leichten Gespräch übergehen. Ich frage ihn ganz unbedeutende Dinge, die mir grad durch den Kopf schießen. Ob er zu Mittag auch in der Kantinencafeteria da unten essen muss. Ob er eine Familie hat. Einen Garten. Ob es schon mal nicht geklappt hat, jemanden zu betäuben für eine Operation. Ob es stimmt, dass Leute, die Drogen nehmen, schwieriger zu betäuben sind. Zwischendrin in den Gesprächspausen male ich mir aus, wie meine Eltern schon gemeinsam in meinem leeren Krankenzimmer auf mich warten, krank vor Sorge. Sich über mich unterhalten. Über meinen Schmerz. Schön.

Und schon sind sie fertig mit dem Vernähen. Ich habe schon wieder Gefühl in den Füßen. Ich frage den Betäuber, ob das sein kann. Er erklärt mir, dass es sein Ziel ist, mich nicht zu wenig und auch nicht zu viel zu betäuben. Er weiß aus Erfahrung, wie lange eine solche Not-OP dauert, und hat mich genau für diese Zeit betäubt. Das macht ihn wohl sehr stolz, so wie der guckt. Gleich spüre ich wieder alles, sagt er, leider auch die Schmerzen. Dagegen gibt er mir jetzt eine Tablette. Er sagt, dass es schwer wird, mit Schmerztabletten gegen den zwickenden Spannungsschmerz im Anus vorzugehen. Ich soll mich schon mal auf große Schmerzen einstellen. Kein Vergleich zu dem, was bis jetzt war. Was habe ich mir da angetan? Meine Beine werden von der Decke runtergelassen. Das Gefühl kribbelt sich langsam die Beine hoch. Ich werde wieder verpfropft, da runter, in ein anderes Bett gehoben, und zugedeckt und aufs Zimmer gefahren. Von irgendeiner OP-Saal-Krankenschwester, die ich nicht kenne und die schlecht Betten fährt. Schlechter als Robin gerade auf dem Hinweg in seiner Aufregung.

Sie parkt mich in meinem großen, einsamen Zimmer und geht raus. Wenn was ist, soll ich bimmeln. Weiß ich selber. Bin schon lange genug hier.

Und jetzt? Nach so einer aufregenden Fastverblutung ist normal im Zimmer Rumliegen ganz schön langweilig. Es gibt da noch was, was ich erledigen muss. Das Kissen verschwinden lassen. Ich klappe die Decke um, und da liegt es nicht mehr. Wo ist es? Wer hat es? Oh, Mann, Helen, bist du verwirrt. Bestimmt die Medikamente. Natürlich haben die das Bett neu bezogen nach der Blutexplosion. Wo ist das Kissen jetzt abgeblieben? Fragen kann ich nicht, will ich nicht. Vielleicht hat es einfach eine dumme Krankenschwester weggeschmissen, ohne es zu melden. Das wäre das Beste. Um das Kissen hat sich also schon jemand anderes gekümmert.

Ich werde wohl eine Weile keinen Schmerz spüren. Dann kann ich jetzt doch auch genauso gut was machen. Aber was? Rumlaufen darf ich bestimmt nicht. Will ich auch lieber nicht, falls dann alles wieder aufreißt.

Es klopft.

Robin?

Nein, der Grüne Engel. Beschäftigung. Diesmal will ich nicht so kurz angebunden sein wie letztes Mal.

»Guten Tag«, sagt sie.

Ich grüße zurück. Guter Anfang. Ich würde sie gerne so lange wie möglich im Zimmer halten, gegen die Langeweile.

Sie soll das Rätsel mit dem Telefon lösen.

»Streckt ihr Geld vor für Patienten, die grad im Krankenhaus angekommen sind, und schaltet schon mal deren Telefon frei?«

»Ja, haben wir bei dir gemacht. Du warst so von Schmerzen gebeutelt, dass wir uns erst mal darum gekümmert haben. Das bezahlen wir aus unserer Kasse. Müssen die Patienten aber zurückgeben.«

Schade. Ich hatte gehofft, dass Robin das gemacht hat.

»Anfang des Jahres war ich hier für eine Sterilisation. Da hat das keiner für mich gemacht.«

Diese Information geht die doch nichts an, Helen, Mann.

»Ist ein ganz neuer Service von uns.«

Ich bitte sie noch um einen Gefallen. Ich wünsche mir einen Kaffee aus der Cafeteria. Und wenn sie schon mal da ist, könnte sie mir auch ein paar frische Trauben mitbringen und eine Tüte Studentenfutter. Das Geld dafür soll sie sich aus der Metallnachttischschublade rausnehmen. Und das vorgestreckte Geld für die Telefonkarte gleich mit.

Sie hat verstanden und geht mit dem Geld raus.

Während sie weg ist, schütte ich aus meiner Krankenhauswasserflasche mein Glas voll, exe es in meinen Mund und spucke es dann zurück in die Flasche. Ich halte den Daumen drauf und schüttele das Wasser in der Flasche hin und her. Diesen Vorgang wiederhole ich dreimal.

Ich warte darauf, dass sie wiederkommt. Merke, wie müde ich bin. Schließe meine Augen. Obwohl die Tablette und bestimmt auch noch ein bisschen die OP-Betäubung wirkt, kommt der Schmerz durch. Es fühlt sich an, als würden sie immer noch mit spitzen Metallnadeln Haut im Enddarm aneinandernähen. Sie ziehen den Faden fest und beißen ihn mit den Zähnen durch. Wie Mama es immer macht. Sie macht viel mit dem Mund. Auch gefährliche Sachen. Ich habe sie als Kind immer beobachtet, wenn sie mit Reißzwecken ein Bild aufgehängt hat. Sie steckt dann immer alle Reißzwecken in den Mund, balanciert auf einem Stuhl und holt nach Bedarf eine nach der anderen aus dem Mund raus. Vor Schmerzen kneife ich die Augen zu. Ganz lange.

Ich werde wach, weil es klopft und der Grüne Engel wieder da ist. Die war aber schnell. Natürlich war die schneller als ich, ist ja auch keine Arschpatientin. Mir kam der Weg sehr weit vor.

Ich bedanke mich für das Mitgebrachte. Und frage sie, ob ich sie ein paar Sachen fragen darf. Es ist schwer für mich, eine normale Unterhaltung zu führen. Bei mir da unten braut sich was zusammen. Je schlimmer der Schmerz wird, umso normaler versuche ich mich zu benehmen. Natürlich sagt sie ja. Ich biete ihr einen Schluck Wasser an, den sie gerne annimmt. Holt sich ein sauberes Glas aus dem Schwesternzimmer. Dass Engel da überhaupt hin dürfen. Dabei dürfen die noch nicht mal Spritzen setzen.

Sie kommt mit dem Glas zurück. Schüttet es bis oben hin voll und trinkt es mit großen Gulpen aus. Das freut mich. Das ist so, als hätten wir uns jetzt schon geküsst. Ohne dass sie es wüsste, natürlich. Also gegen ihren Willen eigentlich. So, als wäre sie betäubt gewesen, und ich hätte sie geküsst.

So würde ich unsere Beziehung jetzt beschreiben. Küssen gegen den Schmerz. Bringt nicht viel.

Ich fühle mich ihr trotzdem eng verbunden und strahle sie an. Jetzt fällt mir auch auf, wie hübsch sie geschminkt ist. Einen ganz dünnen hellblauen Strich hat sie sich den unteren Wimpernkranz entlang gezeichnet. Das kann man so gut nur nach jahrelanger Übung. Also schminkt sie sich wohl schon sehr lange. Bestimmt in der Schule schon angefangen. Sehr gut.

Ich frage sie alles, was mir einfällt zu ihrer Aufgabe als Grüner Engel. Wie man das wird. Wo man sich hier bewerben muss. Ob es viele Bewerbungen gibt. Ob man sich die Station aussuchen darf.

Ich glaube, ich spreche komisch. Ich stoße die Fragen so aus mir raus. Bin eigentlich zu schwach zum Sprechen. Mit diesem Gefühl dahinten will ich nicht alleine sein. Jetzt weiß ich die wichtigsten Dinge über meinen neuen Aufgabenbereich, den ich sofort nach meiner Entlassung angehen werde.

Ich bedanke mich ganz herzlich. Sie versteht und geht.

»Danke für die Einladung auf das Wasser.« Sie kichert. Das tut sie wohl, weil sie das Wort Einladung für lustig übertrieben hält, wenn es sich um Krankenhaussprudelwasser handelt. Ich finde sie auch lustig. Aber aus anderen Gründen.

Sobald sie mich alleine gelassen hat, kommen die bösen Gedanken. Wo sind meine Eltern? Verdammte Scheiße noch mal! Das gibt es doch nicht. Die lassen mich einfach hängen. Ich dachte, die würden nach Robins Anruf sofort hier im Krankenhaus auftauchen und ganz besorgt sein. Nichts. Keiner da. Gähnende Leere. Ich denke viel mehr an sie als sie an mich. Vielleicht sollte ich mal damit aufhören. Die wollen nicht, dass ich mich um sie kümmere. Und ich sollte wohl langsam mal aufhören, was von denen zu erwarten. Klarer kann der Fall nicht sein. Ich liege hier, notoperiert, die sind benachrichtigt, und keiner kommt. So geht es zu in unserer Familie. Ich weiß genau, wenn einer von denen so was hätte wie ich jetzt, ich würde nicht von seiner Seite weichen. Das ist der große Unterschied. Ich bin eher deren Eltern als die meine. Damit muss ich aufhören. Schluss damit, Helen. Du wirst jetzt erwachsen. Du musst ohne sie klarkommen. Merke endlich, dass du sie nicht ändern wirst. Ich kann nur mich selber ändern. Genau. Ich will ohne sie leben. Planänderung. Nur, wie ändere ich meinen Plan? In welche Richtung? Ich brauche etwas zu tun. Damit ich besser nachdenken kann. Wenn die Hände arbeiten, kann es der Kopf auch besser.

Außerdem werde ich zu traurig, wenn ich nichts zu tun habe.

Ich nehme die Trauben und lege sie mir in den Schoß auf die Decke. Dann lehne ich mich weit rüber zu meinem Metallnachtschrank und schnappe mir die Tüte mit dem Studentenfutter. Ich beiße sie auf. Mit meinem langen Daumennagel schlitze ich eine Traube auf, eine Seite lang bis zur Mitte. Wie man es mit einem Messer bei einem Brötchen macht. Ich suche einen Cashewkern aus der Tüte raus und nehme die beiden Hälften auseinander. Das geht einfacher, als ich gedacht hätte. Als wären sie zum Teilen gemacht. Ich suche in der Tüte nach einer Rosine und klemme sie zwischen die Cashewkernhälften. Diesen gefüllten Cashewkern schiebe ich feste in die Traubenritze rein, bis er in der Mitte gut platziert ist. Jetzt muss ich nur noch die

Traube etwas zusammendrücken, und man sieht den Ritz noch nicht einmal mehr. Als wäre nichts passiert. Gestopft, ohne Spuren zu hinterlassen. Mein kleines Kunstwerk ist fertig. Die Studentenpraline. Das ist mir in der Sekunde eingefallen, als ich meinen Grünen Engel sah. Ich wusste ja, dass ich ihr irgendeine Aufgabe geben musste, dafür sind sie doch da. Diese verfärbten Engel. Und ihre Aufgabe sollte mir eine spätere Beschäftigung bescheren. Hat alles geklappt. Ich bin stolz.

Ich werde jetzt die ganzen Trauben und die Tüte Studentenfutter verarbeiten, um meine Pralinenerfindung meinem Liebsten anbieten zu können. Schöne Tätigkeit hast du dir da ausgesucht, Helen. Die fertigen Kreationen lege ich auf den Metallnachtschrank.

Ich stopfe gerne Dinge in andere Dinge. Warum ich bei meinem Grünen Engel ans Stopfen denke, weiß ich nicht. Oft merke ich erst viel später, dass jemand mich aufgegeilt hat. Vielleicht kommt das noch.

Mama hat früher, als es noch eine ganze Familie gab, zu unser aller Freude zu Weihnachten gestopftes Geflügel gemacht. Dafür stopft man eine Wachtel in ein kleines Huhn, das Huhn in eine Ente, die Ente in eine kleine Gans und die Gans schließlich in einen Truthahn. Der After vom jeweiligen Tier muss dafür mit ein paar Schnitten etwas vergrößert werden. Und sie backt dann alles zusammen in unserem extra für dieses Gericht sehr großen Ofen. Ein Profiofen. Da kommt viel Gas raus, wenn man will. Zwischen die einzelnen Geflügel legt Mama immer viele Speckstreifen, weil das Ganze sonst austrocknet, da es sehr lange gebacken werden muss, damit sich die Hitze durch alle Geflügelschichten bohren kann.

Wenn es fertig war, machte es uns Kindern große Freude, beim Aufschneiden zuzugucken.

Meine Schmerzen machen mich fast bewusstlos. Ich kann nicht mehr. Helen, denk weiter über das Weihnachtsessen nach. Gedanken weg vom Po. Hin zur Familie. Denk weiter an was Schönes. Geh nicht mit dem Schmerz mit.

Das Ganze wird mit Hilfe einer großen, scharfen Geflügelschere genau in der Mitte aufgetrennt, sodass man einen Querschnitt von allen Tieren hat. Sie sehen aus, als wären sie jeweils mit dem Nächstkleineren schwanger gewesen. Der Truthahn war schwanger mit der Gans, die Gans hatte eine Ente im Bauch, die Ente war mit einem Huhn schwanger und das Huhn mit einer Wachtel. Das war ein Riesenspaß. Eine Parade von schwangeren Geflügelföten. Und dazu im Ofen mitgeröstete Pastinaken vom Pastinakenfeld neben unserem Haus. Lecker.

Ich habe früher mal meinen Vater dabei belauscht, wie er spätabends einem Freund bei uns im Wohnzimmer erzählt hat, dass es ziemlich schlimm für ihn war, bei meiner Geburt zugucken zu müssen. Bei Mama musste ein Dammschnitt gemacht werden, sonst wäre sie von der Muschi bis zum Arschloch aufgerissen. Er berichtete, das klinge so, als würde man ein sehniges Hühnchen mit einer Geflügelschere in der Mitte durchschneiden, mit Knorpel und anderen quietschenden Materialien. Er hat an dem Abend das Geräusch mehrmals nachgemacht mit seinem Mund. Krrieschkst. Er konnte es sehr gut. Der Freund hat immer wieder laut gelacht. Über das, wovor man am meisten Angst hat, lacht man immer am lautesten.

Kurz bevor ich all mein Material verarbeitet habe, will ich wieder mal ein fertiges Traubengebilde auf den Metallnachtschrank legen. Bei dieser Bewegung fällt mir die Traubenrispe runter mit den noch nicht bearbeiteten Trauben.

Ich schaffe es nicht, jetzt vom Bett runterzukraxeln und sie aufzuheben. Ich glaube, mit dem zugenähten Arsch bewege ich mich lieber gar nicht mehr. Da ich nichts mehr zu tun habe und in meinen Gedanken anhalte, merke ich, wie meine Schmerzen immer schlimmer werden. Ich brauche Ablenkung und stärkere Schmerzmittel. Ich bimmel. Das soll eine Schwester für mich aufheben. Während ich auf Hilfe warte, mache ich ausnahmsweise nichts. Ich sitze da und starre die Wand an. Hellhellhellgrün. Was für eine zarte Wand. Ich hasse es, wenn ich mir nicht selbst helfen kann. Dass ich nicht da runterhopsen kann, um alles aufzuheben. Ich verlasse mich ungern auf andere. Selber machen klappt am besten. Mir selbst ist am meisten zu trauen. In Sachen Eincremen zum Beispiel, aber in allen anderen Angelegenheiten des Lebens auch.

Da kommt sie schon reingeschwebt. Ging einigermaßen schnell. Wohl wenig Bimmelverkehr auf der Station im Moment.

»Könnten Sie mir den Gefallen tun und die Trauben wieder aufheben?«

Sie kriecht unter das Bett und sammelt sie auf.

Sie gibt sie mir aber nicht zurück, sondern geht damit zum Waschbecken. Was soll das?

»Ich wasche sie nur kurz ab, sie lagen doch auf dem Boden.«

Diese Hygienefanatiker kommen nicht auf die Idee, mal zu fragen: Wollen Sie, dass ich Ihnen Ihre Trauben abwasche, die lagen schließlich auf dem irrsinnig dreckigen Krankenhausboden, der zweimal am Tag feucht gewischt wird? Die machen es einfach, weil sie denken, alle hätten so viel Angst vor Bakterien wie sie. Das ist aber nicht so. In meinem Falle sogar ganz im Gegenteil.

Sie wäscht die Trauben ganz lange unter fließendem Wasser ab.

Dabei sagt sie, sie habe sowieso den Eindruck, die seien noch gar nicht gewaschen worden, auch wegen dem gespritzten Gift. Diese pelzige weiße Nebelschicht sei noch dran. Ein sicheres Indiz für nicht gewaschen. Och, bitte!

Ich sage nichts. Denke aber schreiend laut: Dieses bekloppte Waschen von gespritztem Obst und Gemüse ist die größte Selbstverarschung, die es gibt. Hat mein Papa mir beigebracht. Lernt man heutzutage aber auch in der Schule. Zum Beispiel in Chemie. Die Chemikalien, die gespritzt werden, um Ungeziefer und Pilze fernzuhalten, sind so aggressiv, dass sie unter die Haut von Tomaten und Trauben gehen. Da kannst du waschen, bis deine Finger schrumpelig werden. Nichts geht davon ab. Wenn man was gegen gespritztes Gemüse und Obst hat, sollte man es nicht kaufen. Man braucht nicht zu denken, durch ein paar Sekunden laufendes Wasser könne man der ganzen Giftindustrie ein Schnippchen schlagen. Ich wasche Obst und Gemüse nie, ich glaube nicht daran, dass dadurch irgendwas vom Gift abgeht. Und der andere Grund, warum sie das dringende Bedürfnis verspürte, mein Eigentum abzuwaschen, ist, dass solche Leute immer denken, auf dem Boden ist es einfach sehr dreckig, weil da Menschen mit ihren Schuhen langgehen. In der Vorstellung dieser Menschen liegt alle paar Zentimeter ein minikleiner Partikel Hundescheiße. Das ist das Schlimmste an Verschmutzung, was sich jeder Hygienefanatiker vorstellen kann. Wenn Kinder was von der Straße aufheben und in den Mund stecken, wird ihnen ganz sicher gesagt: Vorsicht, da ist vielleicht Hundekacke dran. Dabei ist es sehr unwahrscheinlich, dass irgendwo Hundekacke dran ist. Und wenn? Was wäre so schlimm daran? Hunde essen Dosenfleisch, das wird in ihren Gedärmen zu Dosenfleischkacke verarbeitet und landet dann auf der Straße. Und wenn ich löffelweise von einem Hundehaufen naschen würde, es würde mir mit Sicherheit nichts passieren. Also kann mir auch bei einem Hauch von einer Spur von einem unwahrscheinlichen Partikel Hundekacke, der wie auch immer in mein Krankenzimmer gekommen ist und da in der Nähe meines Bettes auf dem Boden klebt und sich dann an einer Traube festhält und so in meinen Mund gelangt, erst recht nichts passieren.

Endlich ist sie fertig mit ihrem Quatsch.

Ich habe mein Arbeitsmaterial gegen meinen Willen vollgewaschen wieder zurück. Ich sage nicht danke.

»Bitte, könnten Sie nachfragen, ob ich stärkere Schmerzmittel bekommen kann, oder zwei Tabletten auf einmal? Das, was ich im Moment bekomme, stellt den Schmerz nicht ab, ja?«

Sie nickt und geht raus.

Meine Arbeit bringe ich noch sehr verärgert zu Ende. Diese stumpfen Hygieniker machen mich rasend. Sie sind so unwissenschaftlich bakterienabergläubisch. Meine Schmerzen machen mich aber auch rasend. Da kommt mir doch direkt die nächste gute Idee.

Ich weiß jetzt, was ich mache. Ich will Stuhlgang haben. Ich kann nicht aufstehen. Ich zwinge mich aber dazu. Will mich um mich selber kümmern. Mache ich ja sonst nie. Lieber hier kontrolliert und in der Nähe von Ärzten meinen ersten Stuhlgang nach der Not-OP ausprobieren, als da, wo ich hingehe, wenn ich hier rauskomme. Ich bin ganz durcheinander. Mir ist schwindelig.

Ich werde mich dazu zwingen. So schwer kann das nicht sein. Vielleicht bin ich von der OP noch schmerzbetäubt. Könnte ja sein, dass der Schmerz ab jetzt immer schlimmer wird. Dann probier ich es lieber jetzt. Jetzt oder nie. Reiß dich am Riemen, Helen, und mach. Und bei meiner Ernährung in den letzten Tagen, immer nur knüppelhartes Müsli, da müsste es doch fluppen. Ab ins Duschzimmer. Dort muss ich erst den Pfropfen entfernen. Wieder sehr lang, was die da alles reintun. Ich stelle mich in bewährter Haltung breitbeinig über die Schüssel und denke an den Schmerz, den ich hatte, als ich mich aufgerissen habe. Dagegen ist das hier Kleinkram. Es klappt. Ich schaffe es. Ich mache das sehr gut. Todesmutig drücke ich alles an den Nähten vorbei und bin erlöst. Muss ich ja keinem sagen, dass ich das geschafft habe. Für mich ist es aber gut. Ich bin einen Schritt weiter in Richtung Genesung. Falls ich den Plan mit den Eltern jetzt doch ganz verwerfe, war das alles hier eine große Verschwendung von Kraft und Schmerz. Mal gucken. Ich dusche mich ab und tupfe mich trocken. Robin hatte recht.

Geht viel besser als das Abwischen mit Klopapier. Was der alles weiß. Wir passen gut zusammen.

Ich gehe zurück zum Bett und bleibe davor stehen.

Ich muss was machen. Unbedingt. Egal was. Hauptsache, ich denke nicht an meine Eltern und meine Arschschmerzen. Meine Hände zittern. Ich bin sehr angespannt. Ich wische mir kalten Schweiß von der Stirn. Ich finde kalten Schweiß gruselig. Kenne ich sonst nur von kurz bevor man umkippt. Der kleine Tod. Sagt man das nicht auch zum Orgasmus des Mannes? Oder war das bei Tieren? Aber bei welchen genau? Ich kann nicht klar denken. Keine schöne Erfahrung. Hier. Alles. Ich klettere wieder in mein Bett. Alle meine kleinen Studentenfuttergebilde schütte ich wieder aus der Tüte raus in meinen Schoß. Ich drehe mich so weit um, dass ich bis an die hinterste Ecke meines Metallnachtschranks reichen kann. Vorsichtig hebe ich den kleinen Aluminiumdeckel mit meinen Tränen drin auf und balanciere ihn behutsam über die ganze Ablagefläche. Ich stelle ihn an den äußersten Rand, damit ich gut drankomme, und tunke meine Zeigefingerspitze in das Salzwasser. Einen Tropfen lasse ich von meinem Finger in den Schlitz jeder bearbeiteten Traube fallen. Ich arbeite so genau, als wäre mein Finger eine Pipette. Ich muss sparsam mit meinen Tränen sein, damit sie für alle Trauben reichen. Ich weiß schon, wem ich die anbieten werde. Viele Minuten schaffe ich es, mich dank dieser langwierigen Aufgabe nicht um meinen Schmerz zu kümmern. Als die letzte Traube betropft worden ist, kommen alle zurück in die Studentenfuttertüte.

Sobald ich nichts mehr zu tun habe, drehe ich durch. An was denken, Helen, egal was! Von meinen Freunden, nee, sagen wir Klassenkameraden, weiß keiner, dass ich hier bin. Nur meine Eltern wissen das. Und mein Bruder. Das heißt, ich kann nur auf den Besuch meiner Eltern und meines Bruders warten.

Und da kann ich ja lange warten. Ich wollte meinen Klassenkameraden nicht sagen, weswegen ich ins Krankenhaus muss. Ich finde die Vorstellung, von denen Besuch auf der Proktologischen Abteilung zu bekommen, nicht gut. Die denken alle, ich wäre mit einer Grippe zu Hause. Als ich – vor wie viel Tagen? – aus der Schule abgehauen bin, weil mein Arsch so wehtat, habe ich ihnen erzählt, dass sich bei mir eine Grippe anbahnt. Dass ich Gliederschmerzen hätte. Schönes Wort. Gliederschmerzen. Und dass ich nach Hause müsse. Besuch zu Hause brauche ich von denen nicht zu befürchten, sodass meine Lüge bestimmt nicht auffliegt. Die können nicht viel mit kranken Leuten anfangen. Sie gehen viel aus, feiern oder hängen im Park rum. Die trinken viel, also wir trinken viel und kiffen auch, und das kann man schlecht auf Krankenbesuch bei jemandem zu Hause, wenn die Eltern auch da sind. Zu jemandem nach Hause gehen wir nur, wenn die Eltern im Urlaub sind, sonst ist draußen der beste Ort für all unsere Hobbys. Meine Eltern freuen sich immer, dass ich so viel an der frischen Luft bin. Dabei kann von frischer Luft in den Lungen gar keine Rede sein.

Robin kommt rein.

Er hält ein Plastikschnapsglas mit zwei Tabletten drin in der Hand. Die Tabletten haben eine andere Form als sonst. Ich gehe davon aus, dass die Schwester von meinem Schmerz berichtet hat. Ich muss nicht fragen, was das ist. Ich halte die Hand auf, er platziert die beiden dicken Tabletten in meiner Handfläche, und ich schlage die Hand gegen den geöffneten Mund. Wie ich es im Film gesehen habe. Die Tabletten fliegen direkt gegen mein Zäpfchen, und ich muss fast brechen. Schnell Krankenhauswasser hinterher. Ich muss husten. Das Zäpfchen ist eine empfindliche Stelle.

Es ist leider stark mit dem Kotzimpuls verbunden. Was beim Sex sehr stören kann. Da hat der liebe Gott sich keine Gedanken drüber gemacht, als er den Menschen gebaut hat. Wenn ich beim Sex einen Schwanz lutsche und will, dass er in meinen Mund kommt, muss ich höllisch aufpassen, dass er nicht mit seinem Sperma gegen mein Zäpfchen schießt. Dann muss ich nämlich sofort kotzen. Alles schon passiert, der Helen. Ich habe natürlich den Ehrgeiz, den Schwanz so tief wie möglich in meinem Rachenraum verschwinden zu lassen, macht optisch richtig was her. Da sehe ich aus wie eine Schwertschluckerin. Ich muss aber sehr auf mein Zäpfchen aufpassen. Das stört da sehr. Alles muss sich daneben abspielen.

»Robin, hast du meine Eltern vor der Not-OP angerufen?«

»Ach, habe ich in der ganzen Aufregung vergessen dir zu sagen. Habe beiden nur draufsprechen können. Keinen direkt erwischt. Tut mir leid. Die kommen bestimmt später. Wenn sie die Nachricht gehört haben.«

»Ja, ja.«

Er räumt im Zimmer auf. Meinen Tisch hinten, am Fußende, im Badezimmer was, er sortiert meine Sachen auf dem Metallnachtschrank.

Ich gucke geradeaus und sage ganz leise vor mich hin: »Andere Eltern, deren Tochter so etwas hätte wie ich, wären entweder die ganze Zeit im Krankenzimmer, oder sie säßen zu Hause vor dem Telefon, um ja keinen Notfallanruf zu verpassen. Dafür habe ich wohl mehr Freiheiten. Danke.«

Ich frage ihn, ob er mal meine neue Spezialität kosten möchte. Ich habe nämlich ein neues Essen erfunden. So langweilig ist mir hier immer, Robin.

Er möchte gerne mal probieren. Was soll er sonst sagen? Er traut mir voll.

Ich halte ihm die Studentenfuttertüte mit den Tränentrauben hin. Ich glaube, wenn ein Mann die Tränen von einer Frau isst, sind die beiden für immer verbunden.

Ich erkläre Robin, was er da grad in der Hand hält. Lasse aber den Teil mit den Tränen weg. Er steckt sich die präparierte Traube mutig in den Mund. Ich höre erst die Traubenhaut platzen, dann die Nuss knacken. Mit vollem Mund sagt er mir, dass er begeistert ist, und fragt, ob er noch mehr essen darf. Gerne. Er nimmt sich eine nach der anderen. Er räumt immer weiter auf und kommt ab und zu zum Metallnachtschrank, um sich eine neue Traube in den Mund zu stecken.

Die Tabletten wirken noch nicht. Ich bin angespannt und müde. Schmerzen sind vielleicht mal was Anstrengendes. Es ist sehr schwer, in einem Krankenzimmer Leute an sich zu binden. Ich habe das Gefühl, die wollen hier alle schnell raus. Vielleicht riecht es hier nicht gut. Oder mein Anblick ist nicht schön. Oder Menschen wollen einfach weg von Schmerz und Krankheit. Es zieht alle Schwestern und Pfleger und auch Robin immer wieder magisch ins Schwesternzimmer. Da höre ich sie so lachen wie hier im Zimmer nie. Ich als Patientin bin bald weg, und die als Mitarbeiter bleiben. Da verläuft die Grenze. Die hebe ich aber bald auf. Auch ohne medizinische Ausbildung gehöre ich direkt nach meiner Entlassung irgendwie zu ihnen. Als Grüner Engel darf ich auch in ihr lustiges Aufenthaltszimmerchen und mit ihnen Sprudel trinken. Gerade habe ich zum ersten Mal das Gefühl, Robin sucht wirklich meine Nähe. Er geht nicht raus. Er räumt immer weiter auf. Auch an Stellen, die er grad schon aufgeräumt hat. Ich freue mich darüber. Ihn habe ich ein bisschen an mich gebunden.

Ich hebe den Hörer ab. Wähle die Nummer von Mama. Keiner geht dran. Anrufbeantworter.

»Hallo, ich bin's. Wann kommt mich denn mal jemand besuchen von euch? Ich habe Schmerzen und muss wohl noch lange hier bleiben. Schick doch wenigstens mal meinen Bruder vorbei. Der war noch gar nicht hier. Dann besuch ich den auch mal, wenn er eine Untenrumoperation hat.«

Ich lege auf. Feste. Man hört aber auf einem Anrufbeantworter keinen Unterschied zwischen freundlichem und festem Auflegen.

Ich hebe den Hörer wieder ab und frage das Amtszeichen:

»Und warum hast du versucht, dich und meinen Bruder umzubringen, Mama? Geht's dir nicht gut? Was hast du denn?«

Helen, du Feigling.

Ich bin kaputt.

Ich spreche mit mir selbst und ein bisschen auch mit Robin.

»Ich halte es nicht mehr aus. Mit mir nicht mehr aus. Andauernd muss ich um Schmerzmittel betteln. Ich lüge hier alle an mit meinem Stuhlgang, damit ich so lange wie möglich bleiben kann, um meine Eltern in diesem Raum wieder zusammenzubringen. Die kommen aber nie. Und erst recht nicht gemeinsam. Wie soll der Plan dann aufgehen? Was für eine Scheiße. Eine riesige Scheiße. Ich bin bescheuert und will Sachen, die sonst keiner will.«

Ich kann genau spüren, wie die Muskeln an meinen Schultern immer kürzer werden. Das passiert immer, wenn ich merke, dass alles sinnlos ist und ich nichts kontrollieren kann. Die Schultern wandern wegen der Anspannung zu den Ohren hoch, und ich versuche, sie mit gekreuzten Armen und darauf drückenden Händen wieder nach unten zu biegen. Ich mache die Augen zu und versuche, mich mit vorgetäuschten tiefen Atemzügen zu beruhigen. Klappt nicht. Klappt nie. Mein Arsch brennt und zwiebelt, und meine Schultern wachsen an den Ohren fest.

Meine Oma war ihr Leben lang so angespannt, dass sie jetzt gar keine Schultern mehr hat. Ihre Arme kommen aus den Ohren raus. Sind direkt neben ihrem Kopf. Wenn ich sie mal massieren wollte, als ich noch klein und nett war, hat sie sofort herzzerreißend geschrien. Sie hat mir dann erklärt, die Muskeln an der Stelle seien seit Jahren so angespannt, dass schon eine leichte Berührung sich für sie so anfühlt, als packe man in eine offene Wunde. Ist aber kein Grund für meine Oma, auch nur irgendetwas dagegen zu unternehmen. Sie lässt sich einfach beim Änderungsschneider alle Ärmel direkt an den Kragen der Bluse nähen, weil sonst ein riesiges Stück rosageblümter Schulterstoff überhängen würde. Wenn ich nicht so enden will, muss ich mir was überlegen. Was weiß ich denn, wie man das verhindert. Turnen? Sich von der Familie trennen? Massagen?

Wegen meiner Rückenverletzung habe ich Massagen verschrieben bekommen. Das Erste, was ich die wechselnden

Masseurinnen frage, ist, ob sie Erfahrungen mit Männern haben, die beim Massieren einen Ständer kriegen.

Bis jetzt hat jede Ja gesagt. Ich tarne dieses Gespräch immer so, als hätte ich Mitleid mit ihnen, und tue genauso empört wie sie über die Latten.

Ach, die Männer wieder. In Wirklichkeit will ich aber Geschichten hören, die mich aufgeilen. Was denken die denn?

Wie soll ein Mann keinen Ständer kriegen, wenn eine Frau ihm in unmittelbarer Nähe von Sack und Schwanz rummassiert, zum Beispiel am Oberschenkel. Ich werde davon auch feucht. Nur, bei Frauen sieht man die Aufregung nicht.

Damit fange ich an. Ich nehme es selber in die Hand, nicht so zu enden wie Oma. Wenn ich hier entlassen werde, mache ich Massagetermine für mich.

Wo ist Robin? Ich höre ihn im Duschzimmer rumoren. Kann es sein, dass er sich Sorgen um mich macht? Ich habe schon einige starke Mittel intus, vielleicht muss er von offizieller Stelle auf mich aufpassen. Könnte doch sein.

Wann habe ich überhaupt das letzte Mal gegessen?

Ist mir egal. Ich will nur Schmerztabletten essen. Sonst nichts. Der Arschschmerz wird immer schlimmer. Alles im Kopf dreht sich.

Oma kann übrigens bestimmt gut auf der Seite liegen. Normal breite Schultern stören doch sehr beim auf der Seite Liegen. Wenn sie auf der Seite liegt, geht es in einer geraden Linie vom Ohr direkt den Arm runter. Eigentlich viel gemütlicher so. Vielleicht mach ich doch keine Massagetermine aus. Ich guck mir erst Oma noch mal genau an. Dann entscheide ich.

Robin kommt wieder an mein Bett.

»Ist es sehr schlimm?«

»Ja.«

»Nach meiner Erfahrung müsste es dir aber spätestens heute Abend wieder besser gehen. Morgen kommst du bestimmt schon ohne Schmerzmittel aus, und wenn du dann einmal Stuhlgang ohne Blutung hattest, darfst du bestimmt gehen.«

Das kann nicht wahr sein. In diesem Zustand würden die mich nach Hause schicken? Das macht meinen Plan kaputt. Endgültig. Ich hatte ihn aber eigentlich schon vorher kaputt gemacht. Sinnlos. Das alles.

»Nach Hause? Schön.«

Scheiße.

Robin, ich will nicht nach Hause. Und ich hatte schon Stuhlgang. Ich habe euch alle verarscht. Entschuldigung. Wegen meiner schlimmen Familie. Ich kann nirgendwohin. Ich muss hier bleiben. Für immer.

Ich möchte nicht, dass Robin geht.

So kann ich mich mit einem Gespräch von meinen Schmerzen ablenken, bis die Mittel wirken.

»Robin, darf ich dir was Geheimes zeigen?«

»Oje. Was denn, Helen?«

»Nicht, was du denkst.« Klar. Meinen Ruf habe ich bei ihm weg. »Hat nichts mit Arsch oder nackt oder so zu tun. Meine kleine Familie will ich dir zeigen.«

Er guckt irritiert, nickt aber.

Ich drehe mich zur Fensterbank und hebe die Bibel hoch.

»Was ist das?«, fragt er.

Ich klappe die Bibel zu und lege sie neben mich aufs Bett.

Ich halte ihm ein langes Referat über mein Hobby, das Avocadobaumzüchten.

Er hört ganz aufmerksam zu. Damit halte ich ihn sehr lange bei mir im Zimmer. Für diesen Moment muss ich ihn nicht mit anderen Arschpatienten teilen.

Als ich langsam mit meinen Ausführungen zum Ende komme, zieht er seine weißen Gesundheitsschuhe aus und klettert auf mein Bett. Er guckt sich die Kerne sehr genau aus der Nähe an. Das macht mich ganz glücklich. So hat sich vorher noch nie jemand dafür interessiert.

Er sagt, dass er das zu Hause auch mal ausprobieren will. Dass sie sehr schön aussehen.

»Wenn du willst, kannst du dir einen aussuchen und mit nach Hause nehmen.«

»Nein, das geht nicht. Da steckt so viel Arbeit von dir drin.«

»Ja. Und deswegen sollst du einen haben.«

Er zögert. Er überlegt bestimmt grad, ob er das darf. Sehr pflichtbewusst und gesetzestreu, der Robin, habe ich den Eindruck.

»Also gut. Wenn du sicher bist, dass du einen abgeben willst. Ich nehme den hier.«

Er zeigt auf den schönsten von allen. Leichte rosa Farbe am hellgelben Kern. Und einen kräftigen dunkelgrünen Spross. Gute Wahl.

»Schenk ich dir.«

Er greift nach dem Glas und balanciert es vorsichtig übers Bett, um nicht zu schlabbern. Er schlüpft wieder in seine Schuhe und steht mit dem Kern im Glas vor meinem Bett. Er scheint sich wirklich zu freuen. Wir lächeln uns an.

So geht er raus.

Ich verschränke die Arme über meinem Brustkorb. Mir fällt wieder ein, dass ich ganz bald entlassen werden soll. Der Körper und ich machen ein inneres Mpft, und dabei kommt ein Schwall von etwas unten raus. Warm. Könnte alles sein. Aus jeder Öffnung. So genau kann ich das da unten gerade nicht auseinanderhalten.

Ich fühle mit dem Finger nach. Nach ersten Einschätzungen handelt es sich um eine Flüssigkeit, die vorne muschal ausgetreten ist. Ich zaubere den Finger von unter der Bettdecke wieder hervor und sehe, dass die Flüssigkeit rot ist. Alles klar.

Ich habe vergessen, mir einen Tampon reinzutun. Über all den außerordentlichen Blutungen habe ich die ordentlichen glatt vergessen. Das Bett ist voll. Ich bin voll. Geschmiert mit Blut.

Okay. Das ist jetzt nur mein Problem. Ich bimmel nicht noch mal nach Robin und bitte ihn wieder zu laufen und mir irgendwas zu holen. Ich möchte nicht, dass er glaubt, ich bin in ihn verliebt und denke mir die ganzen Bimmelgründe nur aus. Ich habe echte Schmerzen und brauchte wirklich Tabletten. Dafür kann ich ruhig klingeln. Aber jetzt wird es langsam zu viel. Ich will ihn nicht nerven.

Obwohl, eigentlich finde ich doch, dass er denken kann, ich bin in ihn verliebt. Bin ich nämlich. Dann kann der das ruhig auch als Erster erfahren. Aber Periodenflecken im Bett kann ich allein beseitigen. Hab ich schon immer gut gekonnt, außer damals bei der Tante einmal.

Ich hole die Plastikbox von der Fensterbank und ziehe zwei Wattevierecke und ein Stück Papiertuch raus. Bei der Gelegenheit sehe ich auch meinen alten Tampon wieder. Der kann da mal raus. Hat bestimmt schon genug Bakterien abgegeben. In den Müll damit, bevor ihn jemand sieht.

Ich sehe, dass es in der Plastikbox schwitzt. Auf der Fensterbank ist es sehr warm. An den Innenseiten der Box haben sich Schwitzeperlen gebildet. Wenn die Tropfen zu groß werden, können sie sich nicht mehr am Rand festhalten und laufen runter, wobei sie noch mehr Tropfen mit sich reißen. Der runterlaufende Tropfen sucht sich den einfachsten Weg und hinterlässt eine zickzackige Minispur der Verwüstung, wie es ein Fluss im Großen tut, nur schneller. Da können sich die Tropfen wieder zusammenschließen zu einer warmen stinkenden gärenden Pfütze und neue Dampftropfen hochschicken zum Festhalten an der Wand. Wer am längsten oben bleibt ...

Ich muss mein Hemdchen untersuchen. Wenn da Blut dran ist, flippe ich aus. Ich frage auf keinen Fall nach einem neuen.

Zum Glück. Alles sauber. Ich hatte es noch gar nicht unter mir zurechtgelegt. Sehr gut. Ich rutsche zur Seite, um mir die Bescherung anzugucken. Ist nicht so viel rausgekommen, wie ich dachte. Gut.

Das eine Wattviereck lege ich mit der Watteseite nach unten und der Plastikseite nach oben, das andere lege ich andersrum darauf. Das kann ich schon mit Augen zu. Schön, wieder was zu tun zu haben.

Das Papiertuch reiße ich in der Mitte durch und wische mit der einen Hälfte feste und effektiv in den Muschifalten rum, um so viel Blut wie möglich da wegzurubbeln.

Die andere Hälfte falte ich der Länge nach, sodass ich ein langes dünnes Stück Tuch habe. Das rolle ich in kleinen Schritten ganz feste zu einer dicken, kurzen Wurst zusammen und schiebe es mir in die Muschi, so hoch ich kann. Da guckst du, du amerikanische Tamponindustrie!

Auf die weiche Watteseite des Vierecks setze ich mich drauf.

Tadaa.

Fertig.

Helen, wie gut du dich um dich kümmern kannst.

Ich bin stolz auf mich. Das kommt nicht oft vor und bringt mich dazu, mich selber innerlich sehr nett anzulächeln.

Wenn ich so gute Laune krieg und so nette Sachen denken kann, heißt das ja wohl, dass die Schmerzmittel anschlagen.

Ich horche in mich rein zu meiner Arschwunde und stelle fest: Nichts tut weh. So plötzlich falle ich zwischen Schmerz und Schmerzfreiheit hin und her.

Ich will aufstehen und rumlaufen.

Ich perfektioniere meine Aussteigetechnik langsam so weit, dass es schade wäre, wenn ich bald als geheilt entlassen werden würde.

Ich lege mich auf den Bauch und schiebe meinen ganzen Körper, die Füße voran, seitlich die Bettkante entlang, bis ich in einem rechten Winkel nur noch mit dem Oberkörper auf dem Bett hänge, die Füße auf dem Boden. Diese Turnfigur nenne ich: Helen schubst sich selber von der Bettkante.

Die beste Sicht hat man jetzt von der Tür aus. Offenes Engelshemdchen, nackter Wundarsch, aufgespreizt zur Tür. Ich klappe den Oberkörper hoch und stehe.

Ich strecke den rechten Arm hoch in die Luft, wie es uns für das Ende einer Übung beim Bodenturnen beigebracht wurde. Lächele breit und ziehe den Körper so lange Richtung obere Hand, dass die Hacken kurz den Boden verlassen. Ich schlage die rechte Hand feste seitlich gegen den rechten Oberschenkel. Neige meinen Kopf, eine Verbeugung andeutend, und warte auf Applaus. Stille. Ziehe das Lächeln zurück. Naja, Helen, die besten Sachen machst du immer, wenn keiner guckt. So bist du.

Ich habe keine Schmerzen und will meinen Körper bewegen. Wo gehe ich hin? Nicht vor die Tür. Keine Lust, andere zu treffen. Außerdem müsste ich entweder Arschparade aufm Flur machen oder eine Unterhose anziehen.

Habe ich überhaupt Unterhosen hier? Weiß ich gar nicht mehr, was Mama mir gebracht hat.

Das könnte ich doch als Erstes machen bei meinem kleinen Zimmerrundgang. Mal nachschauen. Ich gehe zum Schrank. Öffne die Tür. Stimmt ja. Schlafanzughosen und T-Shirts. Alle noch unberührt. Habe mich hier von Anfang an für OP-Hemdchen entschieden. Hatte noch nichts von meinen eigenen Sachen an.

Robin hat gesagt, ich könnte morgen schon entlassen werden.

Also schon Zeit, meine Tasche zu packen, wenn es nach denen ginge.

Ich werde das nicht schaffen mit meinen Eltern. War ein guter Plan. Aber die kommen ja noch nicht mal wegen der Not-OP hierher. Ich würde meinen Plan gerne weiterverfolgen. Aber hier wird das nicht hinhauen. Die kommen zu selten, und ich müsste was viel Schlimmeres haben, damit ich länger bleiben kann. Die lassen mich nicht lang genug im Krankenhaus, um es zu schaffen. Hier ist es schön. Schöner als zu Hause jedenfalls.

Vielleicht kann ich woanders hin und muss nicht nach Hause, wenn ich hier schon rausgeschmissen werde?

Ich hebe die leere Tasche vom Boden des Schrankes auf und knülle sie so klein zusammen, wie es geht. Das Taschenhäufchen stecke ich in meinen Chrommülleimer auf dem Metallnachtschrank. Jetzt müssen meine Sachen im Schrank bleiben, sie haben keine Tasche mehr zum Reisen.

Also echt, das ist doch Quatsch, Helen. Du findest schon was, wo du hinkannst. Habe schon eine Idee. Ich hole die Tasche wieder aus dem Mülleimer raus.

Noch etwas Bewegung, ich will mehr. Weil ich meinen Arsch nicht spüre, fühle ich mich fast so, als wäre ich hier im Urlaub. Auf Drogen.

Vom Metallnachtschrank aus gehe ich die lange Kante des Bettes entlang bis zu der Ecke, die in den Raum ragt. Dann dicht an der schmalen Seite des Bettes vorbei bis zur Fensterbank.

Und wieder zurück. Einmal. Schneller. Zweimal. Mit immer schnelleren Schritten gehe ich fünfmal diesen Weg hin und zurück, bis ich aus der Puste bin.

Das ganze Gehen strengt die Beine sehr an. Meine Muskeln haben schon Schwund erlitten in den wenigen Tagen, die ich hier rumliege.

Ich hebe das Hemdchen hoch, um meine Beine anschauen zu können. Erst lege ich das eine Bein ausgestreckt aufs Bett, dann nehme ich es wieder runter und gucke mir das andere an. Die sind dünner geworden. Sieht komisch aus. Ein bisschen wie Omabeine, wenig Muskel, weiße Haut und lange Beinbehaarung. Oh.

Da denk ich die ganze Zeit hier im Krankenhaus natürlich nicht dran. Wenn man Schmerzen hat, will man sich ja nicht unbedingt rasieren.

Jetzt aber.

Ich schmeiße mich aufs Bett. Zu feste. Trotz Tabletten zieht ein Schmerz in den Arsch und den Rücken hoch. Langsam, Helen, nicht ausflippen.

Ist doch ganz schön ohne Schmerzen, soll ruhig noch ein bisschen so bleiben. Dann mach mal lieber langsam mit den ruckartigen Bewegungen.

Ich greife nach dem Telefon und wähle noch mal Mamas Nummer. Schon wieder der Anrufbeantworter. Sind die alle in den Urlaub gefahren, jetzt, wo sie mich los sind? Wann habe ich einen von denen das letzte Mal gesehen?

Das ist doch Tage her.

Kann aber nur schwer nachvollziehen, wie lange genau. Auch, wie lange ich schon hier bin. Liegt bestimmt an den Schmerzmitteln und den Schmerzen und vielleicht auch ein bisschen an meinem Drogenkonsum insgesamt. Diese Gedächtnislücken.

»Ich bin es noch mal. Habt ihr meine andere Nachricht gehört? Wenn einer von euch überhaupt noch vorhat, mich zu besuchen, dann aber schnell. Toni, du hast mich hier noch gar nicht besucht. Kannst du mir bitte, wenn du kommst, ein Kleid und ein Paar Schuhe von Mama mitbringen? Danke. Bis gleich. Ist schon Abend.«

Oh, Mann. Schlimm, wenn man abhängig ist von Blutsverwandten. Jetzt muss ich so lange warten, bis mir das jemand bringt.

Ich hopse in Zeitlupe vom Bett runter und gehe zur Tür, mache sie einen Spalt auf und linse raus. Draußen war nämlich ein gewisser Lärm zu hören. Irgendwas bahnt sich da an.

Abendliche Essensausgabe. Da schieben die ihre mehrstöckigen Tabletttürme vor sich her und halten an jeder Tür. Vielleicht kriege ich heute Abend was Normales. Nicht wie sonst immer Müsli oder Vollkornbrot. Wenn ich denen sagen würde, dass ich schon längst Stuhlgang hatte, würde ich was Besseres zu essen bekommen. Sage ich aber nicht.

Langsam gehe ich zu meinem Bett und lege mich rein, um auf die Fütterung zu warten.

Da klopft es auch schon.

Ich sage als Erstes sehr freundlich guten Abend. Ist irgendeine Schwester. Kann die nicht auseinanderhalten. Alle unfickbar.

»Guten Abend, so gut gelaunt, Frau Memel? Wie geht's Ihnen denn, schon Stuhlgang gehabt?«

»Noch nicht, danke der Nachfrage. Was gibt's denn heute?«

»Für Sie leider nur Vollkornbrot. Sie wissen doch, bis es zum ersten Stuhlgang kommt.«

»Ich nehme lieber Müsli.«

Habe ich alles hier, was ich dafür brauche.

»Was kriegen denn die anderen Patienten heute Abend?«

»Mit Fleisch: Braten, Erbsen, Kartoffeln und Sauce. Ohne Fleisch: Kohleintopf.«

Klingt für mich wie das Paradies. Auch weil es warm ist. Ich kriege nur kaltes Essen, und davon wird einem innerlich noch kälter. Bin kurz davor, der Tante zu sagen, dass ich schon längst geschissen habe.

Aber dafür kriege ich nur einmal warmes Essen und muss dann nach Hause. Der Preis ist zu hoch.

Ich brauche erst mal noch Zeit, um zu klären, wo es von hier aus hingeht.

»Danke, ich misch mir das schon selber zusammen.«

Ich schaufele mit hängenden Schultern drei Löffel Müsli in die Schüssel, hole die Studentenfuttertüte aus der Schublade und lege mir drei Traubengebilde oben darauf. Heute gibt's bei Helen Tränenmüsli.

Sobald ich keine Schmerzen mehr spüre, ist das Leben wieder einigermaßen lustig. Ich piekse bei dem Milchpaket mit dem drangeklebten Plastikhalm das Jungfernhäutchen aus Aluminium auf, drehe das Päckchen ganz um und drücke es über der Schüssel komplett leer. Papa hat uns früher oft belehrt, nicht Strohhalm zu sagen, weil die nicht mehr aus Stroh sind. Ich kann mir aber auch gar nicht vorstellen, dass die jemals aus Stroh waren. Wie soll man das Alu-Jungfernhäutchen denn mit Stroh aufpieksen? Knickt doch sofort. Bestimmt waren die schon immer aus Plastik, und nur weil einer fand, dass sie aussehen wie Strohhalme, hat man sie so genannt.

Ganz schnell esse ich mein kaltes Abendessen auf.

Beim letzten Haps klopft es leise an der Tür.

Das ist keine Krankenschwester. Die klopfen immer viel lauter und bestimmter. Es kommt auch keiner rein. Definitiv keine Krankenschwester. Ich tippe auf meinen Vater. Der hat auch so einen ganz schwachen Händedruck. Beschweren sich immer alle drüber. Also hat der nicht genug Muskeln in der Hand. Auch nicht, um feste an Türen zu klopfen.

»Herein.«

Die Tür geht langsam auf, oh Mann, wie vorsichtig im Vergleich.

Das ist der Kopf meines Bruders. Die Gene. Der hat keine Muskeln geerbt vom Vater für die Hand.

»Toni.«

»Helen?«

»Komm rein. Du hast grad das Abendessen verpasst. Danke, dass du mich besuchst. «

Er hält eine Tasche in der Hand.

»Hast du die Sachen für mich mit?«

»Klar. Aber was soll das?«

»Geheim.«

Er guckt mich an. Ich gucke ihn an. War es das schon, was wir an Gespräch hinkriegen?

Ok, nach mir die Sintflut.

»Toni, du gehst nicht gerne in Krankenhäuser, oder? Deswegen warst du mich noch nicht besuchen.«

»Ja, weißt du doch. Tut mir leid, Helen.«

»Soll ich dir sagen, warum du es hier nicht magst?«

Er lacht: »Nur wenn es nichts Schlimmes ist.«

»Doch. Ist es.«

Sein Lächeln verschwindet. Er guckt mich fragend an.

Los, Helen, raus damit.

»Als du ganz klein warst, hat Mama versucht sich umzubringen. Sie wollte dich mitnehmen. Die hat dir mit dem Fläschchen Schlafmittel eingeflößt und selber Tabletten genommen. Als die nette Helen nach Hause kam, lagt ihr bewußtlos auf dem Küchenboden und Gas strömte aus dem Ofen. Ich habe euch gegen den Willen von Mama gerettet, kurz bevor das Haus in die Luft flog oder ihr erstickt wäret. Im Krankenhaus wurde euch der Magen ausgepumpt und ihr musstet ganz lange hier bleiben.«

Er guckt mich ganz traurig an. Ich glaube, er hat es schon

vorher gewusst. Seine Augenlider werden ganz blassbläulich. Schöner Junge. Aber auch wenig Muskeln am Auge.

Er sagt lange nichts. Bewegt sich kein bisschen.

Dann steht er auf und geht ganz langsam durchs Zimmer. Er macht die Tür auf und sagt im Rausgehen:

»Deswegen habe ich immer diese Scheißträume. Die kriegt se.«

Meine Familie geht noch mehr den Bach runter, als sie sowieso schon ist.

Ist das jetzt meine Schuld?

Nur weil ich Toni die Wahrheit gesagt habe?

Man kann doch nicht für immer schweigen. Lügen. Für den Familienfrieden? Frieden durch Lügen. Mal gucken, was passiert. Ich mache oft Sachen, bei denen ich nachher erst über die Konsequenzen nachdenke.

Den Plan, meine Eltern wieder zusammenzubringen, habe ich jetzt endgültig ein für alle Mal verworfen.

Das macht mich langsam wahnsinnig. Ich bin hier eingesperrt, und die kommen und gehen alle, wann sie wollen. Und machen da draußen bestimmt auch noch Sachen, von denen ich nichts weiß. Ich würde gerne mitmachen, denke ich kurz. Aber Quatsch. Da draußen sind wir als Familie noch weiter auseinandergerissen, jeder für sich. Weil ich hier mit meinem Arsch ans Bett gefesselt bin, kreuzen sich die Wege meiner Verwandten wenigstens ab und zu mit meinem.

Es klopft, und jemand rauscht rein. Ich dachte kurz, mein Bruder kommt zurück, um weiter mit mir über seine Fastermordung durch unsere Mutter zu sprechen.

Der Mensch, der da steht, trägt aber große, weiße Gesundheitsschuhe und eine weiße Leinenhose.

Ein Arzt.

Ich gucke hoch. Prof. Dr. Notz.

Wehe, der entlässt mich. Dann kette ich mich ans Bett.

»Guten Abend, Frau Memel. Wie geht es Ihnen denn?«

»Wenn Sie wissen wollen, ob ich Stuhlgang hatte, fragen Sie das doch bitte auch genau so. Nicht immer um den heißen Brei herumreden.«

»Bevor ich mit Ihnen über Ihren Stuhlgang rede, wollte ich erst mal wissen, wie es Ihnen mit den Schmerzen geht.«

»Gut. Der Pfleger hat mir vor einigen Stunden Schmerztabletten gegeben. Wohl die letzten, wie ich das verstanden habe.«

»Genau. Sie müssten jetzt langsam ohne Tabletten zurechtkommen. Und dieser Druck mit dem Stuhlgang bringt bei Ihnen wohl auch nichts. Es gibt Patienten, bei denen wir davon absehen müssen, hier im Krankenhaus auf unblutigen Stuhlgang zu warten, bevor sie entlassen werden. Der Druck ist zu groß, und dann verspannen sie sich.«

Wie? Der entlässt mich jetzt einfach so zum zu Hause Kacken?

»Deshalb möchte ich Ihnen vorschlagen, dass Sie nach Hause gehen und dort in Ruhe das alles mal probieren. Und wenn es dort wieder anfängt zu bluten, kommen Sie einfach wieder zurück. So hat das hier keinen Sinn, finden wir.«

Wir? Ich sehe nur einen. Egal. Mist. Und jetzt? Was mache ich jetzt? Der ganze schöne Plan endgültig zerstört durch Notz.

»Ja, klingt vernünftig. Danke.«

»Sie freuen sich aber nicht wie andere, wenn man sie entlässt. Ich überbringe die freudige Nachricht immer gern persönlich.«

Tut mir leid, dass ich Ihnen Ihr Hobby vermiese, Notz. Aber ich will nicht nach Hause.

»Ich freu mich, ich kann es nur nicht zeigen.«

Und jetzt hau ab hier, du. Ich muss nachdenken.

»Dann sag ich mal nicht auf Wiedersehen, denn wir sehen uns ja nur wieder, wenn bei Ihnen zu Hause mit der Wundheilung etwas schiefläuft. Also hoffentlich auf Nimmerwiedersehen.«

Ja, schon verstanden, haha, bin ja nicht blöd. Auf Nimmerwiedersehen.

»Ich sage auf Wiedersehen. Wenn ich ganz gesund bin, fange ich hier nämlich als Grüner Engel an. Sie wissen schon. Was Sinnvolles mit dem Leben anfangen. Hab mich schon beworben. Dann laufen wir uns bestimmt mal auf dem Flur über den Weg.«

»Schön. Gut. Auf Wiedersehen.«

Raus. Tür zu.

Denken!

Meine letzte Chance. Verabschiedung von der Familie. Ich rufe meinen Vater an und sage ihm, dass ich entlassen worden bin. Er soll mich noch heute Abend abholen. Ich wähle seine Nummer. Er geht ran. Er entschuldigt sich nicht dafür, dass er nicht da war nach der Not-OP. Wie erwartet. Ich sage ihm alles, dass ich entlassen werde, dass er kommen soll.

Komm, was soll's, Helen. Frag endlich nach.

»Papa, was bist du eigentlich von Beruf?«

»Ist das dein Ernst? Du weißt das nicht?«

»Nicht so genau.«

Eigentlich überhaupt nicht.

»Ich bin Ingenieur.«

»Aha, und fändest du es gut, wenn ich Ingenieurin werden würde?«

»Ja, aber du bist zu schlecht in Mathe.«

Papa tut mir oft sehr weh. Merkt es aber nie.

Ingenieurin. Ich schreibe es mir im Kopf auf und lese noch mal: Eigenurin.

Das Gleiche mache ich bei meiner Mutter. Nicht nach dem Beruf fragen. Bei ihr weiß ich den ja: Scheinheilige. Ich spreche ihr auf den Anrufbeantworter, dass ich heute Abend noch entlassen werde und sie mich abholen soll, am besten mit Toni zusammen. Könnte aber auch sein, dass die mich nicht mehr sehen will, nachdem ich dem Toni das erzählt habe. Mal gucken.

Helen, jetzt musst du das auch machen, was du dir ausgedacht hast.

Ich steige aus dem Bett. Endgültig. Da leg ich mich nicht mehr rein. Ich hebe meine Tasche auf, die ich vorhin in den Mülleimer gesteckt hatte.

Da stopfe ich alle Klamotten aus dem Wandschrank rein. Aus dem Badezimmer räume ich alle nicht benutzten Hygieneartikel dazu. Die Tasche riecht etwas nach altem Frauenblut. Das merke aber wohl nur ich.

Ich stelle die Tasche ab und lehne mich über das Bett. Ich schnappe mir die Bibel und reiße ein paar Seiten raus.

Ich gehe mehrmals, um die ganzen Avocadokerngläser im Waschbecken auszuschütten. Das Wasser bin ich los.

Die Gläser stecke ich alle ineinander, lege sie in die Tasche und wickele einen Beinel von meiner Schlafanzughose drum.

Die Zahnstocher lasse ich in meinen Babys stecken und wickele jedes in eine Bibelseite ein. So verpackt kommen alle Kerne in meine Tasche.

Die Schublade noch ausräumen. Das Kreuz kann hierbleiben. Dann gucke ich mich im Zimmer um. Ich sitze auf dem Bett und lasse wie früher, als ich noch jung war, die Beine runterbaumeln.

Im Zimmer sieht es so aus, als hätte ich nie hier gewohnt. Als wäre ich nie hier gewesen. Nur noch unsichtbare Bakterienspuren von mir verstecken sich hier und da. Nichts Sichtbares.

Ich drücke die Bimmel. Hoffentlich ist er noch da.

Mir kommt wieder in den Sinn, dass sich auch jemand um mich Sorgen gemacht haben könnte. Deren Theorie ist bestimmt, dass ich aus Angst vor den Schmerzen so lange einhalte. Kommt bestimmt auch oft vor in dieser Abteilung. Aber so lange?

Hätte gerne gewusst, ob sie dann irgendwann zu härteren Mitteln greifen. Einlauf verpassen zum Beispiel. Wäre auch kein Problem für mich. Die sollen nur kommen mit ihren Rohren und Flüssigkeiten. Mich machen die nicht fertig mit so was.

Das dauert aber, bis jemand kommt. Obwohl, es soll nicht jemand kommen, sondern Robin.

Ich hebe meine Beine hoch aufs Bett und drehe mich um. Ich würde gerne aus dem Fenster gucken. Kann aber nichts sehen. Es gibt kein Draußen. Nur mein Zimmer und mich gespiegelt in der Scheibe. Ich schaue mich lange an und merke, wie müde ich bin. Erstaunlich, wie Schmerz und Schmerzmittel einen rädern. Die könnten ruhig ein bisschen Happyhappyaufputschmittel dazumischen.

Ich sehe nicht gut aus. Finde ich auch sonst nicht. Aber jetzt ganz besonders. Meine Haare sind fettig und stehen überall rum. So sehe ich in meiner Vorstellung aus, wenn ich später meinen ersten Nervenzusammenbruch habe. Alle Frauen bei uns in der Familie hatten schon Nervenzusammenbrüche. Nicht dass die je viel machen mussten. Vielleicht ist das ja das Problem. Ich bin mir sicher, dass es mich auch bald trifft, wie der Blitz. Mitten im Nichtstun verrückt werden und zusammenbrechen.

Vielleicht kann ich mir vor der ganzen Chose hier noch die Haare waschen.

Es klopft. Bitte, bitte, lieber nicht vorhandener Gott, mach, dass es Robin ist.

Die Tür geht auf. Irgendeine Frau steht da. Wenigstens zieht sie sich genauso an wie Robin.

»Ist Robin schon weg?«

»Dienstschluss ja, weg noch nicht.«

»Könnten Sie mir einen großen Gefallen tun und ihn noch abpassen und sagen, er soll noch mal kurz hier vorbeikommen, bevor er geht?«

»Klar.«

»Gut. Danke.«

Danke. Danke. Danke. Lauf. Schnell. Schwesterlein.

Es braut sich was zusammen über den Memels.

Wenn Robin schon weg ist, war es das mit meinem Plan.

Was ist denn jetzt mit Haarewaschen, Helen? In solchen Momenten ist es dir egal, wie du aussiehst, oder nicht? Robin fand dich auch mit raushängender Wundblase hübsch. Und die ist mittlerweile weg. Ganz klar eine ästhetische Verbesserung.

Mit den fettigen Haaren kann ich wie mit der Mit-dem-Gesicht-gestopft-Stellung testen, ob mich jemand wirklich liebt.

Die Haare bleiben fettig. Ich kämme sie nur ein bisschen mit den Fingern durch.

Die Tür geht auf. Robin.

»Was ist denn? Bin grad auf dem Weg nach Hause. Hast Glück, dass du mich noch erwischt hast.« Du auch. Darfst mich nämlich mitnehmen in dein Zuhause, wenn du willst, Robin.

»Du hast gepackt? Bist du entlassen?«

Er guckt traurig. Er denkt, er muss sich jetzt von mir verabschieden.

Ich nicke.

Seine weiße Uniform hat er mit einem hellblau-dunkelblau-karierten Regenmantel bedeckt. Sieht sehr gut aus. Zeitlos klassisch.

Keine Zeit verlieren.

»Robin. Ich hab euch alle angelogen. Ich hatte schon längst Stuhlgang. Ich bin sozusagen gesund. Du weißt schon, ohne Blutung. Also vorne schon. Aber hinten nicht. Du verstehst. Ich wollte so lange wie möglich im Krankenhaus bleiben, weil meine Familie hier so schön zusammenkommen könnte. Wir sind nämlich keine Familie mehr, und ich wollte, dass meine Eltern hier in diesem Zimmer wieder zusammenkommen. Das ist aber ganz schön verrückt. Die wollen nämlich gar nicht. Die haben neue Partner, die ich so ignoriere, dass ich von denen noch nicht mal die Namen weiß. Ich will nicht zu meiner Mama nach Hause. Papa ist weg. Mama hätte meinen Bruder fast umgebracht, so schlecht geht es der. Ich bin achtzehn. Ich kann selbst entscheiden, wo ich sein will. Darf ich bei dir wohnen?«

Er lacht.

Vor Verlegenheit? Mich aus? Ich gucke ihn entsetzt an.

Er kommt auf mich zu. Stellt sich vor mich ans Bett und nimmt mich in den Arm. Ich fange an zu weinen. Ich weine immer mehr. Ich schluchze. Er streichelt mir sicher und fest über die fettigen Haare. Liebestest bestanden.

Ich lächele ganz kurz im Weinen.

»Du musst bestimmt nachdenken, ob du das darfst.«

Seine Jacke ist tränenabweisend.

»Ja.«

»Ja, du musst noch nachdenken, oder ja, ich darf zu dir?«

»Komm mit.«

Er hebt meine Tasche hoch und hilft mir vom Bett.

»Kannst du meine Tasche schon zum Auto mitnehmen und mich gleich abholen? Ich muss noch was mit meiner Familie klären.«

»Würde ich gerne. Ich habe aber kein Auto, nur ein Fahrrad.«

Ich hintendrauf, mit meinem kaputten Arsch. Das hat gerade noch gefehlt. Aber so machen wir es.

»Ist es weit bis zu dir? Eine kurze Strecke schaffe ich auf deinem Gepäckträger.«

»Ist nicht weit. Wirklich. Ich gehe mit deiner Tasche ins Schwesternzimmer und warte auf ein Bimmelzeichen von dir. Dann hole ich dich ab. Ich habe deine Tasche, es gibt kein Zurück.«

»Du mußt nicht lange auf mich warten. Kann ich noch was aus der Tasche haben?«

Ich krame darin rum und finde meinen Kugelschreiber. Den brauche ich noch. Und ein T-Shirt und ein Paar Socken.

Er streichelt mir übers Gesicht, presst die Lippen zusammen und nickt mir mehrmals zu. Ich glaube, das soll mir Mut machen, für die Familiensache.

»Kein Zurück«, sage ich ihm hinterher.

Die Tür geht zu.

Ich hole das Kleid und die Schuhe von Mama aus Tonis Tasche.

Die Tasche stopfe ich in den Schrank. Brauch ich nicht mehr, stört nur das Bild.

Das Kleid lege ich mit der Halsöffnung zur Wand und in angemessenem Abstand die Schuhe darunter.

Das T-Shirt falte ich ganz klein, damit es aussieht wie ein Kinderkleidungsstück. Die Socken rolle ich etwas zusammen, damit sie aussehen wie kleine Kindersocken. Das lege ich neben den weiblichen Erwachsenenkörper. Aus der Tupperdose hole ich zwei viereckige Unterlagen und falte sie klein zusammen. Die kleingefalteten Unterlagen lege ich an die Stelle, wo die Köpfe der Figuren wären. Ihre Kissen.

Der große Körper kriegt lange Haare gemacht. Ich reiße mir eins nach dem anderen aus und lege die Haare einzeln auf das Kissen. So sind sie überhaupt nicht sichtbar. Immer wieder gehe ich ein Stück weg, um zu sehen, ab wie vielen Haaren man sie überhaupt bemerkt, wenn man einfach so im Zimmer steht und nicht weiß, worauf man achten muss. Irgendwann höre ich auf, sie einzeln rauszureißen. Dauert zu lange. Büschelweise rupfe ich sie aus der Kopfhaut raus und lege sie auf das Kissen, bis ich finde, dass man sie gut genug erkennen kann. Tut nicht so weh, wie ich dachte. Bestimmt wegen den Tabletten. Und jetzt die Kinderhaare. Kurz müssen sie sein. Aus jedem rausgerissenen Haar von mir kann ich drei Kinderhaare machen. Ich lege auch auf das Kinderkissen so viele kurze Haare, dass man sie gut sehen kann.

Jetzt wird klar, dass dort eine Frau und ein Junge liegen.

Mit dem Kugelschreiber male ich an ihrem Kopfende einen Ofen mit Herdplatten auf die Tapete. Ein bisschen perspektivisch, als würde er in die Wand reingehen.

Oben an der Ofentür ritze ich die Tapete mit dem Kugelschreiber ein. Ich knibbele oben entlang die ganze Ofentür auf und ziehe die Tapete ganz vorsichtig bis unten ab. So lege ich das Papier von oben aufgeklappt auf den Boden. Es sieht jetzt aus wie eine echte offene Ofentür.

Ich gehe ein paar Schritte zurück und begutachte, was meine Verwandtschaft gleich vorfinden wird.

Mein Abschiedsbrief. Der Grund, warum ich sie verlasse. Das Schweigen.

Da liegen sie. Meine Mutter und mein Bruder. Wie ich sie gefunden habe. Die haben alle gehofft, dass ich das vergesse. So was kann man nicht vergessen. Durch ihr Schweigen ist es für mich immer größer geworden. Nicht kleiner.

Ich klingele ein letztes Mal die Bimmel und warte auf meinen Robin.

Die ganze Wartezeit lang starre ich Mama und Toni an. Ich kann Gas riechen.

Robin kommt rein.

»Hol mich hier raus.«

Wir gehen aus dem Zimmer.

Ich schließe die Tür hinter mir. Ich muss sehr viel Luft aus mir rauspusten. Ganz laut.

Wir gehen langsam nebeneinander den Flur entlang.

Wir halten nicht Händchen.

Er bleibt plötzlich stehen und stellt die Tasche ab. Er hat es sich anders überlegt.

Nein. Er stellt sich hinter mich und knotet mir das Hemdchen hinter dem Po zu. Er will mich in der Öffentlichkeit bedecken. Gutes Zeichen. Er nimmt sich wieder die Tasche, und wir gehen weiter.

»Wenn ich bei dir wohne, willst du doch bestimmt mit mir schlafen?«

»Ja, aber erst mal nicht in den Arsch.«

Er lacht. Ich lache.

»Ich schlafe erst mit dir, wenn du es schaffst, einem Pony so feste am Arschloch zu saugen, dass es sich von innen nach außen stülpt.«

»Ist das überhaupt möglich, oder willst du gar nicht mit mir schlafen?«

»Das wollte ich schon immer mal zu einem Typen sagen. Jetzt hab ich's geschafft. Doch, ich will. Aber nicht heute. Ich bin zu müde.«

Wir gehen bis zur Glastür.

Ich drücke mit Schmackes auf den Buzzer, die Tür schwingt auf, ich lege den Kopf in den Nacken und schreie.